講談社文庫

悪魔を殺した男

神永 学

講談社

目次

悪魔を殺した男

プロローグ

1

雨の音に合わせて、ピアノの鍵盤《けんばん》に指を落とす。

ぽろんっと音が溢《あふ》れた。

和音はいらない。単音で鍵盤を叩《たた》く。雨の音を追いかけるように。

最初、不規則な音の羅列であったそれは、やがて雨と混じり合い心を揺らす旋律へと変わっていく。

誰も聴いたことのない、新しい音楽の創造——。

楽譜に書き留めるようなこともしないし、それをする必要もない。今、この瞬間で消えていくからこそ、この旋律には意味がある。

次第に気持ちが昂《たか》ぶり、気付けば雨の音を追い越していた。

私は手を止めた。

これでは意味がない。あくまで、雨の後を追わなければならない。先を行ってしまったのでは、溶け合うことはできない。

私は大きく息を吐いたあと、ピアノの譜面台に置かれた資料を手に取った。

その資料には、一枚の写真が添付されている。

写真に写るのは一人の男だ。東洋人とは思えない、彫りの深い顔立ちをしている。眼窩《がんか》の奥に光る目は鋭く、人によっては凶暴性を秘めていると感じるだろう。

しかし、それは先入観が生み出した幻想に過ぎない。

男の目が発する強い光は、歪《ゆが》んだ欲求によるものではない。まして、抑制の利かない暴力性を宿しているのとも違う。

強い信念を持ち、崇高な精神を宿した気高き男の目だ。

彼の名は阿久津誠《あくつまこと》――。

現職の警察官でありながら、四人の人間を殺害した希代の殺人鬼だ。

その殺害方法は、常軌を逸したものだった。ある者は、首を切断され、自らそれを抱えながら死んでいた。ある者は、全身の骨を砕かれた。腹を割かれ、内臓を全《すべ》て取り出された者もいた。

しかも、殺した者たちの身体《からだ》に、悪魔の紋様である逆さ五芒星《ごぼうせい》を刻んでいた。

メディアは、犯行現場の異常性だけに着目し、阿久津を、精神の歪んだ快楽殺人者に仕立て上げた。

一昔前なら、メディアの報道に流されて、真実を知る機会はなかっただろうが、今はそういう時代ではない。

どんなに覆い隠そうとも、ネットの世界に情報が流れ出てしまう。

阿久津は、己の歪んだ欲求を満たす為《ため》に、人の命を奪ったのではない。彼は、正義を成そうとしたのだ。

阿久津が殺害したのは、全員、己の欲望の為に人を殺した犯罪者たちだった。

金や権力を利用して、警察の目を逃れ、或《あ》るいは無関係の第三者に罪を被《かぶ》せ、安穏と暮らしていた非道な連中――。

被害者の一人、守野《もりの》などはいい例だ。

守野は、少女殺害事件の容疑者でありながら、警察の証拠品紛失により、逮捕されなかった。

だが、阿久津が逮捕されたあと、守野は当時の政権の官房長官の隠し子で、スキャンダルを恐れた官房長官の圧力を受けた刑事部長が、揉《も》み消しに走ったことが明らかになった。

組織ぐるみで、犯罪の隠蔽《いんぺい》を行ったのだ。

阿久津は、そうした連中に正しい裁きを与える為に、殺人を犯した。己を闇《やみ》に落としてでも、犯罪者たちに裁きを与えたのだ。何と崇高な精神の持ち主だろう。

だからこそ、民衆は阿久津のことを悪魔と呼び畏《おそ》れた。

恐れではなく、畏れたのだ。

私は、資料を持ったままテーブルの前に移動し、用意してあったワイングラスに、赤ワインを注いだ。

グラスに満ちるワインは、照明の光を受け、何とも言い難《がた》い怪しい光を放っている。

私はグラスを手に取り、ワインを口に含む。

苦みと酸味が絶妙に混じり合った深い味わいに舌鼓を打ちつつ、背もたれに身体を預けてふうっと息を吐く。

「早く会いたい」

私は改めて阿久津の写真を見つめながら呟《つぶや》いた。

まるで恋い焦がれているかのように、興奮と不安とで心が浮ついているが、これこそが生きているという実感なのだろう。

阿久津はまだ私のことを知らない。だが、やがて知ることになるだろう。

「その時、いったいどんな表情を見せてくれるのかな？」

私は写真に問いかけたあと、ソファーに座る彼女に目を向けた。

彼女は何も言わなかった。

ただ、不思議そうに私を見上げるだけだった。

2

世田谷《せたがや》区の閑静な住宅街の一角にあるその場所は、普段なら穏やかな朝の時間を迎えているはずだった。

しかし、今は殺伐とした空気に包まれている。

二階建ての邸宅の玄関ドアの前に、一人の男が立っていた。年齢は三十代半ばといったところだ。

ウェーブのかかった長い髪を左手で掻《か》き上《あ》げ、落《お》ち窪《くぼ》んだ眼窩の奥にある瞳《ひとみ》で、周囲を見渡している。

敵意を露《あら》わにするでもなく、ただ見ている。それが、不気味だった。

男の背後にある邸宅の窓は開け放たれていて、道路からも家の中の様子が丸見えになっている。

リビングと思《おぼ》しき場所に置かれたソファーに、若い女性が座らされていた。

粘着テープで両手足を拘束されている。口も粘着テープで塞《ふさ》がれていて、言葉を発することすらできない状態だが、大きく見開かれた目から、彼女が抱く恐怖がひしひしと伝わってくる。

すぐにでも救助したいところだが、玄関のドアの前に立つ男は、刃物を所持している。おそらくは包丁だろう。

永瀬《ながせ》圭太《けいた》は、ジャケットのポケットに左手を突っ込み、中にある五百円硬貨をぎゅっと握り締め、緊張を鎮めようと試みる。

この場所に永瀬が居合わせたのは、ほんの偶然だった。

登庁する為に、自宅を出て駅に向かって歩いている途中に、現場に出会《でくわ》すことになった。

永瀬は現職の警察官ではあるが、所属しているのは内部監査室。管轄の範囲外だ。

だが、人質がいる以上、警察官として無視できない。

永瀬は、応援が現着するまでの時間稼ぎをしようと、ドアの前に立つ男と対峙《たいじ》することになったのだ。

「今すぐ凶器を捨てて、女性を解放して下さい」

そう声をかけると、男がゆっくりと永瀬を見た。

目は虚《うつ》ろで焦点が合っていない。薬物を使用しているのかもしれない。もし、そうであった場合、突如として想定外の行動に出る可能性もある。

「もう一度言います。凶器を捨てて、女性を解放して下さい」

永瀬は警告を発しつつ、じりっと男との距離を詰める。

「凶器？　これは凶器じゃない。包丁。料理をする為のもの。それくらい知ってるだろ」

男が掠《かす》れた声で言う。

ざらざらとしていて、やけに耳にまとわりつく声だった。

「いいから、早く捨てなさい」

永瀬は声を荒らげてみたが、男はまるで動じなかった。

「うるさいな。あんた声がでかいよ。ただでさえ、さっきから耳許《みみもと》できんきん音がしているのに、本当に苛々《いらいら》する」

男は舌打ちをしつつ、左手の人差し指を左耳に突っ込む。

そのまま、がりがりと耳の中を引っ掻く。強く激しく指を動かす。指を取り出した時には、血で赤く染まっていた。

男は不思議そうに、指にこびりついている血を眺める。

痛みを感じていないらしい。やはり、薬物中毒者の可能性が高い。

やがて、指先に飽きたのか、男がこちらに顔を向けた。

さっきまでとは打って変わって、爛々《らんらん》とした強い光を帯びた目だった。

しばらく、じっと押し黙っていた男だったが、やがて口角を吊《つ》り上《あ》げてニヤリと笑った。

――なぜ笑った？

困惑する永瀬を余所《よそ》に、男は今度は「わん！」と犬の鳴《な》き真似《まね》をした。

――何だこいつ？

あまりに突飛な行動に、永瀬は後退《あとずさ》る。

そんなことはお構い無しに、男は犬の鳴き真似を続ける。

「わん！　わん！　わん！」

黄色く薄汚れた歯を剥《む》き出《だ》しにして、唾《つば》を撒《ま》き散《ち》らしながら、まるで自らが本物の犬になったかのように吠《ほ》え続ける。

頭の奥にちりちりと痺《しび》れるような感覚があった。眠っていたはずの嫌な記憶が、表層に浮かび上がってくる。

「止《や》めろ」

気付いた時には、そう叫んでいた。

男は、吠えるのを止めたが、永瀬が反応したことに喜んだのか、甲高い声で笑った。

磨《す》りガラスを爪《つめ》で引っ掻いているような、不快な響きに神経が逆撫《さかな》でされる。

「まだ、犬の吠える声は聞こえるかい？」

男が唾でねたねたした口を動かす。

「何を言っている？」

この男は普通じゃない。まともに相手をする意味などない。そう思っていたはずなのに、ついつい聞き返してしまった。

「あんたは、おれと同類だ。そうだろ」

「な、何を……」

冗談じゃない。

こんな男と同類であるはずがない。あって堪《たま》るか。

「まあいいや。そのうち、自分でも分かるだろ」

「その包丁を捨てろ。さもないと……」

「ああ。本当にうるさい」

男は、永瀬の言葉を遮るように言うと、首を振りながら髪をがりがりと掻き毟《むし》る。

「おい」

「うるさい！　うるさい！　うるさい！」

男は叫び声を上げながら、近くの壁に自らの頭を打ち付ける。何度も、何度も、何度も——。

男が壁に頭を当てる度に、どんっと鈍い音が響く。

やがて音が止んだ。

男の額からは赤い血が流れ出ていた。

何か言おうとしたが、あまりの光景に、永瀬は言葉を発することができなかった。

「ああ！　クソ！　耐えられない！　騒ぐな！」

男は自らの左耳に包丁をあてがった。

——何をする気だ？

永瀬が驚愕《きょうがく》している間に、男は自らの左耳を削《そ》ぎ落とした。

びたびたと血が滴り、頭部から切り離された耳がボタッと地面に落ちた。

肉体の一部を削ぎ落としているというのに、男はへらへらと緊張感のない笑みを浮かべていた。

「静かになった——」

男は、嬉《うれ》しそうに笑った。唇の間に唾液《だえき》が糸を引く。

「そうか。君も同じことを望んでいるんだね」

男は、振り返りドアに向かって言う。

違う。男はドアに向けて言葉を発したのではない。おそらくは、中にいる女性に向かっての発言だ。

男がドアを開けて家の中に入ろうとする。

このまま家の中に入り、籠城《ろうじょう》をされたら事件が長引くだけでなく、人質の女性にも害が及ぶ。

迷っている余裕はない――。

永瀬は、腹の底に力を入れると、意を決して男の許《もと》に駆け寄り、その腕を摑《つか》んで捻《ひね》り上げた。

激しい抵抗にあうかと思ったが、男は永瀬の為《な》すがままだった。

腕の関節を極《き》めているのだ。少しは苦痛に歪むかと思ったが、男の顔には相変わらず不気味な笑みが張り付いていた。

第一章　悪魔と呼ばれた男

1

「止めて――」

天海志津香《あまみしづか》は、飛び上がるようにして目を覚ました。

しばらく、自分の置かれている状況が理解できなかったが、ぼやけていた視界が次第に像を結ぶ。

八畳ほどの広さの部屋。飾り物を排除し、無機質で殺風景な空間。デスクの上には、事件の資料が散乱したままになっているのを見て、ここが自分の部屋であることを認識する。

こめかみに疼痛《とうつう》があった。

上体を起こし、頭を抱えてため息を吐《つ》く。

酷《ひど》く嫌な夢を見ていた。いや、あれは夢ではない。天海の過去の記憶だ。

天海は、一年半前に一人の男を拳銃《けんじゅう》で撃った。現職の警察官でありながら、四人の人間を凄惨《せいさん》な方法で殺害した犯人——阿久津誠。

撃つ気があってトリガーを引いたわけではない。あの瞬間、天海に「撃て」と命じたのは誰あろう阿久津自身だった。

天海は、その声に反応して、反射的にトリガーを引いてしまったに過ぎない。

もし、あの時、トリガーを引かなかったら、どうなっていたのだろう？　天海は、その疑問を今でも抱え続けている。

阿久津が人を殺したのは、決して私利私欲の為ではない。

彼には、特異な能力があった。触れることで、他人の記憶を感知するという、特別な能力。

阿久津は、警察官として〈予言者〉と噂《うわさ》されるほどの実績を誇っていたが、それは、その能力によるところが大きい。

彼は、被害者や遺留品などに触れ、その記憶を感知することで、独自に捜査を進めていたのだ。

だが、それは、決して安易な道ではなかった。

阿久津が感知する記憶は、単純に視覚の情報だけではない。聴覚はもちろん、嗅覚《きゅうかく》、味覚、そして触覚も感知する。

そういう意味では、感知というより追体験といった方がいいだろう。

阿久津は、被害者に触れる度に、味わった痛みや恐怖、そして絶望を追体験していたのだ。

それは、阿久津自身が殺されているのと同じだ。

肉体は存在していても、記憶の中で、彼は何度も、何度も殺されてきた——。

そうやって、自らを痛めつけながら阿久津は、事件を解決に導いてきた。

だが、中には彼の能力をもってしても、解決できない事件が存在した。金、或いは権力を使い、証拠を隠滅し、他人に濡《ぬ》れ衣《ぎぬ》を着せることで、罪を逃れた者たちの犯行だ。

阿久津は、そうやって罪を逃れた者たちに、法で与えることのできない裁きを与えたのだ。

そして、あの日——天海は阿久津の犯行に気付いてしまった。

私刑を容認してしまっては、警察官の存在意義がなくなる。法治国家としての秩序の崩壊すら招くことになりかねない。

個人の判断で罰を与えるなどということは、あってはならない。

頭では分かっているが、それでも、天海は阿久津の行動を責めきれずにいる。阿久津が抱えた怒りが分かるからだ。

金や権力によって、他人の命を奪いながら、安穏と生活している者たちがいる。

その現実を知ってしまった阿久津は、何もせずに指を咥《くわ》えて見ていることができなかったのだ。

だから、今でも考える。

もし、あの時、天海がトリガーを引いていなかったとしたら、いったいどうなったのだろう。

警察官として、阿久津を逮捕するという選択をしたのか、それとも、彼の行為を黙認して見逃したのか——答えは出ない。

ただ、一つだけ分かっていることがある。それは、今も尚《なお》、阿久津を愛しているということだけだ。

腰の辺りに、何かが擦り寄って来た。

天海が飼っている猫だ。

この猫との出会いは、半年ほど前——梅雨の初めの頃だった。

その日も、朝から断続的に雨が降り続いていた。

仕事を終え、疲弊した身体を引《ひ》き摺《ず》るように帰宅していた天海が、自宅付近にある駐車場の前まで来たところで、にゃーというか細い声を聞いた。

目を向けると、駐車場の脇《わき》にあるゴミ捨て場に、猫の死体が転がっていた。

事故や自然死ではない。何者かが殺害したのだ。それが証拠に、猫は顔の皮が剝《は》ぎ取《と》られていた。

そして、骸《むくろ》となった猫の傍らに、仔猫《こねこ》が寄り添うように座っていた。

おそらく、骸となっているのは、母猫だったのだろう。仔猫も足を怪我《けが》しているらしく、血が滲《にじ》んでいた。

雨に濡れ、身体を小刻みに震わせながらも、母猫に寄り添う姿は、痛々しくてとても見ていられなかった。

同情というより、その仔猫の姿に自分を重ねたところもある。

どうすることもできず、ただ立ち尽くすことしかできなかった、あの日の自分が、そこにいるような気がした。

天海は、いてても立ってもいられず、仔猫を連れて、深夜までやっている動物病院に駆け込んだ。治療が終わってから、仔猫をどうするのかと医師に問われた。

警察官という激務を抱えながら、ペットを飼育するのは、あまりに無責任ではないかと思いはしたが、それでも天海は仔猫を迎え入れるという選択をした。

慣れないペットの飼育に、最初は四苦八苦したものの、今ではそれが日常になっている。

「おはよう。マコト」

天海は、マコトと名付けた猫の額を毛並みに沿って指で撫でる。

マコトは目を細め、ごろごろと喉《のど》を鳴らす。

愛した男と同じ名前を付けるなど、少女趣味過ぎると自分でも思う。三十手前の女のやることではない。それでも、こうやって家にいる時に、彼と同じ名を口にすることでいくらか気が紛れる。

あの時、天海は仔猫を助けたつもりでいたが、実際は助けられたのは、天海の方かもしれない。

天海は、時計を確認する。午前五時を少し回ったところだ。気持ちを切り替え、ベッドから出た。

寝る前にエアコンのスイッチを切っていたこともあり、部屋の空気は冷え切っていた。一気に意識が覚醒《かくせい》する。

カーテンを開けて窓の外に目を向けると、濁った色の空が広がっていた。

雨が降るかもしれない。

阿久津に初めて会ったのは、雨の日だった。いや、出会った日だけではない。阿久津との記憶は、常に雨とともにある。

天海は冷たい床を踏み、キッチンに向かうとマコトに餌《えさ》をやり、その後、バスルームに向かった。

鏡で対面した自分の顔は、疲れ果てていた。

夢のせいばかりではない。今、追っている事件が気になって、ほとんど睡眠を取っていない。

あの事件以降、天海はひたすら事件捜査に没頭している。まるで、自分自身を追い詰めるかのように――。

それなりの結果も残したが、素直に評価されるとは限らない。

天海は、ナイトウェアを脱いで熱いシャワーを浴びる。

冷えていた身体に血が巡り、肌がじんじんと脈打つ。阿久津と過ごした夜のことが、脳裏にフラッシュバックする。

阿久津とコンビを組んで行動したのは、ほんの数日間だった。

しかも、そのほとんどは意見が食い違い、対立していた。それなのに、天海から阿久津に触れた瞬間、全てが変わってしまった。

触れれば記憶が感知されると分かっていながら、それでも天海は自分の意思で阿久津に触れた。

怖いとは感じなかった。

それどころか、嘘偽《うそ》りのない自分を知って貰《もら》えるという安堵《あんど》感に包まれた。

きっと、天海がずっと周囲に対して仮面を被ってきたからだろう。過去のトラウマから、素の自分を見せることなく、天海志津香という人間を演じ続けてきた。

阿久津だけには、どんなに演技で取り繕ったところで意味がない。だからこそ、心を解き放つことができたような気がする。

天海は、あの瞬間に、自分の全てを阿久津に預けたのだろう。

だからこそ、初めての男でもないのに、阿久津と過ごした一夜が、鮮明に天海の記憶に刻まれている。

きっと、これからも消えることはないだろう。

シャワーを止め、タオルで身体を拭《ぬぐ》い、改めて鏡の中の自分と対峙する。

さっきより血色はよくなった。登庁のために、てきぱき身仕度を始める。簡単に化粧をして、髪を後ろで纏《まと》め、スーツに袖《そで》を通す。

準備が進むにつれて、気持ちが引き締まっていくように感じられた。刑事としての仮面を被ったのだ。

準備が整ったところで、改めて窓の外に目を向ける。

雨が降り始めたらしく、窓ガラスに小さな水滴が付着していた。

指でそっと撫でてみたが、ガラスを隔てているので、直接触れることはできない。まるで、今の天海と阿久津のようだ。

いっそ、見えなければ阿久津のことを忘れることもできるのかもしれない。

でも──見えてしまう。

だから、忘れることができない。いや、違う。そもそも、天海は忘れる気など毛頭ない。

「行ってくるね」

天海は、マコトにそう呼びかけてから部屋を出た。

2

窓ガラスに一滴の水滴が付着している──。

雨が降っているようだ。

阿久津はベッドから立ち上がると、窓に歩み寄った。

窓は、手の届かない高い位置に設置されている。嵌《は》め込《こ》み式で開閉ができない。その上、防犯ガラスが使用されていて、簡単に割ることもできない。

自殺と逃亡を防止する為の措置だ。

阿久津が入院している、精神医療研究センターは、精神疾患を抱えた患者を入院させておく為の病院で、その東棟が出入口が常時施錠された閉鎖施設になっている。

その中でも、今いる保護室は、自傷或いは他傷の危険性のある患者を保護することを目的とした部屋で、凶器になり得るものは、徹底的に排除されている。

首吊り防止の為に、ベッドにシーツはかかっていないし、ドアの内側は鍵《かぎ》どころかノブすらなく、構造上内側からは開けられないようになっている。

部屋の中には、間仕切りで仕切られたトイレもあり、食事もドアに設けられた小窓から差し入れられる。部屋を出ることができるのは、基本的に問診と入浴の時だけだ。

阿久津に自傷癖はないが、殺人を犯したという経歴から、無条件に保護室送りとなった。一般の四人部屋に移ることはないだろう。

ため息を吐きつつ改めて窓を見上げる。

窓に張り付いていた水滴が、音もなく滑り落ちた――。

水には、情報を蓄積する性質があると言われている。一部の学者によって、研究も進められているらしい。

もし、それが本当なのだとしたら、あの一滴の水滴には、どれほどの記憶が眠っているのだろう。

何億年もの時を過ごした中で、何を留《とど》め、何を忘却したのだろう？

思考を遮るように、ドアをノックする音がした。

「面会だ」

警備員である石塚恭一《いしづかきょういち》の、ぶっきらぼうな声がした。

阿久津はベッドに戻り、その上に腰掛けると「どうぞ」と返事をする。こうやって危害を加えないという意思表示をしない限り、決してドアが開くことはない。

石塚が小窓から顔を覗《のぞ》かせ、阿久津が座っていることを確認する。その後、解錠する音がしてドアが開かれた。

石塚ともう一人、竹本《たけもと》という名の警備員が部屋に入って来る。

「両手を出せ」

石塚が高圧的に言う。

阿久津が指示されるままに両手を差し出すと、石塚は手早く拘束具で阿久津の両手を固定する作業に取りかかる。必要以上にきつくベルトを締めるところに悪意を感じる。

石塚は肩幅が広く、がっちりした体格をしているが、体付きに反して臆病《おくびょう》な男だ。無抵抗な人間を痛めつけることで、優越感を味わっている節もある。

被害妄想や錯覚ではない。こうやって拘束具で固定する作業を行う度に、石塚の記憶が阿久津の中に流れ込んでくる。

石塚は、この病院に入院している患者を、人とは思っていない。抵抗しないのをいいことに、幾度となく日頃の鬱憤《うっぷん》を晴らすように暴行を働いてきた。

彼の歪みは、暴力にだけ発露しているのではない。性に対しても屈折している。

石塚は、女性看護師の更衣室に隠しカメラを仕掛けていて、その映像を回収しては、日夜一人で見て妄想に耽《ふけ》っている。

中でも、朝宮京香《あさみやきようか》という看護師にご執心のようだ。

純粋な愛情であれば救いもあるが、石塚のそれは、女性を支配し、性欲の捌《は》け口《ぐち》にしようという自分勝手な欲望に過ぎない。

この男こそ、入院して治療を受けるべきだが、阿久津が何かを言ったところで、妄言だと切り捨てられるのが目に見えている。

表面さえ取り繕うことができれば、裏で何をしようと黙認されるのが社会というものだ。これまで、阿久津が葬ってきた殺人者たちと同じだ。こういう輩《やから》は、何処《どこ》にでも存在する。変えようのない現実に落胆はするが、今の阿久津にできることは何もない。

「何見てんだ？」

石塚が唐突に突っかかって来た。

「あなたの過去です」

「また妄想してんのか。変態の殺人鬼が」

石塚が、小声で言いながら阿久津の胸に肘《ひじ》打ちを入れた。

思わず噎《む》せ返る姿を見て、石塚はだらしなく頬《ほお》を緩め、ニヤニヤと笑みを浮かべてみせた。

隣にいる竹本は、止めるでも咎《とが》めるでもなく、ただそこに突っ立っている。

竹本は、まだ二十代前半で線も細い。石塚の行動に嫌悪感を抱きながらも、それを止める為の術《すべ》を持っていない。

この状況で、一番苦しみを覚えているのは、竹本なのかもしれない。

「お前のような殺人鬼は、さっさと死ねばいいものを。毎回、こんなことさせられるおれたちの身にもなってみろ」

無抵抗の阿久津に気を良くしたのか、今度は腹を蹴《け》って来た。阿久津は、両手を拘束されたまま前のめりに倒れ込む。

「いい様《ざま》だな。おれの靴を舐《な》めさせてやってもいいぞ」

石塚が阿久津の顔を覗き込んで来た。

が、阿久津が真《ま》っ直《す》ぐ視線を返すと、途端に表情を強張《こわば》らせて息を吞《の》んだ。

自らの臆病さをアピールするような豹変《ひょうへん》ぶりだ。こういう臆病さこそが、他人を傷付けたがる要因なのかもしれない。

「立て」

阿久津は、石塚に襟首を摑まれ、強引に立たされる。

そのまま、石塚と竹本に挟まれるかたちで廊下を歩き、途中エレベーターに乗り、突き当たりにある部屋に通された。

テーブルが一つと、向かい合う形で椅子《いす》が四脚置かれている。簡素で殺風景な部屋の構造は取調室によく似ている。

阿久津は椅子に座り、白い天井を見上げた。

面会の相手が誰かという説明はなかったが、阿久津に面会を求める人物は一人しかいない。

気分が高揚しているのが、自分でも分かった。

これほどまでに、誰かを焦がれたことはなかった。閉鎖病棟という閉ざされた世界で暇を持て余しているというのもあるが、それだけではない。

仮に自由な暮らしをしていたとしても、やはり彼女の存在を渇望していただろう。

静寂を打ち破るように、ドアの開く音がした。

白い壁に囲まれた面会室に、彼女──天海志津香が入って来た。彼女が現れるだけで、殺風景な部屋が、聖櫃《せいひつ》のように感じられるから不思議だ。

お互いに言葉を発することなく、視線をかわす。

首筋の傷が疼《うず》くように痛んだ。

一年半前に、天海に銃撃されてできた傷だ。

天海の拳銃から放たれた弾丸は、阿久津の左の首を貫通した。医者の話では、あと数センチずれていたら、延髄を破壊して即死だったそうだ。

それが、良かったのか、悪かったのか、今に至るも判断ができない。

ただ、阿久津は生き延びたという結果があるだけだ。

「お元気そうですね」

天海が阿久津の向かいの椅子に腰掛ける。

距離感のある話し方だが、それも仕方のないことだ。この部屋には監視カメラが設置されていて、その会話は筒抜けになっている。

普通の患者に、ここまでのことはしない。おそらく、阿久津だけの特例措置なのだろう。

「ええ。快適な暮らしですから」

阿久津はそう答えた。

ここにいれば、衣食住は保障されている。石塚のような連中に、陰湿な嫌がらせを受けることもあるが、相手にしなければいい。ただ、一つだけ厄介なのが時間を持て余すことだ。

決められた空間の中に、じっとしているというのは、想像していたよりも、はるかに苦痛を伴う。

これなら、いっそ労役のある医療刑務所の方が良かったと思うこともある。

「そうですか」

「そちらは、多忙そうですね」

「お陰様で——という言い方は変ですね」

天海が、少しだけ表情を緩めた。

普段は凜《りん》とした佇《たたず》まいで、年齢より大人びた印象のある天海だが、ふとした瞬間に浮かべる表情は、まるで少女のようだ。

そうしたギャップが、彼女の魅力の一つなのだろうが、旧態依然とした警察という組織の中では、デメリットとして働くことが多いだろう。

「今日は、どんな事件ですか？」

もっと天海と雑談を楽しみたいところだが、面会時間は限られている。

彼女がここに足を運ぶのには理由がある。捜査に行き詰まった事件に対して、阿久津に助言を求める為だ。

天海は、姿勢を正し、小さく頷《うなず》くと資料を提示しながら話を始めた。

「事件が起きたのは一週間前。十九歳の少女——浅川由梨《あさかわゆり》さんが、殺害されて多摩川の河《か》川敷《せんじき》に放置されているのが発見されました」

説明しながら天海が提示した写真には、首を絞められて絶命している少女の痛々しい姿が写っていた。

首には、何かが巻き付けられたような擦過傷ができている。

おそらくは、紐《ひも》状のもので絞殺されたのだろう。衣服に乱れはない。暴行目的ではないようだ。

「彼女が所持していたバッグが紛失しており、物盗《ものと》りによる行きずり的な犯行だと考えられていましたが、被害者の義父の昌明《まさあき》さんから得た証言で、大きく方針が変わりました」

天海はそこで一旦《いったん》言葉を止めると、阿久津を見た。

「容疑者が浮上したんですね」

阿久津が口にすると、天海が驚嘆の表情を浮かべる。

「触れてもいないのに、よく分かりましたね」

「こう見えて元は刑事です。触れずとも、それくらいのことは推察できますよ」

阿久津が冗談めかして言うと、天海は苦笑いとともに「そうですね」と同意を示した。

こういう反応をされると、自分が刑事であったことが、遠い昔のことのように感じられてしまう。

「今のは、あくまで私の勝手な推論です。正確なところを教えて頂けますか？」

阿久津はそう言って会話を本筋に戻した。

「はい。被害者の由梨さんには交際している男性がいました。同じ大学に通う大木《おおき》弘也《ひろや》。二十一歳です。昌明さんの話では、大木が由梨さんにストーカー行為を働いていた——と」

「なるほど」

「捜査一課は、大木を容疑者だと絞り込み、彼の住むマンション周辺を捜索したところ、空調の室外機の隙間《すきま》に、由梨さんのバッグが隠されているのを発見しました」

「そこまで分かっているなら、事件はもう解決したも同然ですよね」

阿久津が告げると、天海はため息を吐いた。呆《あき》れているという意思表示をするように、深く長く。

「冗談は止めて。おかしいことに気付いているクセに」

口調を変えた天海の声には、少し甘えるような響きがあった。

それが、阿久津には何とも心地良かった。

だが、天海の言う通り、冗談を言っている場合ではない。この事件は、一見するとシンプルだ。しかし、そういう事件ほど裏がある。

「あなたなら、もう答えが分かっているんじゃないんですか?」

阿久津がそう問い返す。

天海は頭の回転が速い。知識も豊富だ。洞察力にも優れているし、優秀な刑事であることは、かつての相棒だった阿久津自身が理解している。

天海は、真っ直ぐに阿久津を見返してきた。

その視線が清廉で真摯《しんし》であるほどに、阿久津の心は抉《えぐ》られているように感じる。

「見当はついています。しかし、物的証拠を得たことで、捜査本部は方針を固めてしまっています。それを覆すだけの根拠が欲しいです」

「今、遺留品を持参しているんですね」

阿久津が口にすると、天海は大きく頷き、証拠品袋に入った腕時計を取り出し、阿久津の前のテーブルに置いた。

被害者の由梨が身につけていたものだろう。この中には、いったいどんな記憶が残留しているのだろう。

興味を抱く反面、やはり怖さがある。

これから知ろうとしていることは、間違いなく楽しい記憶ではない。凄惨な殺人事件の残像だ。

被害者が体験した恐怖と絶望。血の臭《にお》い。身体を駆け抜ける強烈な痛み。あらゆるものが、阿久津の中に蓄積されることになる。

それでも——。

阿久津は証拠品袋を開け、中に入っている腕時計にそっと触れる。

その瞬間、電気を流されたように指先に痛みを覚えた。痺れるようなその痛みは、腕から肩、そして脳へと伝播《でんぱ》していく。

目を開けているはずなのに、目の前がブラックアウトする。

自分という存在が、形を失い、砂のように崩れ去っていくのを感じる。

が、しばらくすると崩壊したはずの自らの意思が、ぐるぐると渦を巻き、遺伝子を象《かたど》る螺旋《らせん》となって立ち上がってくる。

汗の臭いがした。加齢によって放たれる饐《す》えたような体臭。そこには、隠しきれない人間の歪みが潜んでいるように思える。

暗闇の中、轟音《ごうおん》とともに、高架を電車が走り抜けて行く。

鼻を鳴らすような荒い息遣いが聞こえた。

ねちゃねちゃと、粘膜が張り付くような不快な音だ。

「こっちに来ないで！」

私は叫んだ。

不安で心が揺れる。圧倒的な恐怖。その中で、必死に虚勢を張っている。

逃げようとしているのに、足が思うように動かない。

目の前に、ぬうっと黒い影が現れる。暗いせいで、人相ははっきりしない。だが、中年の男だということは分かった。

「そのSDカードを渡せ」

中年の男は、私に手を伸ばして来る。

私は、男から距離を取った。

「これを渡す代わりに、約束は守って。二度と私たちに近付かないで」

私が言うと、男は深いため息を吐いた。

「分かった。お前たちには、もう近付かない。だから、早くそれを寄越せ」

私は、男に持っていたSDカードを渡そうとした。

次の瞬間、左の頰に強烈な痛みが走る。

一瞬、何が起きたのか分からなかった。見ると、男は私の持っていたSDカードを奪い取っていた。

「小娘が調子に乗りやがって。こんなもので、逃げられると思ったのか？」

男が、蔑《さげす》んだ視線を向けてくる。

その目を見て、私は悟った。この男は、最初から約束を守るつもりなんてなかった。何処まで行っても私を逃がすつもりなんてない。

「返して」

私は、男が持っているSDカードを奪い返した。

そのまま走って逃げるつもりだった。だけど、できなかった。

私は、男に髪を摑まれ、その場に引き摺り倒されてしまった。奪い返したSDカードが手から滑り落ちる。

男は、仰向けに倒れた私にのしかかって来た。

必死に押しのけようと身体をよじって暴れたけれど、力でねじ伏せられてしまった。

首が締め付けられる。

いつの間にか、首にロープのようなものが巻き付いていた。

息が――。

首に食い込んだロープを外そうとしているのに、上手《うま》くいかない。

苦しい――。

男が、ぎらついた目で見下ろしている。

嫌だ――。

お願い。止めて――。

これからも、黙っているから。あなたの言いなりになって、セックスしてあげるから、殺さないで。

口を動かしたが、声にはならなかった。

どうして、こんなことになったの？　弘《ひろ》ちゃんゴメンね。私……。

再び目の前が真っ暗になる。

阿久津は前のめりになりながら、息を吐き出した。

首には圧迫された時の感覚が残っている。

それだけではない。死を意識した時の言いしれない恐怖。何にすがっても、生きたいと願う強い思い。

そして、それを諦《あきら》めた瞬間に脳裏を過《よ》ぎる悲愴《ひそう》感――。そこにあるのは、被害者の少女が最後に見たのは、自らの命を奪った忌まわしき男の顔だ。は、絶望以外のなにものでもない。

まだ、生きていたかった。やりたいこともたくさんあった。何より、大好きな恋人がいた。その恋人の為に、全てを断ち切ろうとしたのに、歪んだ欲望によって全て奪われてしまった。

あまりに残酷で、耐え難い苦痛に満ちた救いのない現実――。

気付いた時には、阿久津の目から涙が零《こぼ》れ落《お》ちた。

「大丈夫ですか？」

天海が声をかけてくる。

「ええ」

阿久津は指先で涙を拭い、大きく息を吸い込んだ。

今、阿久津が体感したのは、腕時計に残っていた被害者の少女、由梨の記憶の断片だ。

本音を言えば、こんなことはあまりしたくない。精神的な負担が、あまりに大きいからだ。だが、それでも、事実がねじ曲げられているのであれば、それを正さなければならない。その為であれば、自らの精神を削ることも厭《いと》わない。

阿久津は、かつて誤った方法で自らの特異な能力を使ってしまった。

だが、彼女なら――天海なら、正しい方法で真実を明らかにしてくれるだろう。

阿久津は、感知した記憶について語り始めた。

3

電車が轟音を響かせながら、多摩川にかかる高架を走り抜けて行く。

天海は、それを見送ったあと、ふうっと息を吐いて河川敷に向かって歩みを進める。

既に暗くなっているということもあり、人の姿はない。街灯もないこの場所は、より一層、闇が深くなっているように感じられる。

高架のコンクリートの柱の袂《たもと》に、屈《かが》み込《こ》むようにして、何かを捜している中年の男の姿が見えた。

この辺りは、ホームレスが多かったりするのだが、その男はスーツを着ていた。

「浅川昌明さんですよね」

天海が声をかけると、男はビクッと飛び跳ねるように立ち上がった。

怪訝《けげん》に表情を歪めている。口には出さなくても、どうして自分の名前を知っているのか不審に思っているのが、ありありと伝わってくる。

「特殊犯罪捜査室の天海です」

天海は、警察手帳を提示しつつ、浅川の許に歩み寄って行く。

浅川は「刑事さんですか」と苦笑いを浮かべる。

「何をしていらっしゃるんですか？」

天海は、何気ない調子で訊《たず》ねる。

「いえ。ただ、家でじっとしていられなくて、ぶらぶらと歩いていたんです」

浅川は笑みを返してくる。

表情は取り繕っていても、指先が震え、白いシャツにみるみる汗染みが広がる。

「そうでしたか。娘さんの遺体が発見されたのは、この先でしたよね」

天海は、下流の方に目を向けた。

浅川の娘である由梨の死体は、ここから五百メートルほど下流の地点で発見された。

「ええ。やっぱりじっとしていると、娘のことを思い出してしまうんですよ。それで
「まあ、こんなところで、うろうろしていても、娘が帰ってくるわけではないんですけど、どうしてもね……」

「心中お察し致します」

「……」

浅川は、自嘲《じちょう》するように笑った。

憔悴《しょうすい》しているその姿は、娘を失い傷心の父親と見えないこともない。だが、阿久津から

の情報を得ている天海からしてみれば、滑稽《こっけい》な演技としか思えない。

「犯人が捕まったのが、唯一の救いです。では、私はこれで――」

浅川は、会釈をするとそそくさとその場を立ち去ろうとする。いや、逃げようとしているると言った方がいいだろう。

「浅川さん。一ついいですか？」

「はい？」

「実は、事件を調べていて、一つ引っかかることがあったんです」

「引っかかること？」

「はい。娘さんの遺体が発見されたのは、ここより下流ですが、殺害されたのは、この高架の下だと私は思っているんです」

「どうして、そう思うんですか？」

「遺体に、コンクリートの粉末らしきものが付着していたんです」

「何ですそれ？」

天海は、浅川の脇を擦り抜け、高架の柱を指ですっとなぞる。指先に付着した白い粉末を浅川の眼前に突きつける。

「これです。ほら。白くなっているでしょ」

浅川は、しげしげと天海の指を見つめている。

今頃、頭の中で言い逃れする為の言葉をシミュレーションしているに違いない。

「それが、娘の身体に付着していたんですか？」

「そうです」

天海は、浅川の目をじっと見据えた。

瞳は動かない。浅川の方も、黙したまま天海の目を見返している。

「でしたら、ここで殺されたのかもしれませんね」

長い沈黙のあと、浅川はそう答えた。

「でも、そうなると、一つ疑問が残るんです。なぜ、犯人は、わざわざ死体の場所を移動したのか？　見つかり難い場所に移すのは理由として理解できます。どうして、五百メートルだけ動かしたのでしょうか？」

「さあ？　それは、あの男に訊《き》いて下さい」

浅川は、改めて立ち去ろうとしたが、天海は逃がすまいと彼の腕を摑んだ。

「まだ、話は終わっていません」

「何なんですか」

「由梨さんは、犯人と何らかの交渉をする為に、この場所に足を運んだと私は推測しています」

「交渉？」

「はい。犯人は由梨さんを殺して、交渉材料を奪おうとしたのですが、ここに落としてしまった。捜したのですが、暗くて見つけることができなかった。だから、先に死体を移動させたんです。警察に見つけられるのは拙《まず》いですからね──」

阿久津の情報から、天海が導き出した結論だった。

おそらく、浅川は義娘《ぎじょう》である由梨に肉体関係を強要していた。

調べたところによると、由梨の母は病気で入院している。そうした事情もあり、由梨は金づるでもあった浅川を受け容《う》れていたのだろう。

だが、由梨に恋人ができたことで、そうした関係を苦痛に感じるようになった。

そこで由梨は、浅川との歪んだ関係を断ち切ろうとした。浅川の弱みになる何かのデータを入手し、それをSDカードに入れて交渉に臨んだのだろう。

結果として、逆上した浅川によって殺害され、揉み合った拍子に、SDカードを紛失することになってしまった。

やむなく死体を移動させることで一時凌《いちじしの》ぎをした浅川だったが、不安を拭いきることができず、こうやって捜し続けているのだろう。

「それは、推測に過ぎませんよね。いずれにせよ、何か分かったら教えて下さい」

浅川が笑みを浮かべた。

心の動揺を悟られまいと、咄嗟《とっさ》に浮かべたのだろうが、それが逆に不自然だ。

「先ほど、見つけたんです。ＳＤカード」

天海はポケットからＳＤカードを取り出して見せた。

浅川の目の色が変わった。だが、即座に逆上するような愚は犯さなかった。長い時間をかけて息を吐く。

「中身は見たんですか？」

浅川の質問に、天海は首を左右に振った。

もちろん嘘だ。そもそも、このＳＤカードは、河川敷で見つけたものではない。

阿久津からの情報で、浅川が犯人であることは分かった。だが、証拠は一つもない。どうしても、浅川から自供を引き出さなければならない。

そこで、かなり荒っぽい手法ではあるが、揺さぶりをかけることにしたのだ。

「そうですか……それは、犯人に繋《つな》がる証拠になるかもしれませんね」

浅川は、あくまで落ち着いた口調だったが、心の内側は、激しく動揺しているはずだ。

「ええ。まずは、あなたの意見をお聞きしたいと思い、足を運ばせて頂きました。ちなみに、このことは、まだ誰にも言っていません」

天海が口にすると同時に、浅川の目がぎらつくのが分かった。

罠《わな》にかかった証拠だ。

「本当に、誰にも言っていないんですか？」

「言っていません。上司にも、同僚にも伏せてあります。私が、ここにいることも、誰も知りません」

言い終わるや否や、浅川が天海の首を無造作に摑んで来た。そのまま、高架の柱に押しつけられ、ぎりぎりと絞め上げられる。

単に首を絞めれば、人は死ぬというものではない。気道を塞ぐか、頸動脈《けいどうみゃく》を圧迫するかしなければダメだ。浅川は、勢いに任せて締め付けているだけに過ぎない。

天海は、素速く浅川の親指を摑んで捻り上げる。

ごりっと骨の外れる音がした。

浅川は、痛みで唸《うな》りながら天海から手を離して蹲《うずくま》る。

「公務執行妨害及び、暴行の現行犯で逮捕します」

天海は冷淡に告げた。

しかし――浅川は諦めが悪かった。

手許にあった、野球ボールほどの大きさの石を拾い上げると、それを振《ふ》り翳《かざ》して襲いかかって来た。

かわしたつもりだったが、砂利に足を取られて僅《わず》かにバランスを崩してしまった。左の額を掠める。

脳が揺れて、足許がぐらつき尻餅《しりもち》を搗《つ》いてしまった。

「余計なことをしやがって！」

浅川は、石を摑んだまま、獣のような唸り声を上げている。これが、この男の本性なのだろう。

流れ落ちる血が、天海の視界を奪う。

浅川は雄叫《おたけ》びを上げると、天海の脳天を殴打しようとする。避けられない。

天海は、浅川の膝頭《ひざがしら》を狙《ねら》って力一杯蹴った。

木材が折れるような音がしたかと思うと、浅川は石を取り落とし、仰向けに倒れ込むと、足を押さえてのたうち回った。

天海は、額の血と汗を拭い、安堵のため息を吐いた。

4

ポケットから五百円硬貨を取り出した永瀬は、親指と人差し指の間に挟み、そこから人差し指、中指、薬指、小指と硬貨を転がし、今度は逆方向に転がす。

戻ってきた硬貨を親指で弾《はじ》くと、回転しながら宙に上がる。やがて、重力に引かれて落下した硬貨を右手でキャッチする。

別に暇を持て余しているわけではない。緊張を和らげたり、考え事をしている時などにやってしまう癖のようなものだ。

いつから始めたのか、自分でも定かではない。たぶん、十年以上は経《た》っているだろう。おそらく、こうして五百円硬貨を転がすのは、ピアノの代わりなのだ。

永瀬は、硬貨をポケットにしまうと、コンコンとドアをノックし「永瀬です」と名乗る。すぐに「どうぞ」と応答があった。

「失礼します」

ドアを開けて中に入る。手前に応接セットがあり、その奥には大型のデスクが置かれている。

「どうぞ。座って下さい」

ゼネラルチェアに座っていた男──小山田《おやまだ》がそう促した。

口調は丁寧だし、横柄さは感じられないが、警視庁の総務部のトップに座り、次期警視総監にもっとも近いと噂される人物だけあって、オーラを纏ったような存在感がある。

「はい」

永瀬が応接用のソファーに座ると、小山田も自席から移動して来て、向かいに腰を落ち着けた。

「夜分に、お呼びたてしてしまって申し訳ありません」

　自分よりはるかに階級が下の永瀬に対しても、小山田は敬語を崩さない。丁寧で腰が低いのではなく、距離があることを相手に認識させようとしているのかもしれない。

「いえ。問題ありません」

「今日、お呼びたてしたのは、折入ってあなたにお願いがあったからです」

　お願いという表現を使ってはいるが、警察組織において、上からの言葉は即《すなわ》ち命令であり、正当な理由なく拒否することなどできない。

　特に、永瀬にとって小山田は恩人ともいうべき人物だ。断るという選択肢は最初から存在しない。

「何でしょう」

「まずは、この写真を見て下さい」

　小山田がテーブルの上にタブレット端末を置き、モニターに一枚の画像を表示させた。

　そこには、一人の男の顔が映し出されていた。

　永瀬は思わず声を上げそうになったが、何とかそれを抑えこんだ。

　緊張で呼吸が荒くなる。それを押し止《とど》めようと、小山田に分からないようにポケットから硬貨を取り出し、強く握った。

「彼のことは、知っていますね――」

「はい。もちろんです」

そこに映っている男——阿久津誠のことは知っている。

永瀬に限らず、警察官の中で彼の存在を知らない者はいないだろう。

現職の警察官でありながら、四人の人間を殺害し、悪魔と呼ばれた男だ。

阿久津の起こした事件は、一警察官の問題に収まらず、警察組織全体を揺るがす大問題へと発展した。

永瀬も、その煽《あお》りを食った一人だ。

「君は彼の主張をどう思います？」

小山田が訊ねてくる。

「彼の主張とは、記憶が見えるというあれですか？」

「そうです」

阿久津は、逮捕後に自分は他人の記憶が見えるのだと主張した。殺害した者たちは、全て過去に殺人を犯したが、法の目を逃れ、逮捕されることのなかった者たちで、そうした連中に罰を与えた——というのが、阿久津の犯行動機だった。

「彼は、統合失調症と診断されたはずです。それが答えなのではないでしょうか」

永瀬は慎重に答えを返した。

精神科医たちによる鑑定の結果、阿久津は統合失調症と診断された。記憶が見えるというのは、病気による妄想だったと結論付けられたのだ。

それから、法に則《のっと》り心神喪失状態により、責任能力無しという判断が下され、無罪判決を受け、指定の精神科病院に入院になった。

心神喪失状態だと、どうして犯した罪が問われないのか——という法律的な議論はさておき、それが阿久津に下された判断だったはずだ。

「しかし、幾つかの事件で、彼の主張に対する裏付けが取れたのも確かです。たとえば、守野の事件などはいい例です」

守野の事件は、阿久津の主張した通り、警察が組織ぐるみで証拠を隠匿していたことが明らかになった。

その責任を取らされる形で、当時の警視庁の上層部は、こぞって辞任に追い込まれた。

永瀬の父も、その一人だった。

それまで、永瀬は父の威光もあり、出世街道をひた走っていた。だが、あの事件をきっかけに、父の名前は足枷《あしかせ》になった。

父の失脚により、一気に転落することになった永瀬を内部監査室に引き抜き、再びチャンスを与えてくれたのが小山田だった。

肉親に不祥事があったからといって、優秀な人材を埋もれさせるべきではない——そう言った小山田の言葉に感銘を受けたものだ。

ただ、小山田が急に阿久津の話を始めたことが解《げ》せない。

「あの事件は、記憶が見えなくても、証拠を集めれば真相に辿《たど》り着《つ》くことができたと思います」

永瀬は私見を述べた。

「もちろん、その可能性もあります。しかし、そうでないかもしれない」

「何がおっしゃりたいのですか？」

「特殊犯罪捜査室の存在は知っていますね」

特殊犯罪捜査室は、大黒《おおぐろ》が創設し、かつて阿久津が所属していた部署だ。

本来なら、阿久津の事件が発覚した段階で、責任者である大黒は、何らかの処分を受けるはずだった。

ところが、蓋《ふた》を開けてみれば、責任論は曖昧《あいまい》になり、大黒は現在のポジションを維持しただけでなく、組織を拡張した。

上層部が大量に辞職したにもかかわらず、彼だけはまったくの無傷だったのだ。

大黒の処遇に関しては、目の前にいる小山田の後ろ盾が大きかったとも言われている。

小山田と大黒は、かつての上司と部下で、深い仲だともっぱらの噂だ。

「特殊犯罪捜査室が何か？」

「彼らの検挙率が、飛び抜けて高いことは知っていますね」

「かなりの実績を上げていると聞いています」

小山田の質問の意図が読めず、永瀬は慎重に言葉を返した。

「彼らの実績の陰に、阿久津君の存在があるようです」

「どういうことですか？」

「特殊犯罪捜査室は、阿久津君と接触し、事件に対して助言を求めているのですよ」

「殺人犯に、事件の助言を求めるなんて……」

もし、それが本当なのだとしたら、特殊犯罪捜査室は殺人を犯した男に、捜査情報を漏らしているということになる。

「私は、真実を知りたいのです」

「特殊犯罪捜査室が、情報漏洩《ろうえい》をしているのであれば、その証拠を押さえろということですね」

「違います」

即座に否定され、困惑してしまう。

「違うのですか？」

「私が知りたいのは、阿久津君の能力が、本物かどうかです」

警視庁の総務部長ともあろう人物が、超能力を信じているとでもいうのだろうか？　それに、真実であるにせよ、そうでないにせよ、そんなものを確認することに、意味はない気がする。

「何の為に──ですか？」

「今は、個人的な興味とだけ言っておきます」

小山田は微《かす》かに笑みを浮かべた。

裏があることを臭わせているが、どうせ、それを永瀬に伝えるつもりはないのだろう。

「しかし、調べるといっても、いったいどうやって調べるんですか？」

「大黒君に話は通してあります」

永瀬が所属しているのは内部監査室だ。てっきり、秘密裏に調べるのかと思ったが、そういうわけではないようだ。

「正面から、彼らに接触しろ──ということですか？」

「そうです」

「なぜ、私なのですか？」

言うつもりはなかったのだが、つい口をついて出てしまった。

内部監査室にいるのは永瀬だけではない。どうして、自分にお鉢が回ってきたのか分からない。

「永瀬君は、阿久津君と同期なのですよね。警察学校で一緒だったとか──」

小山田が淡々と告げた。

なぜ知っているのかと思いはしたが、それは一瞬のことだった。資料を見返せば、すぐに分かることだ。永瀬も、隠しているわけではない。ただ、思い出したくなかっただけだ。

「そうですが、親しかったわけではありません」

「親しくなくとも、面識があった方が、スムースに進みます。それに、君はとても優秀な人材です。適任だと私が判断しました」

——褒め殺しだ。

いずれにせよ、永瀬に拒否権はない。

「分かりました」

永瀬は、そう答えたあと小山田の部屋を出た。

掌《てのひら》に汗が滲んでいた。それをズボンに擦《こす》りつける。湿り気は取れたが、べたべたと張り付くような感触が残る。

脳裏に阿久津の顔が浮かんだ。

さっき写真で見た顔ではない。警察学校時代の阿久津だ。二人で握手を交わした瞬間の記憶が脳裏を過ぎる。

あの時、阿久津は言った。

——あなたは見殺しにしたんですか？

唐突に発せられた言葉に永瀬は戸惑った。阿久津の言葉が意味不明だったからではない。彼が何を言わんとしているのかは分かっていた。

問題は、どうしてそれを阿久津が知っているのか——だ。

ただ、問い返すことはできなかった。知ってしまえば、後戻りができなくなると感じたからだ。

いや、今は考えるのは止めよう。自分は、与えられた仕事をこなすだけだ。

永瀬は思考を断ち切り、歩き始めた。

5

天海は橋脚に寄りかかり、白い息を吐いた。

冷たい雨のせいで、身体が芯《しん》から冷えている。

いや、これほど寒さを感じるのは、単に外気温のせいだけではない。

危うく浅川に殺されかけた。その恐怖が身体だけでなく、心の奥まで凍えさせているのだ。

浅川は、天海の通報により駆けつけた捜査一課の刑事たちに連行された。

暴行と公務執行妨害の現行犯だ。これから、娘の由梨を殺害した件についても、調べが進むことになるだろう。

「また、魔女が事件を引っ掻き回したのかよ」

聞こえよがしに批難する声が耳に届いた。

目を向けると、天海から少し離れたところにいる捜査一課の刑事たちが、冷ややかな視線を向けていた。

魔女とは天海のことだ。

天海は、捜査一課の刑事たちから〈特捜の魔女〉と呼ばれている。

「好き勝手、現場を荒らしやがって」

そう言葉が続いた。

別に好き勝手に荒らしたつもりはない。誤った方向に傾きかけた事件が、解決に向かったのだから、それでいいはずなのだが、縄張り意識の強い警察組織においては、事件の真相究明が歓迎されるとは限らない。

おそらく、天海が女であることも、刑事たちの反感を買う大きな原因なのだろう。警察は、圧倒的な男社会なのだ。

今日は酷く疲れている。いちいち相手をするのも面倒だ。その場を離れようとした天海だったが、特殊犯罪捜査室の室長である大黒に呼び止められた。

「大変な目に遭ったな」

大黒が、黒い蝙蝠傘《こうもりがさ》をさし、こちらに歩み寄って来る。

体格は痩《や》せ形だが、鋭い眼光と凜とした佇まいとが相まって、厳かな存在感を纏っているように見える。

狡猾《こうかつ》で執拗《しつよう》なやり口から、黒蛇と渾名《あだな》されているが、的を射たネーミングだと思う。

大黒は、徹底的に私情を排除している。元々感情が存在しないのではないか——と思えるほど気分に起伏がない。

どんな時も、冷静沈着ではあるのだが、大黒が何を考えているのか分からず、不気味に感じることがある。

「いえ」

天海は、橋脚から身体を離して応じる。

「無事で何よりだ」

大黒の声は抑揚がなく、酷く無機質だ。

「単独行動をした結果です。申し訳ありません」

天海は謝罪の言葉を口にした。

阿久津から得た情報を大黒に報告し、指示を仰ぐべきだったが、天海は独断で浅川に接触した。

「それはいい。権限を与えているのは私だ。前にも言ったが、単独行動だからこそ、迅速な対応を取ることができるともいえる」

「はい」

大黒は、特例的に天海が単独行動することを許可している。のみならず、証拠品の持ち出しや、阿久津に接見するタイミングなども、天海の判断に委《ゆだ》ねられている。

面倒な手続きを飛ばすことができるので小回りが利く。何より、阿久津に会う時、他者を同席させないで済むのは、ありがたいことだ。

「阿久津は、元気にやっていたか？」

唐突に大黒が訊ねてきた。

大黒は合理主義者で、機械的に物事を判断するところがある。阿久津のことも、捜査に活用できる道具くらいに感じていると思っただけに、意外な問いかけだった。

「元気でした」

「そうか。それならいい」

そう言って、大黒が僅かに顔を伏せた。

蝙蝠傘に隠れて、その表情をはっきりと確認することはできなかったが、微かに口許が緩んでいるように見えた。

それは、笑っているようでもあり、怒っているようでもあった。

いずれにせよ、何かを企《たくら》んでいるという風に、天海は感じてしまった。

「捜査一課が天海に話を訊きたいそうだ」

再び顔を上げた大黒は、相変わらずの無表情に戻っていた。

「事件の概要は、説明したはずですが……」

天海は、少々うんざりしながら答えた。

捜査一課の刑事たちには、ここで浅川と何があったのか説明したばかりだ。質問があるなら、その場で訊けばいいものを――。

どうせ、ああだこうだと難癖を付けてくるのが目に見えている。

「説明は受けたが、どうしても、確認しておきたいことがある。もう少しだけ時間を貰えるかな」

そう言いながら歩み寄って来たのは、捜査一課の班長である菊池《きくち》慎介《しんすけ》だった。

年齢は四十代後半だが、贅肉《ぜいにく》のない引き締まった体躯《たいく》で、清潔感もあり、実年齢よりはるかに若く見える。

叩き上げの刑事だが、そうした泥臭さよりもスマートさを感じる。人当たりもよく、人望も厚いという話をよく耳にする。

「はい。大丈夫です」

天海が応じると、菊池は大きく頷いてから話を始めた。

「浅川は、この河川敷でSDカードを捜していたということだが、君がそのSDカードを所持しているのか？」

「いいえ。私は持っていません」

天海が答えると、菊池はおや？　という顔をした。

おそらく、天海がSDカードを持っていると浅川から証言を取ったのだろう。

「なるほど。浅川を騙《だま》したというわけか」

「結果的にはそうなります」

天海は、真っ直ぐに菊池を見据えた。

カマをかけて浅川から自供を引き出そうとしたのだ。てっきり批難されるかと思ったが、意外にも菊池はふっと息を漏らして笑った。

「特捜の天海の噂は聞いていたが、噂以上だな」

「魔女の噂ですか？」

「魔女などというのは、ただの僻《ひが》みだ。おれが聞いているのは、有能な刑事という噂だ」

「そうですか……」

そんな風に言われると思っていなかったので、戸惑ってしまった。

「何にしても、犯行の動機となったSDカードは発見されていない――ということだな」

「はい」

「分かった。全力で捜すように努めよう」

菊池は、そう言うとその場を歩き去って行った。

警戒していたが、菊池は噂以上に優秀な警察官のようだ。

気が抜けたこともあってか、立《た》ち眩《くら》みがして天海は思わず橋脚に手を突いた。

「かなり疲れているな。今日は帰って休むといい。家まで送ろう」

上司に送迎させるなど、気が引けるが、断る気力も残っていなかった。大黒の言葉に甘えて、自宅マンション前まで車に乗せて貰うことにした。

「一つ確認しておきたいことがある」

車を出すのと同時に、大黒が声をかけてきた。

どうやら大黒が送ると言ったのは、単純に部下の疲労を気遣っただけではないようだ。

「何でしょう」

「阿久津の件は、天海の負担になっているのではないか？」

負担になっているのか否かでいえば、心身ともに負荷がかかっているのは間違いない。

だが、だからといって、今の役割を放棄する気はなかった。

意地とか、そういうことではなく、どんなかたちであれ、阿久津の側にいられる唯一の方法だからだ。

「いいえ。負担にはなっていません」

「私には、自分を痛めつけているように見える」

さすがに痛いところを突いてくる。

「そうかもしれませんが、私が自分で望んでやっていることです」

「そうか。分かった」

大黒は大きく頷くと、それ以降、口を閉ざした。

沈黙が流れる車内の空気は、ずしりとのし掛かるように重く、時間の流れが遅延しているように感じた。

自宅マンション前で車を降り、大黒に礼を言ったが、ただ小さく頷いただけで走り去って行ってしまった。

あの質問に、どんな意図があったのだろう？　今になって気にかかったが、考えたところで答えが出るものではない。

エントランスを潜《くぐ》り、四階の自室のドアを開けた天海は、エアコンのスイッチを入れ、倒れ込むようにベッドに横になった。

冷え切った身体を温める為に、湯船に浸《つ》かりたいところだが、その気力が湧《わ》かない。せめて着替えだけでも――と思ったが、鉛のように重くなった身体はぴくりとも動かなかった。

一日で、本当に色々なことがあった。

こんな生活、いったい何時《いつ》まで続けるのだろう？

今さらながら、阿久津がどれほどの孤独と苦悩を抱えていたのかを思い知る。心と身体を削りながら、彼は正義を成そうとしていたのだ。

それが許されない行為であると知りながら、それでも阿久津は歩み続けた。果たして、自分にそれができるのだろうか？

身体を悪寒が走った。

これは、身体が感じている寒さではない。心が冷え切っているのだ。

こんな夜は、誰かに抱き締めて欲しいと思う。

人の温《ぬく》もりに触れることができたなら、少しは気分が紛れる。孤独ではないと実感するだけで、人は生きていける。

だが――。

おそらく、天海が阿久津に抱き締めて貰う機会は、もう永遠に訪れない。

気付いた時には、目に涙が滲んでいた。

ダメだ。泣いてしまう。慌てて瞼《まぶた》を固く閉じようとした時、にゃーという鳴き声とともに、マコトが顔に擦り寄って来た。

言葉は発しないが、それでも天海が抱いている孤独を感じ取っているのかもしれない。

額を撫でると、マコトは心地よさそうに目を細め、やがて天海に寄り添うように丸くなって眠り始めた。

マコトの体温を感じているだけで、凍《い》てついていた心が、溶かされていくような気がした。

天海は、その温もりを掌で感じながら眠りに落ちた――。

6

「私、どうしたらいいのか分からなくて……」

島崎亜里砂《しまざきありさ》は、すがるように言った。

自分でも、声が異常なほど震えているのが分かる。自然と涙が零れる。

「大丈夫だから。少し落ち着いて」

向かいに座るスーツの男が、周囲に目配りしつつ語りかけるように言うと、亜里砂にハンカチを差し出す。

亜里砂は、礼を言ってハンカチで涙を拭う。深呼吸をすることで、少しだけ冷静さを取り戻した。

今、亜里砂がいるのは、新宿駅東口の地下にある喫茶店だ。

混雑というほどではないが、周囲には客の姿があり、その視線の幾つかが亜里砂に向けられていた。

「す、すみません」

亜里砂は、慌てて詫《わ》びるとスーツの男性にハンカチを返した。

スーツの男性は刑事だ。正直、刑事と直接会うことに抵抗があった。高圧的だったりするのではないか——と思っていたからだ。

だが、目の前の刑事は、穏やかで礼儀正しいし、年齢の割にスマートな印象がある。

「少しは、落ち着いたかな？」

刑事が笑みを浮かべながら訊ねてくる。

「はい。大丈夫です」

頷いたものの、完全に動揺が収まったわけではない。

大学の友だちの由梨が死んだと知り、頭の中が真っ白になった。悲しみよりも、ショックの方が大きかった。自分の友人が、殺人事件の被害者になるなんて、誰も想像しないはずだ。

ニュースで彼氏だった弘也が疑われているという報道を見て、酷く動揺した。仲が良さそうだったのに、そんなことになるなんて——と信じられない思いだった。

ところが——。

二日前になって、さらに衝撃の報道がされた。由梨を殺害した容疑で義父が逮捕されたというのだ。

由梨が義父のことを毛嫌いしていたのは、よく知っている。

ただ、母親の入院費や学費、それに生活費を出して貰っているので、逆らうことができないと嘆いていた。

複雑な事情を抱えているようだったので、敢《あ》えて突っ込んだ質問はしないようにしていたところもある。

いずれにせよ、由梨の義父が逮捕されたことで、亜里砂は大変なことを思い出した。

由梨が死ぬ数日前に、預かって欲しいものがあるとSDカードを渡されたのだ。中身が何かは知らない。由梨は言わなかったし、亜里砂も訊かなかった。

ただ、亜里砂にSDカードを預けたあと、由梨は「これで、あいつから解放される。弘ちゃんと一緒に暮らすんだ」と嬉しそうに語っていた。

由梨を殺したのが義父だったと知り、あの時の言葉の意味が、急に分かった気がした。

もしかしたら、このSDカードは、事件に関係する重要な何かなのかもしれない。

どうすべきか散々悩んだ挙げ句、亜里砂は警察にメールを送った。由梨から預かっているものがあるが、もしかしたら事件に関係しているかもしれない――と。

正義感とかそういうことではなく、自分で保管しておくことが怖くなったのだ。

すぐにメールの返信が届いた。

直接会ってお話を聞かせて下さい――という申し出に従って、こうやって足を運んだのだ。

「事情は分かりました。由梨さんから受け取ったというSDカードを見せて頂きたいのですが、よろしいですか？」

刑事の指示に従い、亜里砂はバッグの中からSDカードを取り出し、テーブルの上に置いた。

「ありがとうございます。中身は確認しましたか？」

「いいえ。ただ持っていて欲しいと言われただけなので……」

「分かりました。こちらでお預かりして、解析してみます」

刑事はSDカードを手に取ると、それをビニールの袋に入れてポケットの中にしまった。

自分の手許を離れたことで、ふっと緊張が緩んだ気がする。

「由梨さんとご友人ということでしたが、どちらで知り合ったんですか？」

刑事が気安い感じで訊ねてきた。

「大学です。同じゼミを取っていて。私、仕事もやっていて、あまり授業に出られないから、ノート借りたりとかしているうちに仲良くなったんです。由梨も、私のことを応援してくれていて……」

肩の荷が下りたせいだろう。急に、由梨が死んだという悲しみが膨れ上がった。もう由梨と喋《しゃべ》ったり、メッセージをやり取りしたりできないんだと思うと、心がずんっと重くなった。

「そうでしたか。事件前、由梨さんに何か変わった様子はありませんでしたか？」

「特に無かったと思います」

いつもと変わらない様子だった。

だから、急にSDカードを預かって欲しいと言われて驚いたのだ。

「本当に何もありませんでしたか？　たとえば、恋人と喧嘩《けんか》したとか、そういう些細《ささい》なことでもいいんです」

「ありません。由梨は弘ちゃんと仲良かったし」

「でも、それは見せかけかもしれません。人間は、誰しも二面性を持っています」

「そうかもしれません……」

確かに、そういう部分は亜里砂にもある。

本当は仕事が全然上手くいっていないのに、虚勢を張って順調であるとアピールしたりしてしまう。

弱音を吐いて、頼ればいいのに、友だちだからこそそれができない。

「すみません。暗い話になってしまいましたね」

「いえ……」

「ちなみに、お仕事もしていると言っていましたが、アルバイトということですか？」

「いえ。その……少しだけ芸能活動を……」

　喋りながら恥ずかしくなった。

　由梨や友だちには、誇らしげに語るのに、刑事の前だとそれが憚《はばか》られた。それこそ、さっきの二面性という奴《やつ》だ。

「もしかして、BITの亜里砂ちゃん」

　刑事から返ってきた意外な反応に、亜里砂は目を丸くした。

「え？　知ってるんですか？」

「もちろん。こう見えても、アイドルは好きなんですよ。変ですよね」

　亜里砂が所属しているアイドルグループのBITは、正直、有名とは言い難い。

　アイドル市場はとっくに飽和状態で、二番煎《にばんせん》じどころか、三番煎じ。不毛の地に向かって船出したようなものだ。

　ただ、当時は、そうしたことが分からず、デビューが決まった時は、嬉しくて跳ね上がった。現実に気付いた時には、既に手遅れだった。

　自分たちが輝くことはないと諦めていただけに、思いがけず知っている人に出会えたことに素直に感激した。

「全然、変じゃないです。凄《すご》く嬉しいです」

「良かった。中年の刑事が、アイドルが好きなんて言ったら、引かれると思ってました」

照れ臭そうに笑うその顔が、ギャップがあってかわいらしかった。

「話が逸《そ》れましたね」

刑事は表情を引き締める。

「全然大丈夫です」

「良かった。それで、事件についてなんですけど、一つだけお願いがあるんです」

刑事の顔が急に深刻なものになった。

「何でしょう？」

「SDカードの中身は不明ですけど、もしかしたら、これを亜里砂さんが所持していたことが知れると、トラブルに巻き込まれる可能性があります」

「でも、犯人は逮捕されたんじゃ……」

「あくまで、逮捕されたのは、由梨さんを殺害した犯人です。このSDカードの中身が何かは分からないけど、表に出ると困る連中がいるかもしれません」

手放したのだから、もう関係ないはずだ。

「私、中身は見てません」

「犯人が、そう思ってくれるかどうかは分かりません」

刑事が力なく首を左右に振った。

せっかく安心しかけていたのに、再び不安の渦の中に放り込まれたような気がする。

「私、どうしたら……」

「このことは、絶対に秘密にして下さい。友だちはもちろん、肉親にも」

亜里砂は目眩《めまい》を覚えた。

初ステージの時など比較にならないほどの緊張で、そのまま卒倒してしまいそうだった。

「大丈夫。私が必ず亜里砂さんを守ります」

笑みを浮かべながら言う刑事の言葉が、亜里砂にとって唯一の救いだった——。

7

阿久津は、窓から差し込む日差しに目を細めた。

普段、阿久津がいる保護室と比べて、今いる診療室は開放感がある。

時間は不規則ではあるが、毎日診療を受けることになっている。

だが、それに意味があるとは思えない。

統合失調症というのが、阿久津に下された診断だ。しかし、阿久津は幻覚を見ているわけでも、幻聴を聞いているわけでもない。

記憶を感知しているのは、妄想ではなく現実なのだ。いくら診療を繰り返したところで、現実を消し去ることはできない。

「いい天気ですね」

何気ない調子で声をかけてきたのは、看護師の京香だった。

二十代半ばだと思われるが、実年齢よりも落ち着いて見える。美人ではあるのだが、常に影が付きまとっていて、脆《もろ》く儚《はかな》い印象があった。

「そうですね」

阿久津が答えると、京香は小さく笑みを返してから、定位置である椅子に座った。

こうやって、阿久津に声をかけてくる看護師は京香だけだ。他《ほか》の看護師たちは、声をかけるどころか、阿久津の姿を見ると途端に表情を硬くする。

それは無理からぬことだ。四人もの人間を殺した男を前にして、優しく声をかける京香の方が特殊なのだ。

やがてドアが開き、精神科医である和泉《いずみ》が、電動の車椅子に乗って入室して来た。

年齢は四十代の後半といったところだ。痩せ形で、知的な印象があるが、常に人懐こい笑みを浮かべているせいか、気取った感じはしない。

和泉は事故で下半身不随になったらしく、電動の車椅子を使用している。

だが、そこに悲愴感はない。強い精神の持ち主なのだろう。

「すみません。少しバタバタしていて、遅れてしまいました」

和泉が穏やかな笑みを浮かべる。

「いえ。お気になさらず」

阿久津がそう応じると、和泉は小さく頷きつつ、車椅子を阿久津の二メートルほど前方に停《と》めた。

「では、早速始めましょうか。今日の具合はどうですか?」

「お陰様で良好です」

阿久津が答えると、「それは良かった」と和泉が笑みを返してきた。

社交辞令なのだろうが、和泉が言うと、本当にそうであるかのように感じられるから不思議だ。

和泉は車椅子に取り付けてある、小型のテーブルの上にカルテを置くと、胸のポケットから愛用している万年筆を取り出す。

「阿久津さんは、他人の記憶が見えるということでしたが、現在もそれは続いていますか?」

「はい」

阿久津は間髪入れずに答えた。

「なるほど。以前、お訊きした時は、直接触れず、物を介しても記憶を見ることがある

──ということでしたよね？」

和泉が、万年筆を指先でくるくると回しながら訊ねてくる。

以前の担当医は、阿久津の能力については妄想だと決めつけ、興味すら抱かなかった。

だが、三ヵ月前に赴任してきた和泉は、それとは真逆だ。

和泉は、真剣に阿久津と向き合い、阿久津の思考を理解し、分析することで、治療の糸口を見つけようとしていると感じる。

「はい。ただ、物を介した場合、確実に見えるというわけではありません」

「というと？」

「これはあくまで私の持論なのですが、よろしいですか？」

「どうぞ」

「水が情報を蓄積するという話はご存じですか？」

「ええ。そういう説があることは認識しています」

「私は水を媒介にして、記憶を感知しているのではないかと考えています」

「なるほど。つまり、汗や血液といった水分に蓄積された記憶を読み取っているということですね」

闇雲に否定されないので、話が早くて助かる。

「はい。物に残留する記憶を読み取るのには、ある程度の条件が必要になってきます」

「汗や血液などの水分が、付着している必要があるということですね」

「ええ。記憶の情報が保持されている時間にも、制限があるように思います」

「分かりました。では、少しだけ実験してみましょう」

和泉が小さく笑みを浮かべつつ、隣に立つ看護師の朝宮京香に目配せをした。それに応《こた》えるように、京香が緊張した面持ちで頷く。

場の空気が重量を増したように感じられた。

「実験？」

「ええ。たとえば、今からこの万年筆を阿久津さんにお渡ししますので、そこに残る記憶を感知してみて下さい」

和泉が、すっと万年筆のペン先を阿久津に向けた。

彼は本気で阿久津の能力の実証実験をしようとしているわけではない。

統合失調症の治療は、まず自分が見ているものが、妄想であることを、患者自身が自覚するところから始まる。

おそらく和泉は、万年筆に残留する記憶を感知させ、それができないことをもって、記憶を見るという能力が、妄想であると認知させようとしているのだろう。

「分かりました」

阿久津が答えると、和泉は万年筆を京香に渡す。

彼女は、ハンカチでくるんでそれを受け取ると、阿久津の前まで運んで来た。

「どうぞ」

京香が、阿久津に万年筆を差し出す。

「ありがとうございます」

阿久津は、京香から万年筆を受け取ると、その感触を確かめるように握り、そっと瞼を閉じる。

掌の皮膚に、びりっと痺れるような感覚が走る。それは、瞬く間に全身を駆け巡り、脳髄に到達する。

自らの自我が一度崩壊し、別のものが再構築される。

爽《さわ》やかな香りが鼻を掠める。

これは、花の香りだ。おそらくは、ラベンダー。

デスクの上にアロマポットが置かれていて、そこから白く細い蒸気が流れ出ていた。そして、一輪挿しの花瓶。だが、その花瓶には、花は挿していない。

紙の上をペン先が走る音がする。

万年筆特有の、紙を引っ掻くようなガリガリという音だ。

〈どうして、死ななければならなかったのか？　今でもその理由が分からない。私は、ど

うして、信じてあげることができなかったのだろう?〉

ペンが止まる。

まるで宙に浮いているような浮遊感があった。腹の奥がむずむずして、どうにも落ち着かない。

鼓動が早鐘のようだ。

急に激しい目眩に襲われた。視界が歪み、闇に包まれる。

再び視界が開けると、上から何かがぶら下がっているのが見えた。それは——人間の身体だった。

若い男だった——。

一目で、その男が死んでいることが分かった。半開きの瞼から覗く目は濁っていて、生気がなかった。

「阿久津さん——」

和泉に声をかけられ、阿久津は記憶の世界から引き戻される。

現実に戻ったからといって、すぐに気持ちが切り替えられるわけではない。鼓動が速くなり、動悸《どうき》がする。

腹の中を掻き回されているような不快感と、嘔吐《おうと》感に襲われた。

「何か見えましたか？」

和泉が訊ねてくる。

阿久津は、深呼吸を繰り返し、冷静になるように自らに言い聞かせる。

今見たのは、和泉の記憶なのか？　だとしたら、木からぶら下がっていたあの死体は、いったい何なんだ？

混乱しながらも、阿久津は和泉に向き直る。

「部屋が見えました。万年筆を使って、手紙を書いていました。部屋には、ラベンダーの香りがしていた。たぶん、アロマポットです。それから、デスクの上に一輪挿しの花瓶が一つ。花は挿してありませんでした……」

阿久津が口にすると、和泉が眉《まゆ》を吊り上げ、驚いたような表情を浮かべた。

この反応――。

「そうか。この万年筆は、和泉先生のものではありませんね」

阿久津が口にすると、和泉は悪戯《いたずら》が見つかった子どものように、恥ずかしそうに笑ってみせた。

「バレてしまいましたね。怒らないで下さいね。阿久津さんの過去が見えるという話を、私なりに分析して、推論を立ててみたんです」

「推論ですか？」

「ええ。阿久津さんは、刑事だった。しかも、非常に優秀だったと聞いています。私は、阿久津さんの記憶を見るという能力の正体は、その時に培った、類《たぐ》い稀《まれ》な分析力なのではないかと思ったんです」

「なるほど。それで、渡す途中で、別の万年筆にすり替えたということですね」

和泉は、阿久津が洞察力で推理したものを、過去の記憶を感知していると錯覚していると考えたということだ。

それを確かめる為に、自分の万年筆だと言い、すり替えたものを阿久津に渡したということのようだ。

「ええ。阿久津さんが、今持っている万年筆は、昨日、私が朝宮さんに渡したものです。家に帰って、大切な人に向けて手紙を書くように指示したんです」

和泉が、ちらりと京香に目を向ける。

京香が目を伏せた。

「なるほど。それで、結果はどうでしたか？」

「ここに、朝宮さんの部屋の写真があるのですが、確かにアロマポットもありますし、デスクの上に空っぽの一輪挿しの花瓶があります」

「妄想ではないと、認めて頂けたということですか？」

「まだ、何とも言えませんね。そもそも、今回の検証は、阿久津さんに、記憶を感知する能力は、存在しないという仮説を立証する為のものでしたから……」

和泉がばつが悪そうに頭を掻いた。

思いがけない反応があったことで、和泉は困惑しているのだろう。

「いずれにせよ、今日の問診はここまでにしましょう」

和泉が終了を宣言して、カルテに何かを書き記していく。

「あの。万年筆を——」

京香が再び阿久津の前に立った。

「はい。どうぞ」

阿久津は、万年筆を京香に返却する。

一瞬だけ指先が触れた。

また、男の死に顔が阿久津の脳裏にフラッシュバックした。その顔に、見覚えがあるような気がしてならなかった。

京香の記憶にある男が何者かは分からないが、少なくとも、京香がその死に顔を見ていることだけは確かだ。

だが、そのことを問い質《ただ》す気にはなれなかった。

8

阿久津誠――。

　永瀬は、部屋の壁にピンで留めた阿久津の写真に目を向ける。逮捕された時に撮影されたマグショットで、正面と横の二枚がある。他にも、阿久津関連の資料が壁一面にピンで留められている。単純な文字の羅列ではなく、重要なものを配置することで、頭が整理されるのだ。人間関係などを図形として認識しているところがある。楽譜を読むことに慣れているせいかもしれない。

　こうやって写真や資料を壁に貼《は》るのは、永瀬が学生時代から続けていることだ。小学生時代は、自室の壁にテストの重要ポイントを貼る程度だった。だが、中学三年の時に、母が亡くなってからは、自室ではなく母の部屋を利用している。父が早々に、母の荷物を処分してしまい、今残っているのは、母が使っていたピアノだけだ。

　広いスペースを確保できるというのもあるが、この部屋で考えごとをすると、とても気分が落ち着く。

ピアノ以外の荷物は全てなくなっているが、それでも、この部屋には、まだ母の匂《にお》いが残っている気がする。

ふっと脳裏に、母との思い出がフラッシュバックする。

永瀬は、毎日のようにこの部屋で、母からピアノを教わった。ピアノを弾くことは楽しかったが、それ以上に、母と時間を共有していることが嬉しかった。

自然と、今は弾くことがなくなったピアノに、視線が吸い寄せられる。

何年も放置されているので、もう調律は合っていないだろう。弾かないことを理由に、父は何度も処分しようとしたが、それを止めたのは永瀬だった。

ピアノまで失ってしまったら、永瀬の記憶から、母が完全に消えてしまう──そんな気がしたからだ。

もし、母がまだこの家にいたら、きっと永瀬の人生は今とは違うものになっていたに違いない。

警察官など目指すことなく、今もまだピアノを弾いていただろう。

永瀬は、ポケットの中から硬貨を取り出し、それを親指で弾き、キャッチすることで感傷を断ち切る。

今は、阿久津の事件を整理している段階だ。

永瀬は、指の上で硬貨を転がしながら、じっと壁を──阿久津の事件を見つめ直す。

阿久津が殺したのは、捜査一課の警部だった長谷部《はせべ》。大学病院の外科部長だった安藤《あんどう》。暴力団組織の幹部、武井《たけい》。そして、大物政治家の隠し子だった守野の四人だ。

それぞれに、相関関係はない。

年齢、職業、趣味嗜好《しこう》といった部分を見ても、類似点は乏しい。外見の特徴もバラバラだ。唯一、性別は全員男性だが、それは偶然だろう。

阿久津を中心に、四つの事件が放射状に伸びているといった感じだ。

もし、阿久津が快楽殺人者であるなら、そこに何かしらの共通点が見出《みいだ》せるはずだが、それは無いと判断していいだろう。

では、なぜ阿久津はこの四人を殺害したのか？

殺人を犯しながら、法の目を逃れた者たちに罰を与えたというのが、阿久津が語った犯行動機だ。

阿久津には、他人の記憶を感知する特殊な能力があり、殺害した者たちに接触した際、その犯行を知ったと供述している。

小山田からは、その能力の真偽を確かめるように言われているが、永瀬は最初からそんなものを信じるつもりはない。

阿久津は何かを隠している。記憶が見える云々《うんぬん》や、殺人者たちに罰を与えるなどというのは、まやかしに過ぎない。

では、どうして阿久津は四人を殺害したのか？　無差別ということはあり得ない。

現段階では、四人に何ら共通項は見つからないが、何かあるはずだ。

阿久津が、ターゲットとしてこの四人を選んだ共通項。或いは、関連が。問題は、それが何か──ということだ。

直接的な関係はないが、その親族や友人、恋人まで範囲を広げれば状況は変わってくるかもしれない。

いや、被害者の親族や交友関係だけとは限らない。

阿久津の周辺も、改めて調べてみる必要がある。特に特殊犯罪捜査室の大黒と、天海の二人に関しては、仔細に調査する必要がある。

永瀬が、硬貨を親指で弾き、キャッチしたところで、スマートフォンに着信があった。

表示されたのは、父が入院している病院の番号だった。

夜の時間帯に入院先の病院からの連絡。永瀬は、そのことに期待を抱いた。

「はい。永瀬です」

〈精神医療研究センターの朝宮です。夜遅くにすみません〉

電話の向こうから、父の担当看護師である京香の声が聞こえてきた。

顔を合わせたのは一度だけだ。美人ではあるが、印象に残り難《にく》いというか、儚い感じのする女性だった気がする。

声も自信なげで、今にも消え入りそうだ。

「父に何かあったでしょうか？」

永瀬は期待を押し殺すようにして訊ねた。

〈いえ。お父様は問題ありません。書類のことで……〉

「そうですか……」

感情を殺そうとしていたが、思わず落胆のため息が漏れてしまった。

――さっさと死ねばいいものを。

〈日中、何度かお電話したのですが、繫がりませんでした。失礼かとは思ったのですが、提出期限の迫っている書類ですので、お電話させて頂きました――〉

そういえば、日中に病院からの着信履歴が残っていた。入院書類の件で、折り返し連絡が欲しい旨のメッセージも残っていた。

阿久津に関する資料を集めていた最中だったので、後回しにしたまま失念していた。

「ああ。分かりました。今日中に記入して、明日の朝一で送付しておきます」

永瀬は、一方的に告げると、相手の返答も待たずに電話を切った。

椅子に腰掛けた永瀬は、両手で顔を覆った。

さっき永瀬は、〈さっさと死ねばいいものを――〉と内心で呟いてしまった。

父に対する嫌悪感故なのだが、警察官としてあるまじき思いだった。こんな風に私情からくる怒りに任せて、相手の死を望むのでは、阿久津と同じだ。

「阿久津とは違う」

永瀬は、言葉に出して否定した。

窓の外に目を向ける。

空はどんよりとした雲に覆われ、月すら出ていなかった。それでも、庭に生えている紅葉の木は確認できた。

あの木を見ると、嫌なことを思い出す。

永瀬は、舌打ちをしつつ親指で硬貨を弾いた。キャッチしようとしたが、手許が狂い床に落下する。

床に硬貨が落ちる音に混じって、犬の吠える声が聞こえた気がした——。

9

男は、じっとその死体を見つめていた——。

夜の暗がりの中、噴水に寄りかかり、両足を投げ出すようにして座っているその姿は、あまりに滑稽だった。

ステージの上で、スポットライトを受ける亜里砂は、あれほどまでに輝いていたというのに、今はその清潔で力強い美しさは微塵《みじん》も感じられない。

ただの肉の塊――。

死というものは、単に生命活動を停止した状態というだけでなく、本来あったはずの何かを奪い去っていくのかもしれない。

男は左耳のピアスを外し、親指と人差し指で摘まむ。

安物ではあるが、気に入っていた。彼女とお揃《そろ》いの品だったからだ。プレゼントしたわけでもないし、逆に渡されたわけでもない。

亜里砂と同じ物を身につけたくて、必死になって探し回って手に入れたのだ。

男はそれまでピアスの穴を開けていなかったが、これを付ける為に開けた。自分で、ピアッサーを購入し、説明書の指示通りに左耳に穴を開けた。

穴を開ける瞬間、痛みで思わず声を上げた。

ちゃんと冷やしていなかったし、場所もよくなかった。

それでも、肉を突き破る時の感触は、何ともいえない快楽に満ちていた。

これで、亜里砂と同じ物を身につけられる。ほんの少しかもしれないが、亜里砂に近付いたという実感もあるが、それだけではない。

肉に穴を開ける時の感触が、いつまでも手に残っていた。

これまで痛みというのは、不可抗力によって与えられるものだった。机の角にぶつけたり、躓《つまず》いて転んだり、望まぬかたちで痛みを感じていた。

しかし――。

ピアスを開ける行為は違った。能動的な痛みだった。

同じ痛みであるはずなのに、能動的なそれは、これまで味わったことのない快感を男に与えてくれた。

大げさな表現ではなく、生きているという実感を得ることができた。無気力に過ごしてきた、怠惰な日常から解放されたような気がした。

それ以来、痛みの虜《とりこ》になり、幾つもピアスの穴を開けた。耳だけでなく、鼻や唇。さらには腕や腹など、身体のあらゆるところに穴を開け、そこに金属の輪を通した。

敢えて、穴を開けたあと消毒せず、膿《うみ》が溜《た》まるのを観察したこともあった。

じゅくじゅくと腐っていく肉に触れる感触に興奮した。

男は二つに割れた舌で自らの唇を舐める。

生まれつきの舌ではない。レーザーメスで切ったのだ。本当は自分でやりたかったのだが、大量の出血により死に至る可能性があるらしい。

割れた舌を見て、歓喜に打ち震えた。生まれ変わったのだ――と実感することができた。

気付けば、あれほど執着していた亜里砂の存在が、どうでもよくなっていた。だから、今日はこのピアスを返しに来たのだ。先生も、そうするべきだと言っていた。

男はピアスを摘まむ指にぐっと力を込める。

鋭い痛みが走ったが、それでも、緩めることなく力を込め続ける。

ぷつっと皮膚が破れて、ピアスの先端が肉に食い込む。

男は痛みを愉《たの》しみながら指先でピアスを弄《もてあそ》ぶ。

しかし、それは長く続かない。鋭い痛みはやがて鈍くなり、次第に指先の感覚が麻痺《まひ》していく。

興醒《きょうざ》めした男は、自らの血に塗《まみ》れたピアスをその場に捨てると、彼女の死体に背中を向けて歩き出した。

10

車を降りると、待ち構えていたようなタイミングで、雨が降り始めた——。

最初、ぽつぽつと数滴頬に当たる程度だったが、瞬く間に勢いを増し、みるみる地面を濡らしていく。

凍りそうなほど冷たい雨だった。

早朝の時間帯であるにもかかわらず、現場である公園は、ヤジ馬でごった返していた。

稲城《いなぎ》市にあるその公園は、遊具やベンチ、テニスコートの他に、バーベキューができる多目的広場まであり、休日ともなれば、近隣のファミリー層の憩いの場でもある。

公園の中央は、すり鉢状になっていて、タイルで敷き詰められた円形の広場があり、噴水が設置されている。

死体が発見されたのは、その噴水の前ということだった――。

立入禁止のテープを潜り、青いビニールシートで目隠しされた囲いの中に入る。

「特捜の魔女のお出ましだ」

敵意と批難の入り混じった声が耳に届いた。

視線を向けると、少し離れたところにいる捜査一課の若い刑事二人が、これみよがしに顔を背けてみせる。

浅川の事件の時、現場にいた二人だ。

手柄を持って行かれたとひがんでいるのか、或いは自分たちの捜査ミスが露呈したことを、恨んでいるのか――。

腹が立たないと言ったら嘘になるが、子どもじみた誹謗《ひぼう》中傷に本気で相手をするのもバカバカしい。

「事件を解決するのはいいけど、容疑者を壊すなよ」

「欲求不満の解消に、玉を蹴り潰《つぶ》されたんじゃ、たまったもんじゃねぇ」

彼らの前を通り過ぎようとした天海に、さらなる中傷の言葉を投げつけてくる。

天海が蹴ったのは膝であって股間《こかん》ではない。それでも、敢えて性的な表現を含ませる言葉を投げつけてくるあたり、未《いま》だに日本の社会が、男尊女卑であるという現実を突きつけられた気がする。

「お前らは、他人を批難するほどの結果を残しているのか？」

そう言葉を投げかけたのは、捜査一課の班長、菊池だった。

怒鳴ったわけではないが、二人の刑事を、一瞬にして硬直させてしまうだけの迫力を持った声だった。

刑事たちは、そそくさとその場を離れていく。

「ただ妬《ねた》んでいるだけだ。気にすることはない」

菊池が天海に言った。

「大丈夫です。慣れていますから」

天海が答えると、菊池は「そうか」と小さく頷いてから、その場を立ち去った。

誹謗中傷するような刑事がいるのも事実だが、同時に菊池のような刑事もいると思うと、いくらか救われる。

「朝早くからすまない」

声をかけてきたのは大黒だ。

言葉に反して、詫びている様子は一切ない。かといって高圧的なわけでもない。相変わらず大黒の言葉からは、何の感情も窺《うかが》えない。

「いえ」

「まずは、死体を見ておいて欲しい」

大黒に促され、天海は視線を噴水の方に向けた。

水瓶《みずがめ》を模した噴水の前に横たわる死体を見て、天海は戦慄《せんりつ》を覚えた。

服装や体型からして、若い女性であることは推察できる。衣服に乱れはない。ただ、死体には本来あるべきものが無かった。

髪の毛も含め、頭部の皮膚が全て剝がされ、赤黒い肉が剝き出しになっていた。瞼を失った眼球が、虚ろにこちらを見つめている。

「何てことを……」

思わず声を漏らす。

死んでからなのか、生きたままだったのかは定かではないが、人間の頭部の皮膚を剝ぐなど、常軌を逸している。

天海は、激しい嫌悪感を覚えつつも思考を巡らせる。

人間の皮を剝ぐというのは、あまりに凄惨で残忍な行為であるが、それはあくまで自分たちの常識に当て嵌めた場合の感覚だ。

単純に、異常者と斬《き》り捨ててしまっては、見えるものも見えなくなる。

犯人が何者かは分からないが、皮を剥ぐ何かしらの理由があったはずだ。犯人の欲求なのか、宗教的な儀式なのか、或いは、皮を剥ぐことで、何かを隠そうとしたということも考えられる。

そうしたものを、丹念に拾い上げなければ、事件の真相を導き出すことはできない。

天海は、改めて死体に近付き、じっくりと観察する。

被害者の身長は、百六十センチ前後。服装は女性のものではあるが、トランスジェンダーという可能性もあるので断定はできない。

皮の剥ぎ方がとても綺麗《きれい》だ。

何の知識もない素人が、無理矢理剥いだのだとしたら、こうはいかない。それに、皮を剥ぐ為の器具も必要だったはずだ。

死体発見場所が、公園だというのも引っかかる。

地面に残る血痕《けっこん》の量から考えても、皮を剥ぐ作業を行ってから、この場所に運んで来たことは間違いない。

処分に困って遺棄したのだとしたら、こんな目立つところに置くのは不自然だ。まるで、見て下さいと言わんばかりに置かれているのが、どうにも引っかかる。

「死体が発見されたのは何時ですか？」

「今から一時間前――午前六時過ぎのことだ。犬の散歩をしていた七十代の夫婦が、噴水の前を通った時に発見。通報した」

天海の質問に、大黒が淡々とした調子で説明を加える。

「ガイシャの身許は分かっているんですか？」

「まだだ。今のところ、身許を示すような遺留品は見つかっていない。指紋の照合などもやっているが、時間がかかるかもしれない」

落胆はあるが、致し方ない。

これだけ特殊な犯行なのだから、慎重に捜査を進める必要がある。

「他に遺留品はあるんですか？」

「これが見つかったそうだ」

大黒が証拠品袋を天海に掲げてみせた。

その中には、血に塗れたピアスが入っていた。見たところ、あまり高価なものではなさそうだ。大量に出回っているものだと、身許特定に繋がる手掛かりとしては弱い。

「目撃情報などは、上がってきているんですか？」

「それも、今のところは無しだ。公園の防犯カメラを確認中だが、管理人の話では、数日前から故障していたそうだ」

偶然、防犯カメラが故障していたというのはでき過ぎている。犯行の為に、予《あらかじ》め破壊しておいた可能性もある。

かなり厄介な事件になりそうだ。

「悪魔の再来だな――」

近くにいた捜査員と思しき男が、死体をまじまじと見つめながら呟いた。

聞き流せばいいものを、天海は悪魔というワードに過敏に反応して、声を発した男に視線を向けてしまった。

天海と同年代くらいの男だったが、見覚えはない。

長身で、細身で、背格好は彼に似ているが、顔立ちは全然違った。丸顔で、幼い印象がある。

こちらの視線に気付いたのか、男が見返してきた。

細く、鋭い眼光だった。いかにも警察官らしいが、そこには、他者を見下しているような傲慢《ごうまん》さが窺える。

天海は、男の視線から逃れるように、大黒に向き直った。

「他に、分かっていることはありますか？」

すぐに返答はなかった。こちらの声が届いていなかったのかと思い始めたところで、ようやく大黒が口を開いた。

「被害者の死体に、妙なものが残されていた」

「妙なものとは？」

「これだ——」

大黒は死体の手首を持つと、掌が見えるように位置を動かした。

被害者の掌には、切り傷があった。ただの傷ではない。紋様を象っている。

「これは……」

天海は、その紋様が何であるのかを認識すると同時に、思わず声を漏らした。

血の気が引いた。膝が震え、その場に倒れてしまいそうになったが、辛《かろ》うじて踏み留まった。

さっきの男が「悪魔の再来だな——」と言った意味を改めて理解した。

そこに描かれていたのは逆さ五芒星——悪魔の紋様だった。

11

永瀬は、大会議室で開かれる捜査会議を部屋の隅で立ったまま聞いていた。

指の上で繰り返し硬貨を転がしている。

島崎亜里砂——。

それが公園で発見された死体の女性の名前だ。

年齢は十九歳。大学生だが、地下アイドルとして活動していたようだ。三日ほど前から行方が分からなくなっており、所属事務所から行方不明者届が出されていた。

現場からは、身許を示すような所持品は発見されていなかったが、背格好が似ていることから、指紋による照合を行った結果、島崎亜里砂であることが判明した。

プロジェクターを使って、現場の写真が映し出される。

頭部の皮膚が剝がされた無残な様に、場慣れしているはずの捜査員たちもさすがにどよめいた。

それは、永瀬も同様だった。

現場に足を運び、一度目にしているが、その凄惨さには思わず目を背けたくなる。

——本当にそうか？

耳許で誰かの声がした。砂のようにざらついた声。

永瀬は、思わず硬貨を落としそうになり、慌てて掌で握り込んだ。

脳裏に血塗れになった女の顔がフラッシュバックする。

消そうとしても、消えることのない忌まわしき記憶。今回の被害者とは、まったく状況が違うはずなのに、なぜか頭の中で二人の女の顔が重なる。

嘔吐感がこみ上げてきたが、永瀬は唾を飲み込み、無理矢理それを抑えこんだ。舌に饐えたような不快な味が残った。

永瀬は、気持ちを落ち着かせようと、硬貨を再び指の上で転がしながら、会議室を見渡す。

何気なく視線を漂わせていたのだが、急速に中程に座る一人の女性に視線が吸い寄せられた。

後ろ姿ではあるが、それが誰なのかすぐに分かった。

——天海志津香。

特殊犯罪捜査室の刑事で、かつて阿久津誠とコンビを組んでいた。そして、阿久津を撃ち、彼を逮捕した女性。

優秀な刑事で、今も着実に実績を積み重ねているが、周囲からは〈特捜の魔女〉と畏れられている。

資料の写真で見た時は、強い意志を持ち、凜とした佇まいをもった知的な女性だと感じた。

だが、朝に犯行現場で顔を合わせた時は、写真とは異なる印象を抱いた。

永瀬と目が合った瞬間の天海は、少し触れただけで、粉々に砕けてしまうのではないかと思うほど、脆く儚い存在に見えた。

写真の彼女は、虚像ではないかと思ったほどだ。

実際に言葉を交わしたわけではないので、本当のところは分からない。だが、周囲が望む自分を演じ、自らの心を痛めつけているようで、その姿を見ているだけで息苦しさを覚えた。

思えば、母もそうだった。

表面上は、美しく、凜とした女性だった。だが、それは真実の姿ではなかった。そう取り繕っていただけだ。

妻として、或いは母として、周囲が望む自分を演じ続けていたのだ。ただ、そんなことを続ければ、必ず歪みが生じる。

当人も気付かぬうちに心を蝕《むしば》み、やがては取り返しの付かない崩壊を招くことになる。

こちらの視線を感じたのか、天海が振り返った。

永瀬は逃げるように視線を逸らした。

同僚の女性に、亡き母の面影を重ねるなど、あまりに子どもじみている。まるでマザコンではないか。

永瀬は再び硬貨を握り締め、頭の中から二人の女性の姿を締め出した。

捜査会議の中では、被害者である島崎亜里砂の掌に残されていた逆さ五芒星の紋様に話が及んでいた。

再び会場がざわざわと揺れる。

永瀬が現場で感じたことを、他の捜査員たちも思っているに違いない。悪魔の再来だと。

──あなたは見殺しにしたんですか？

阿久津が警察学校時代に永瀬に放った言葉が、再び脳裏を過ぎる。

それをきっかけに、眠っていた記憶が鮮明に蘇《よみがえ》った。

永瀬が、阿久津からそう言われたのは、警察学校内で阿久津と剣道の試合をした時だった。

それまで、存在は知っていたが、言葉を交わしたことは一度もなかった。

試合は、お互い、一歩も譲らない激戦で、激しく剣を交えることになった。拮抗《きっこう》した試合だったが、最後は永瀬の方の集中力が途切れ、阿久津に籠手《こて》の一本を取られることになった。

負けはしたが、本当に緊迫したいい勝負だった。

試合が終わったあと、お互いの健闘を称《たた》え合って握手を交わした。

その時、阿久津はしばらく呆然《ぼうぜん》としたあと、真っ直ぐに永瀬を見据えて、哀《かな》しげな目であの言葉を言ったのだ。

試合とは、まったく関係ない言葉に永瀬は当惑した。

ただ、心の底を見透かされたような気がして、酷く狼狽《ろうばい》したのを覚えている。

それまでは、接点が無かっただけだが、あの言葉以降、永瀬は明確に阿久津を避けるようになったのだ。

怖かったのだと思う。

知られてはいけない過去を知られた気がして、阿久津に近付くことができなかった。

もし、阿久津に本当に他人の記憶を感知する能力があるのだとしたら、剣道の試合後に握手をしたあの瞬間、彼は永瀬の過去を見たということになる。

「そんなはずはない」

内心で否定したつもりだったが、思わず声に出てしまった。

周囲の注目を集めることになってしまった永瀬は、そうした視線から逃げるように、無言のまま会議室を出た。

廊下に出てため息を吐く。

耳鳴りがした。いや、これは耳鳴りではない。記憶の中で、犬が吠えているのだ。

永瀬は、嫌な記憶を断ち切るように硬貨を親指で弾いた。

一度宙に上がり、回転しながら落下してくる硬貨をキャッチするはずだったのに、手許が狂った。

硬貨は永瀬の掌に収まることなく、固い音を立てて床に落下した。

12

捜査会議を終えたところで、大黒に声をかけられた。

「天海——」

「はい」

天海が返事をすると、大黒はついて来いという風に顎《あご》で合図をし、近くにあった会議室に入って行く。天海は、黙ってそのあとに続いた。

「今回の事件をどう見る？」

ドアが閉まると同時に、大黒は背中を向けたまま訊ねてきた。

「かなり難航すると思います」

天海は率直に答えた。

死体を激しく損傷させていたことから、捜査本部は怨恨《えんこん》の線で捜査を進める方針だ。

被害者の島崎亜里砂は、芸能活動もしていたようなので、ファンによるストーカー殺人も視野に入れての捜査になる。

だが、天海はそこに違和感を覚えずにはいられなかった。

かつては、事件の陰に金と女あり——と言われていた。犯罪の動機のほとんどが、この二つに集約されていたのだが、それは古い考えだ。

引《ひ》き籠《こ》もりの男が、自分より恵まれているという理由で、憂さ晴らしでもするかのように、小学生の少女たちにナイフを振り翳す時代なのだ。

なぜ、死体を公園に放置したのか？　なぜ、頭部の皮膚を剥いだのか？　その疑問を解明しない限り、事件の解決は難しいだろう。

異常者と単純に切り捨ててしまっては、真相は闇の中だ。共感する必要はないが、理解しなければ、犯人に近付くことはできない。

「同感だ。私は、今回の事件は、我々に対する挑戦だと思っている」

「逆さ五芒星ですね――」

天海が答えると、大黒は大きく頷いた。

被害者の掌に残されていた逆さ五芒星の紋様。何の意味もなく、あんなことをするはずがない。

阿久津の事件の模倣犯かとも思ったが、そんな単純なものではない気がする。さっきの捜査会議で、逆さ五芒星について、箝口令《かんこうれい》が出たことも引っかかる。

「逆さ五芒星を残した意図は不明だが、今回の犯人が、一年半前の阿久津の事件を知る者であることは、間違いないだろう」

大黒が断言した。恐ろしい発想ではあるが、天海もそれに同感だった。

「ただ、そうなると、犯人は警察関係者ということになりませんか？」

阿久津が、死体に逆さ五芒星を刻んだことは、メディアには発表していない。

つまり、警察関係者か、それに近しい人間が、今回の犯行に関与しているということになる。

「いや。そうとも言い切れない。今はネット社会だ。箝口令など何の意味も持たない。検索をかければ、いくらでも情報を得ることができる」

大黒の言う通りかもしれない。そうなると、逆に絞り込みが困難だ。

「厄介ですね」

「おそらく、彼の力を借りることになるだろう」

呟くように言った大黒の発言に、天海の心臓が大きく鼓動を打った。

不謹慎であることは分かっている。それでも、再び阿久津に会うことができるという喜びが、天海の中に歓喜の感情を生み出す。だが、それを表に出すわけにはいかない。

「分かりました」

天海は、冷静に応じたつもりだったが、大黒を欺けたとは思えない。おそらく、大黒は天海の心情など、いとも容易《たやす》く見抜いているに違いない。

「それから――」

立ち去ろうとした天海を呼び止めるように、大黒が言った。

「何でしょう」

「明日から内部監査室の人間が、天海の捜査に同行することになる」

あまりに唐突に放たれたその言葉に、天海はすぐに意味を理解することができなかった。

阿久津の事件のあと、天海は大黒の計らいで単独行動が許されてきた。その理由は、阿久津の存在だ。

彼に捜査協力を求める際、他の捜査員たちがいると都合が悪いことが多々ある。阿久津の能力の助けを借りる為には、現場に残る証拠品などに直接触れて貰う必要がある。持ち出し厳禁の証拠品を、殺人事件の犯人である患者の許に持ち込むなど言語道断だ。

だからこそ、阿久津に捜査協力して貰っていることは、秘密事項にされていた。

知っているのは、大黒と天海。それと監察医の佐野《さの》と、その助手である中里美怜《なかざとみれい》くらいのものだ。

それなのに——。

「阿久津さんのことは、秘密にしていたはずです。内部監査室が同行したら……」

「それについては、心配には及ばない。内部監査室は事情を理解している。それと、その人物は阿久津とは旧知の仲だ」

「え？」

「警察学校時代の同期だそうだ」

「警察学校の……」

過去の阿久津を知る人物――そう思うと興味が湧いたが、それはあくまで個人的なものに過ぎない。

内部監査室と行動を共にするのは、どうしても抵抗がある。意見を口にしようとしたが、大黒はそれを遮るように「今からここに呼ぶ」と一方的に告げ、携帯電話を取り出し連絡を始める。

「どうしてですか？」

大黒が電話を終えるのを見計らって疑問をぶつけた。

「状況が変わった。それだけだ」

大黒の返答は端的なものだった。それだけに、これ以上の質問は受け付けないという強い意志を感じる。

上層部からの圧力を受けての判断なのだろうか？　それとも、大黒自身の意図で、そういう選択をしたのか？

読み取ろうとしたが、大黒はそれを完全に覆い隠してしまっていた。

思えば、天海が最初に阿久津とコンビを組んだ時も、一方的な通達だった。その後、大黒は阿久津の行動について、黙して何も語らなかった。

今回もそれと同じだ。ここで天海がいくら言葉を並べても意味がない。大黒は、決して自分の考えを語らないだろう。

天海が諦めの気持ちを抱いたところで、ドアをノックする音がした。

「入れ」

大黒が告げると、ドアが開き、一人の男が会議室に入って来た。犯行現場で「悪魔の再来だな――」と口にした人物だった。

「永瀬警部だ。刑事としての経験はないが、永瀬は〝ゴッホ〟事件を解決した実績もある」

大黒が言う。

〝ゴッホ〟事件は、天海も知っている。新進気鋭の作曲家として名を馳《は》せていた男、神部《かんべ》浩之《ひろゆき》が、女性を拉致《らち》監禁した事件だ。

駆けつけた警察官の目の前で、自らの左耳を切断したことから、画家のゴッホになぞらえ、〝ゴッホ〟事件と呼ばれるようになった。

神部は、犯行動機について「悪魔に会う為だった――」と供述。

取り調べ中も奇声を発するなどの異常な言動が見られ、精神鑑定を受けることになった。その結果、阿久津と同様に統合失調症であったと診断され、入院することになったはずだ。

「あれは偶々《たまたま》、居合わせただけで、ぼくが解決したわけではありません。あくまで、ぼくの目的は監査なので、戦力としては考えないで下さい。当然、天海さんの捜査方針にも口を出すつもりはありません」

永瀬が平然とした顔で言う。

そういう言われ方をすると、余計に釈然としない。

「何を監査するのですか？」

「阿久津さんの能力が本物であるか否かを、確かめるように言われています」

「え？」

どうして急にそんなことを調べようとしているのか？

天海には理解できない。答えを求めて大黒を見たが、黙したままだった。

「改めまして永瀬です。よろしくお願いします」

永瀬が困惑する天海などお構いなしに、笑みを浮かべながら、すっと右手を差し出してきた。

握手を求めているようだ。

だが、天海はそれに応じることなく、「よろしくお願いします」とだけ返した。

「拒否ですか？」

永瀬が右手を差し出したまま口にする。

「接触恐怖症なので」

天海は、永瀬の手を一瞥《いちべつ》してから答えた。

相手は阿久津ではない。触れたところで、自分の記憶が読み取られるわけではない。それでも、あれ以来、阿久津以外に触れられることを避けている。

阿久津以外の人間に、心を開くことはないという、強い決意のようなものかもしれない。

「後は任せた」

大黒はそう言い残すと部屋を出て行った。

天海は、黙ってその背中を見送ることしかできなかった。

13

ホテルのラウンジのテーブル席に座った菊池は、ウェイターにジャックダニエルのロックを注文した。

ピアノの音が聞こえた。

黒いシックなドレスを纏った女性が、ラウンジにあるグランドピアノを生演奏している。

その旋律は、荒々しく激しいのだが、それでいてささくれ立った気持ちを包み込んでしまう柔らかさがある。

ただ、この美しい曲を創造した作曲家は、女性を拉致監禁した挙げ句、自らの左耳を切断するという奇行の末、閉鎖病棟に入院になった神部だ。

そういう男だったからこそ、これだけ独創的な音楽を作ることができたのかもしれない。

菊池は、テーブルの上に置かれたグラスを手に取ると、ジャックダニエルを胃に流し込んだ。

アルコールが、沈んでいた気分を高揚させていくようだった。

新たに発生した殺人事件のせいで、捜査一課は不眠不休の捜査が続いている。本当であれば、菊池もこんなところで呑気《のんき》に酒を嗜《たしな》んでいる場合ではない。

それでも、菊池にはどうしても、ここに足を運ばなければならない理由があった。

煙草《タバコ》に火を点《つ》けたところで、テーブルの向かいの席に人が座る気配があった。視線を向けるまでもなく、相手が誰なのかは分かっている。

「遅かったですね」

菊池は、グラスに視線を向けたまま言う。

「生憎《あいにく》自由が利かない身だ」

不機嫌な声を上げつつ、男はウェイターに炭酸水を注文した。

酒は飲める口なはずだが、敢えてノンアルコールを選んだということは、このあと仕事に戻るつもりなのかもしれない。

もちろん、菊池も捜査に戻らなければならないが、多少のアルコールの臭いが残っていたところで誰も気にしない。

立場の違いというやつなのだろう。

「そうですか」

菊池は返事をしつつ、男に顔を向けた。

薄茶色のサングラスに、鍔《つば》付きのキャップを被っている。変装のつもりなのだろうが、仕立てのいいスーツがいかにもアンバランスだ。

こんな格好では、職務質問されかねないが、それはそれで面白いかもしれない。

「それで、浅川の件は大丈夫なんだろうな？」

ウェイターが炭酸水をテーブルに置き、立ち去ったのを見計らって男が切り出した。

声を潜めているとはいえ、不用意に名前を出すなど、愚の骨頂ともいえる行為だが、どうせ誰も聞いてはいないだろう。

「ええ。問題ないはずです」

菊池は、淡々と答えた。確かに浅川が逮捕されたのは誤算だった。

勢い余って義娘の由梨を殺害してしまった浅川は、菊池の目の前にいる男に助けを求めた。目の前の男には、浅川が逮捕されては困る事情があった。

そこで、菊池に事後処理の依頼が回ってきたというわけだ。

菊池は早速、浅川と連絡を取った。

浅川は半ばパニックになり、今にも泣き出しそうな声で、由梨に脅され、ついかっとなって殺してしまった。自分は悪くない――と必死に弁明していたが、正直、そんなことはどうでもいい。

菊池は、浅川を落ち着かせ、詳しい事情を聞き出すことになった。

まずは、娘の死体を犯行現場から、五百メートルほど下流に移すこと。そして、娘のバッグを菊池の元まで持って来るように伝えた。

菊池は浅川からバッグを受け取り、由梨の恋人である大木が住むマンションの部屋の室外機の隙間に押し込んでおいた。

由梨の恋人の大木が、別れ話のもつれから殺害したというシナリオにすれば、それで解決する。

だが、問題が一つ残った。

それがSDカードだった。浅川は、義娘の由梨に肉体関係を強要していた。恋人ができたことで、それに耐えかねた由梨は、浅川のパソコンからデータをSDカードにコピーし、それを材料に交渉したのだ。

今後、肉体関係には一切応じない。ただ、生活費と母親の治療費は、継続して払うというのが、由梨が突きつけた条件だった。

由梨の殺害後、バッグの中を探したが、交渉材料であるはずのSDカードは見つからなかった。

おそらく、現場で揉み合っている時に落としたのだろうというのが、菊池の推測だった。

だから、死体を動かし、犯行現場でSDカードを捜すように浅川に言っておいたのだ。

「涼しい顔で言っている場合ではないだろ。浅川が逮捕されたんだぞ」

男がずいっと顔を近付けて来る。

尻に火が点いて焦っているのだろうが、この程度でうろたえるようでは、この男の器もたかが知れている。

よく、今のポジションに就いたものだと思う。

本人も、自分のポジションと器が見合っていないことに気付いているからこそ、こんな風に焦っているのかもしれない。

「分かってます。それに、責めるべきはおれじゃなく、連中ではありませんか?」

「大黒か」

男が苦々しく呟いた。

特殊犯罪捜査室の大黒とは、直接の交流はほとんどない。ただ、その異名は知っている。黒蛇――。

内部監査室時代に付けられた渾名だ。

執拗かつ狡猾に、相手を追い込んでいく手口がその由来らしいが、風貌《ふうぼう》も何処か蛇のように見える。

優秀ではあるのだろうが、ユーモアの欠片《かけら》もなく、ただ淡々と職務をこなす面白みのない男だ。

間違っても、酒席を共にしたくない。

「ええ」

菊池は大きく頷いた。

ただ、特殊犯罪捜査室で注意すべきは、大黒だけではない。大黒の右腕的な存在である、天海という刑事も無視できない。

下っ端の連中は、色仕掛けで手柄を上げる〈特捜の魔女〉だと揶揄《やゆ》しているようだが、天海はそんな安っぽい女ではない。

冷静に状況を判断し、的確に捜査を進めているからこそ、実績を積み上げることができているのだ。

浅川を逮捕した手腕も、見事としか言い様がない。物的証拠が無いにもかかわらず、小心者の浅川に揺さぶりをかけ、敢えて自分を攻撃させることで、逮捕の口実を作ったのだ。正直、菊池の部下に欲しいくらいだ。

違うな。あの女が手に入るなら、部下としてではなく、もっと別の使い道がある。ああいう女を屈服させることができたなら、さぞや快感だろう。

「まあ、特殊犯罪捜査室については、既に手を打ってある」

男がぽつりと言った。

「どんな手です？」

「お前に言う必要はない。上手くいけば、連中を締め出すことができるはずだ」

男は自信たっぷりに言うが、菊池はそれを素直に受け取れなかった。

相手は黒蛇だ。下手に手を出せば、奴の毒牙《どくが》にかかって命を落とすことになりかねない。まあ、忠告したところで、聞き入れるような男ではないだろうが。

「奴らのことはいい。それより、浅川が余計なことを喋ったりしないだろうな？」

男は威圧するような口調だったが、その目は落ち着きなく泳いでいた。

「まず、それはないでしょう」

「どうして断言できる？」

「そもそも、浅川が逮捕されたのは、由梨を殺害した容疑です。例の件に触れることはありません」

「我が身かわいさに、秘密を暴露するようなことは？」

「大丈夫です。そこは言いくるめてあります」

菊池が単独で取り調べを行うという名目で、浅川には今後の段取りを説明してある。

「信用できんな」

猜疑《さいぎ》心が膨れ上がっているらしい。菊池は、面倒だと思いながらも説明を始めた。

「普通に行けば、浅川は無期懲役といったところです。ただ、このまま余計なことを喋らずにいるなら、減刑する方法があると伝えてあります」

「娘を殺害しておいて、減刑する方法があるとは思えんがな」

「ありますよ。その辺りは安心して任せて貰いたいものですね」

菊池は、グラスに残ったジャックダニエルを一気に飲み干した。

「信じていいんだな？」

「もちろんです。浅川の件は、あなただけの問題ではありません。もし、彼が余計なことを喋れば、おれも無事ではすまない。必死にもなりますよ」

浅川が秘密を暴露すれば、この男はもちろん、菊池も間違いなくただではすまない。他にも迷惑を被る人間が山のようにいる。

「分かった。信じよう。それで、例のものは見つかったのか？」

「ええ。無事に回収しました」

菊池は証拠品袋に入ったままのSDカードを取り出し、テーブルの上に置いた。

浅川は、名目上は製薬会社の社長ということになっているが、奴が経営する会社はただのペーパーカンパニーだ。

空っぽの会社を使ってのマネーロンダリングが、浅川の本当の仕事だ。

その顧客には、この男や菊池のように、賄賂《わいろ》を受け取っている警察関係者の他、大物政治家たちが名を連ねている。

由梨が盗み出したのは、その顧客名簿と財務資料だ。一億や二億の話ではない。数百億円規模の汚れた金の話だ。

あまりに危険なものを盗み出したということになる。

「これは、殺害現場に落ちていたのか？」

「いいえ。浅川は、河原で揉み合っている時に落としたと思っていたようですが、実際は違いました」

「どういうことだ？」

「浅川の娘が、友人に預けていたんですよ。自分に何かあった時の為に――。なかなか用心深かったようですね」

「それを回収したということか」

「はい」

「これを所持していた人物が、余計なことを喋るなんてことはないだろうな？」

「喋りたくても、喋れないでしょうね」

「どういう意味だ？」

「聞かない方がいいですよ」

菊池が告げると、男は察しをつけたらしく、不機嫌な表情で押し黙った。

「おれは、これで失礼します」

立ち上がった菊池を、男が呼び止めた。

「もう一つ、頼みたい案件がある……」

これで終わりにすればいいものを、まだ何かをしようというのか。つくづく欲深い男だと思う。

だが、菊池は男の申し出を断ることはない。

「何です？」

菊池が問い返すと、男は、少し戸惑いを見せつつも仔細を語り始めた。菊池は、それをぼんやりと聞いていた。

抜け出せない沼に、ずぶずぶと嵌まっていく気がした。

まあ、今さら足掻《あが》いたところで、どうなるものでもない。自分の人生は、とうの昔に終わっている。

いわば、生ける屍《しかばね》のような存在なのだから、なるようにしかならない。

14

時間が緩やかに流れていく。

問診以外の時間は、この部屋の中で時間が過ぎるのを待つだけだ。本を読むことくらいしか、やることがない。

誰にも接触することなく、一人でただ時間を過ごすということは、それだけで拷問に近い。

じわじわと真綿で首を絞められるように、ゆっくりと、だが確実に精神が殺されていっているような気がする。

だが、それでいい。どんな理由があろうと、阿久津は四人の人間を殺害してきた。その報いは受けるべきだ。

阿久津が最初に殺したのは、長谷部亮一《りょういち》という刑事だった。

彼は、警察官でありながら二十年ほど前に、女子大生を殺害していた。しかし、長谷部は、警察官という立場を利用して、こともあろうに、その罪を別人になすりつけた。

スケープゴートにされたのは、阿久津が通っていた美術教室の講師をしていた、笹川《ささがわ》だった。

阿久津にとって、笹川は単なる講師ではなかった。

両親ですら信じなかった阿久津の能力を受け容れ、向き合い方を教えてくれた恩人とも呼べる人物だった。

笹川は、逮捕されたあと、一貫して無罪を主張したが、裁判で有罪判決を受けた。控訴を申し立てたが棄却され、刑が確定したのだ。

その後、笹川は刑務所の中で自殺した。

阿久津は、事件の起きた日に、笹川に触れている。その記憶を見て、彼が人を殺してはいないと知っていた。それなのに、何もできなかった——。

無力感に打ちひしがれたあと、阿久津は警察官になることを決めた。

記憶を感知するという自分の能力を使えば、笹川のような人間を作り出すことはないと思ったからだ。

積み重ねた実績が認められ、刑事になった阿久津は、長谷部という刑事とコンビを組むことになった。

初対面の時、握手を交わし、長谷部こそが笹川の事件の真犯人であることを知った。しかも、長谷部は他にも同様の犯行を繰り返していたのだ。

許せなかったが、いきなり殺すようなことはしなかった。

長谷部に、自分が真相を知っていることを告げ、自首を促した。

だが、彼はそれに応じなかった。それどころか、開き直って見せた。自分だけがやっているわけではない。他の連中も似たり寄ったりだ——と。

仕舞いには、阿久津に金を投げつけた。阿久津が、強請《ゆすり》の為に呼び出したと勘違いしたのだろう。

阿久津は、それでも怒りを静めて長谷部に告げた。あなたを告発する——と。

すると、長谷部は今度は逆上した。

そして阿久津を殺そうと襲いかかって来たのだ。必死に抵抗し、揉み合っているうちに長谷部が倒れた。

頭から血を流し、そのまま動かなくなった。

蘇生《そせい》措置を行おうと長谷部に触れた時、改めて彼の記憶を感知した。

この期に及んで、長谷部は後悔など微塵もしていなかった。むしろ、阿久津に対して激しい憎しみすら覚えていた。

阿久津は、悟った。世の中には、救いようのないクズがいる。そういった連中には、何を訴えようと意味がない。

反省する気がない人間を、現行の法で裁いて改心を促したところで、何も変わらない。ならば、少しでも世の中をマシにする為に、救いのない連中を葬った方がいいのではないか——と。

阿久津の思考を遮るように、足音が近付いて来た。

問診や食事の時間ではない。おそらく、警備員の誰かが巡回しているのだろう。

そのまま通り過ぎて行くに違いないと思っていたのだが、部屋のドアの前でピタリと足音が止んだ。

ドアに遮られていて見ることはできないが、何者かがじっと視線を向けているのが伝わってきた。

やがて——ドアの向こうからくぐもった笑い声が聞こえてきた。患者の誰かが迷い込んだのかもしれない。

「悪魔と呼ばれた男が、囚《とら》われの身とは笑えるじゃないか」

声がした。男の声だ。砂のようにざらついた声——。

それにこの話しぶり。どうやら、迷い込んだのではなく、ここが阿久津の部屋だと分かって足を運んだようだ。

——いったい何の為に？

「どうして、おれがここに来たかって？　もちろん、あんたに会う為だ」

まるで阿久津の心を見透かしたように、声が言う。

「私に？」

「そうだ。おれは、悪魔に会いに来たんだ」

「なぜです？」

「決まってるだろ。おれとあんたは同類だ。あんたが悪魔だとしたら、おれは魔王ってところか？　いや、神と言った方がいいか。まあ、名称なんてどっちでもいい。おれとあんたは表裏一体。鏡の中と外。お互いを理解できる唯一無二の存在なんだよ」

興奮しているのか、男はまくしたてるような調子で言う。

息を切らしているのか、ひゅーひゅーと喉が鳴る。

「名前も知らない相手のことを、理解できるとは思えませんね」

阿久津がそう返すと、男はまた笑った。

「冷静だな。さすが四人も人間を食っただけあるな」

「人を食した覚えはありません」

「食っただろ。お前は単に肉体を殺しただけじゃない。その魂を食ったんだ」

「魂など存在しません」

「人の常識から外れた存在のくせに、ずいぶんと凡庸なことを言うじゃないか」

「そうは思いません」

「そうか。あんたは、隠しているんだな。でも、そんなことをしても無駄だ。おれには分かっている」

「何がです？」

「あんたは、正義感から人を殺したんじゃない。あんたが人を殺したのは、腹の底にある欲求が抑えられなくなったからだ」

「違います」

阿久津は小さく首を振った。

男が、それを笑う。

「嘘を吐いたな。脈拍が少し上がった。おれは、耳がいいから聞こえるんだよ」

「私は……」

「思い出せよ。初めて人を殺した時、何を感じた？　どう思った？　興奮して、歓喜に打ち震えたはずだ」

「何を……」

「だから隠したって無駄だって。罪を裁かれなかった連中に裁きを与えた？　笑わせるな。あんたにとって、それは自らを正当化させる為の口実に過ぎない。あんたは、獲物を探していたはずだ。自分の手を見てみろ。今でも、殺したい衝動に駆られてるんだろ」

阿久津は、自らの両手に目を向けた。

久しく太陽の光に当たっていないせいで、病的なほど白く変色した掌――一瞬だけ、その掌が血で染まっているように見えた。

「違う」

阿久津は、ぎゅっと拳《こぶし》を握りながら言った。想像していたのより、ずっと大きな声を出していた。

男の言葉に、心がかき乱されているようだ。

「いつまで、そうやって自分を偽っていられるかな」

「偽っているわけではありません」

「偽っているさ。だから、あんたは悪魔と呼ばれたんだ。誰もが忌むべき殺人犯たちを葬ったのに、称賛ではなく畏れを抱かれた」

「私は、称賛を欲していたわけではありません」

「それは本当だろうな。あんたが欲していたのは、人の命を奪う瞬間にしか味わうことのできない快楽だ。あんたはやっぱり悪魔だ。身体の芯から悪魔なんだよ」

男は満足そうな笑い声を上げた。

次第にその笑い声は遠ざかっていき、やがて聞こえなくなった。

阿久津は、長いため息を吐く。

掌にはびっしょりと汗をかいていた。それだけではない。指先が微かに震えていた。

どうして、ここまで動揺しているのか自分でも分からなかった。いや、違う。そうではない。

本当は男の言った言葉の意味を理解している。だからこそ、動揺しているのだ。

男の言う通り、阿久津の中には悪魔がいる。

そして、その悪魔は今も尚、阿久津の頭の中で囁《ささや》き続けている――。

第二章　記憶に棲《す》む悪魔

1

スピーカーから流れるピアノの旋律に、耳を傾けながら櫛《くし》で髪をとかす。流麗で清らかかつ美しいメロディーに反して、枝毛が引っかかり、ぷつぷつと何かが切れるような感触が伝わってくる。

直接、髪に手で触れてみる。

あれほど艶《つや》やかで美しかった髪が、今は静電気を帯びたように広がってしまっている。外は雨が降っている。湿気を帯びたせいもあるだろうが、原因はそれだけではない。

「どうして？」

落胆のため息が漏れる。

それと同時に、苛立ちが一気に増幅し、抑えがきかなくなっていた。

気付いた時は、髪を摑んで床に投げつけていた。

床の上でだらしなくへたり込んだ頭皮と髪は、薄汚い埃《ほこり》の塊のようだった。

あれほど美しかった彼女の髪が、こうも醜く変貌してしまうことになるとは、正直、思いもしなかった。

私は、椅子に座り込むと、両手で顔を覆った。

苦労して手に入れたのに、完全に無駄になったと思うと、気分がずぶずぶと沈み込んでいく。

上手くいかなかったのは髪だけではない。頭部の皮膚も酷いものだった。

傷付けないように、皮下脂肪から丁寧に切除して、それから皮膚だけを残すように加工したのだが、まるで牛革のようなごわごわとした肌触りになってしまった。

あのつるつるとした感触は、何処にもない。

扇情的なピアノの旋律に引き摺られるように、感情が昂ぶり、自然と涙が零れ出た。だが、不思議なことに、それは次第に変化し、私の中に希望の光を灯《とも》した。

音楽の力に掬《すく》い上《あ》げられたような気がする。

絶望するのはまだ早い。

作業自体は上手くいっていたはずだ。原因は、もっと別にある。

おそらくは、死んだあとに頭部の皮膚を剝がしたことがいけなかったのかもしれない。

やはり、生きたまま剝がすべきだったのだろう。

暴れることで、手許が狂うことを危惧《きぐ》して、殺害してから剝ぐという選択をしたが、次は睡眠薬、もしくは麻酔のようなものを使用することにしよう。

そうすれば、作業中に暴れるようなこともないだろう。

薬の入手方法だが、当てがないわけではない。勤務先から拝借することもできる。

いずれにせよ、次のターゲットを決めなければならない。自分一人で決めるのはよくない。また、先生に助言を求めた方がいいだろう。

こんなところで諦めてはいけない。夢を実現させる為にも、気持ちを新たにしなければならない。

ふと、窓の外に目を向けると、相変わらず雨が降り続いている。

ピアノの旋律を搔き消すような勢いで降るその雨音が、心をざわつかせた。

2

また、悪夢で目を覚ました——。

正確には、天海が阿久津を撃ったあの日の記憶だ。

それを、悪夢にしてしまっているのは、おそらく天海自身なのだろう。いつか、あの記憶を悪夢ではなく、想《おも》い出《で》にすることはできるのだろうか？

淡い期待を抱いたものの、すぐにそれは水泡となって弾けた。

どんなに足掻こうと、阿久津が殺人を犯したという現実は消えないし、天海が阿久津を撃った事実は覆らない。

今は、ただ目の前の事件に向かうだけだ。

疼痛を覚えながらも、ベッドから抜け出し、足に擦り寄って来たマコトに餌をやり、身仕度を始めた。

一通り準備を終えると、鏡と対峙して身だしなみをチェックする。

今日は、阿久津に会うことになるだろう。

また事件の話をするだけなのだろうが、それでも、彼に会えるというだけで気分が高揚する。

スマートフォンが着信を報《しら》せる。

天海は洗面台を離れ、スマートフォンを手に取る。登録されていない番号が、モニターに表示される。

「はい。天海です」

通話をタップして電話に出る。

〈おはようございます。永瀬です〉

一瞬、誰のことだか分からなかったが、すぐに思い出した。名刺は渡してあったので、それで天海の番号を確認したのだろう。

「おはようございます。何かご用ですか？」

天海が問うと、永瀬はふっと息を漏らすようにして笑った。

〈しっかりしているようで、意外と抜けているんですね〉

「どういう意味です？」

〈捜査に同行することになっていたはずです。細かいことを打ち合わせしていなかったので、こうして連絡させて貰ったんです〉

——そうだった。

今日から、天海は一人で行動するわけではない。永瀬と一緒に、捜査をしなければならない。

この一年半、天海は一人で捜査を行ってきた。浅川の事件の時のように、単独での行動は危険が伴うが、これまで自分のペースで動いてきただけに、急に同伴者がいるとなると戸惑いを禁じ得ない。

「そうでしたね」

〈その声。寝起きですか？〉

「いいえ。もう起きて準備は整っています」

〈それはすみません。昨日と声が違う感じがしたので、てっきり寝起きなのかと――〉

永瀬が冗談めかして言った。

天海は、ため息を吐きそうになるのを、辛うじて堪《こら》えた。

永瀬がどんなつもりか知らないが、冗談を言い合うような間柄ではない。

「それで、どうしますか？　私は、これから一度本庁に向かい、大黒さんに報告を入れてから監察医の佐野さんに会いに行きます」

永瀬は、まだ何か言いたそうだったが、天海は強引に話を進めた。

〈では、本庁で合流するかたちにしましょう〉

「分かりました」

通話を終えようとした天海だったが、永瀬に呼びかけられた。

〈一つ、確認させて貰っていいですか？〉

「何でしょう？」

〈天海さんは、今回の指示に納得していませんよね〉

すぐに返答ができなかった。

永瀬が捜査に同行することは、昨日、大黒から一方的に告げられたのだ。具体的な説明もなく、ただ伝えられた。

納得などできているはずがない。ただ、大人としてそれをそのまま口にするのは、躊躇《ためら》われた。

「今回の指示とは？」

　しばらくの沈黙のあと、そう聞き返した。

〈内部監査などやっていると、煙たがられることには慣れています。気を遣って隠す必要はありません〉

「私は、指示に従うだけです」

〈天海さんが、従順に付き従うタイプとは、到底思えませんね〉

「何がおっしゃりたいんですか？」

〈ただの確認です。納得していないのは、それで構いません。しかし、お互いに職務ですから、報連相は徹底しましょう。隠し立てしたり、単独行動をすることは、くれぐれも控えて下さい。では、後ほど〉

　そう言って電話は切れた。

　永瀬は、牽制《けんせい》を入れたといったところだろう。

　天海はスマートフォンをしまうと、改めて鏡の前に立ち、長い息を吐いた。

　どうして、大黒は永瀬の同行を許可したのだろう？

　改めてその疑問が脳裏に浮かぶ。

　上層部からの命令なのかもしれないが、大黒なら、不必要だと判断した事柄は、たとえ相手が誰であれ狡猾にかわすはずだ。

つまり、永瀬を同行させることに、意義があると判断したということになる。

いったい、どんな利点があるのか天海には分からない。そもそも、どうして今さら阿久津の能力の真偽を確かめる必要があるのか？

天海には、それが分からない。

仮に、永瀬たち内部監査室が、阿久津の能力が本物であったと認定した場合、どうするつもりなのだろう？

記憶を感知する阿久津の能力は、存在しないという前提があるからこそ、統合失調症による心神喪失状態の犯行ということで、彼は無罪となった。

阿久津の能力を認めるということは、阿久津の精神が正常であったと認めることになる。

そうなった場合、心神喪失状態の犯行という前提が覆る。

もちろん、一事不再理の原則がある。確定した判決がある場合、改めてその審理をすることは許されないという原則だ。

だが、注目を集めた阿久津の事件だ。開かずの扉と言われる、再審の扉が開くかもしれない。

もし、再審などということになれば大変なことになる。

阿久津は四人の人間を殺害している。相手の罪の如何《いかん》により、減刑されるなどという法律は存在しない。どんなに情状酌量を求めたところで、死刑判決は免れない。

「そんなこと……」

思わず言葉が漏れた。

しばらく、呆然としていた天海だったが、やがて気持ちを引き締め直した。

永瀬の報告如何では、阿久津の命運が大きく変わる可能性がある。永瀬の言動を注意深く観察する必要がありそうだ。

3

「顔色が悪いようですが、大丈夫ですか？」

精神科医の和泉が声をかけてきた。

阿久津は、昨晩の訪問者について説明することも考えたが、止めておいた。下手に騒ぎを起こすより、向こうの出方を窺った方がいい。もしかしたら、あれはただの悪戯だったのかもしれないのだ。

「昨日、少し寝付きが悪かったのですが、特に問題はありません」

阿久津が答えると、和泉は「そうですか」と応じた。納得したのか否かは、その表情からは判断できない。

常に柔和な表情を浮かべているので勘違いしてしまうが、和泉も決して心の内側を見せないタイプだ。

「本当に大丈夫ですか？」

京香も声をかけてきたが、阿久津は笑みとともに「はい」と答える。

「さて。今日は、阿久津さんに幾つか訊いておきたいことがあったんです」

和泉が咳払《せきばら》いをしてから切り出した。

「何でしょう」

「私なりに、阿久津さんに起きている現象を、色々と調べてみたんです」

「類似する症例を調べたということですか？」

「ええ。まあ、そんなところです。それで、幾つか仮説を立てたのですが、聞いて頂けますか？」

「どうぞ」

和泉が、いったいどんな仮説を立てたのか、阿久津自身興味があった。

「阿久津さんが感知しているのは、他人の記憶ということでしたよね」

「そうです」

「刑事だった頃、被害者に触れることで、その犯人が分かったということですが、それで間違いありませんか？」

「はい。ただし、被害者が犯人を見ていた場合です」

「というと？」

「私が感知しているのは、あくまで対象者の主観によるものです。後ろから撲殺されたりした場合、対象者は犯人の姿を見ていないので、私は感知することはできません」

阿久津の説明に、和泉は「なるほど」と返したものの、その表情は一気に険しいものに変わった。

和泉の仮説がどういうものかは分からないが、それが外れたのかもしれない。

「先日、物を介した場合も、記憶を感知することができるとおっしゃっていましたよね？」

和泉は訊ねながら、隣にいる京香にちらりと視線を向けた。

否《いや》が応《おう》でも、万年筆を使った実験のことが脳裏を過ぎる。あの時、阿久津が和泉のものだと思って感知したのは、京香の記憶だった。

彼女の記憶に刻み込まれている死体は、いったい誰のものだったのか？

知りたい気持ちもあるが、それを口にすることは憚られた。

「そうです」

「物を介す場合も、対象者が見た記憶しか、感知できないということですか？」

「その通りです。物体には記憶がありません。私が感知しているのは、あくまで物体に残留している、対象者の記憶です」

「ということは、さっきの話のように、後ろから撲殺されたようなケースの場合、所持品に触れても犯人を割り出すことはできない——ということですか？」

「そうです」

「阿久津さんが感知しているのは、対象者の主観的な記憶ということですね」

「はい」

「事件を捜査していて、実際にそういうケースに出会ったことはありますか？」

「あります」

「なるほど。そうなると、少し違うのか……」

和泉が困ったように呟きながら、万年筆で頭をがりがりと掻いた。

どうやら、阿久津の答えは、和泉の推論を否定するものになってしまったようだ。

「先生は、どんな推論を立てていたんですか？」

阿久津が訊ねると、和泉はデスクの上に万年筆を置き、ふうっと長い息を吐いた。

「共感覚ではないかと思っていたんです」

「なるほど」

和泉の仮説に妙に納得した。

阿久津も自分の能力を調べる中で、共感覚の可能性を思いついたことがある。

共感覚とは、ある刺激に対して通常の感覚だけではなく、異なる種類の感覚が発生する知覚現象のことを言う。

音に色が付くサウンドカラー共感覚や、数字や曜日、月といったものを空間的な数直線として知覚するナンバーフォームというものもある。

「共感覚はご存じのようですね」

「はい」

「私は、阿久津さんの症状は、ミラータッチ共感覚の一種ではないかと思っていたんです」

ミラータッチ共感覚は、別の人が感じた触覚を感じてしまう現象だ。

今、和泉が京香に触れたとして、それを見ている阿久津が、あたかも自分が触れられたかのように触覚が反応してしまうのだ。

阿久津の能力に、もっとも近い現象だといえるだろう。

「私が、ミラータッチ共感覚によって、現場の状況から被害者が体験したことを、自分のこととして受け取ってしまったということですね」

「その通りです。阿久津さんがミラータッチ共感覚を持っていて、それが刑事としての洞察力と融合して、被害者の記憶を感知するという現象を引き起こしていた——というのが私の仮説でした」

「先ほど、違うというようなことをおっしゃっていましたが……」

「ええ。阿久津さんと話していて気付いたんです。よくよく考えると、ミラータッチ共感覚だった場合、先日の万年筆の実験の説明ができなくなってしまうな——と」

——なるほど。

もし、和泉が言うように、ミラータッチ共感覚と洞察力により対象者の記憶を感知したと錯覚していた場合、あの時阿久津が感知するのは、あくまで和泉の記憶でなければならなかった。

和泉は、「もう一度、考え直す必要がありますね」と呟く。

「そこまで、真剣に考えて下さるとは思いませんでしたよ」

阿久津が口にすると、和泉は珍しく怒っているような表情を浮かべた。

「医者とはそういうものです。阿久津さんの記憶を感知するという能力の有無はともかく、それを阿久津さんが体感しているということだけは事実なのです」

「信じるということですか？」

「それを検証しています。仮に、妄想や幻聴だったとしても、患者からしてみれば、実際に見えていますし、聞こえているわけです。つまり、それは真実なのです。それを、頭ごなしに否定してしまっては、治療することはできませんよ」

和泉の言葉に、阿久津は少しだけ救われた気がした。

自分の見ているものが、嘘だと言われることが、いかに苦しいかは痛いほどに分かっている。

そこを信じて貰えるだけで少しは気が紛れる。

「いずれにせよ、もう一度考えてみます。ただ、その前に、もう一つだけ確認させて貰っていいですか？」

「はい」

「阿久津さんが感知しているのは、主観的なものということですよね？」

「そうです」

「ということは、その対象者が、誤った記憶を認識していたとしたら、どうなるのですか？」

「私は、誤った記憶をそのまま感知することになります」

人間が記憶を都合よく改竄《かいざん》してしまうというのは、よくあることだ。

認識を誤り、或いは、自分の都合に合わせて、人間は記憶の内容を変えてしまう。学生時代の想い出を語った時など、人によって言っていることが異なるという経験は、誰でもしたことがあるはずだ。

それは、無意識に行われる記憶の改竄によって発生する事象だ。

「阿久津さんは、見ている記憶が、真実ではないと疑ったことはありますか？」

和泉の目が鋭く光った。

言わんとしていることは分かる。記憶を感知して犯人を特定していたのだとしたら、そこに間違いが起こる可能性を秘めている。

それについては、何度となく考えてきた。

阿久津が見ているのは、真実ではなく、あくまで対象者の記憶に過ぎないのだ。

「もちろん、常に疑っています」

阿久津が答えると、和泉は納得したように小さく頷いた。

4

車の助手席に座った永瀬は、ハンドルを握る天海に目を向けた。

本庁で天海と合流し、監察医の佐野の元に向かうことになった。車の運転は永瀬がすると申し出たのだが、天海は譲らなかった。

ある程度予想はしていたが、彼女は頑《かたく》なところがある。

今も運転に集中している風だが、永瀬と言葉を交わすのを拒否しているようにも見える。

ただ、永瀬には天海に訊きたいことがたくさんあった。

「阿久津を逮捕したのは、天海さんでしたよね？」

永瀬が問うと、天海の表情が強張った。

あまり触れられたくないのだろう。私生活であれば、苦手な話題を避けるべきかもしれないが、天海との関係は仕事上のものだ。

「はい」

天海が短く答える。

「いつ頃から、阿久津が殺人を犯していることに気付いていたんですか？」

「事件資料には目を通しているんですよね？」

「ええ」

「でしたら、他に喋ることはありません。報告書に書かれている通りです」

確かに報告書にその旨は記載されている。

だが、永瀬もそれをそのまま鵜《う》呑《の》みにするほど愚かではない。

「報告書では、天海さんは廃墟《はいきよ》となった教会で、阿久津が宮國《みやぐに》を拘束しているところを発見。問い詰めたところ、犯行を自供した――ということになっています」

「その通りです」

「そこが解せないんです。コンビを組んでいたわけですよね？　本当に、気付かなかったんですか？」

永瀬は訊ねながら指の上で硬貨を転がす。

コンビを組んでいたのであれば、もっと早い段階で阿久津の犯行に気付いていても良さそうなものだ。

見て見ぬふりをしていた可能性もある。或いは、天海が阿久津の犯行に関与していたということも考えられる。

「私と阿久津さんがコンビを組んでいたのは、僅かな期間だけです」

「そうでしたね」

二人がコンビを組んだのは、特殊犯罪捜査室に配属されてからなので、ほんの数日ということになる。

「それに、阿久津さんは、そう簡単に尻尾《しっぽ》を摑ませるような人ではありませんから。それは同期だった永瀬さんもご存じだと思います」

「確かに」

永瀬は苦笑いを漏らす。

警察学校時代から阿久津は摑み所がなかった。見えているのに、幻のように実体がないとさえ感じることもあった。

「天海さんは、阿久津のことを、どういう人物だと思いますか？」

別の質問をぶつけてみる。

天海の形のいい唇の隙間から吐息が漏れた。

そこに、どんな思いが込められているのかは分からない。ただ、永瀬には特別な何かであるように思えた。

「多くは知りません。さきほども言いましたが、阿久津さんと一緒にいたのは、ほんの短い期間ですから。私より、永瀬さんの方が知っているのではありませんか？」

「そう言われると、困りますね」

上手くはぐらかされたような気がする。

「それ、止めて貰えますか？」

天海の方から、声をかけてきた。

「え？」

「運転の邪魔になるので、それを止めて下さい」

天海の視線は、永瀬の指の上で際限なく転がる硬貨に向けられていた。

「すみません。癖なんです。これをやっていると考えが纏まるんですよ」

笑顔で言ってみたが、天海は興味無さそうに視線を前に向けてしまった。

永瀬は硬貨をポケットにしまったところで、別の問いを投げかけることにした。

「逮捕された日、阿久津の方から自供したということになっていましたが、それは本当ですか？」

「事実です」

天海が端的に答える。

これ以上の質問を拒否しているような冷たさだが、永瀬は退《ひ》き下がるつもりはない。

「それって、不自然ではありませんか？」

「何がです？」

「阿久津は、それまで自らの犯行を巧妙に隠蔽してきました。そう簡単に自供するとは思えないんですよね」

「現場を押さえられたからではないでしょうか」

宮國を拘束し、殺害しようとしている現場を天海に押さえられ、逃げられないと判断して自供した。

一見すると筋が通る。当時の調査委員会も、そう判断したのだろうが、やはり永瀬には納得できない部分ではあった。

「仮に宮國を拘束しているところを天海さんに見つかったとしても、言い訳はいくらでもたつはずです。最悪、あなたを殺すことだってできた。それなのに自供してしまった。それはなぜでしょう？」

「私には分かりません。阿久津さんの判断ですから」

そう答えながら、天海がため息を吐く。

「なるほど。上手い逃げ方ですね」

永瀬が言うと、天海が鋭く一瞥してきた。

「別に逃げているわけではありません。ただ、事実を言っているだけです」

「そうですか？　ぼくには、何かを隠しているように感じ取れます」

「仮に、隠しているとして、いったい何を隠しているというんですか？」

「それは、ぼくには分かりません。ただ、やはり引っかかるんです。現在、阿久津は特殊犯罪捜査室に捜査協力している。しかし、阿久津からしてみれば、自分を逮捕した恨むべき相手ではないんですか？」

「それ、止めて下さい」

天海が強い口調で言った。

視線が永瀬の手に向けられている。ポケットにしまったつもりだったが、無意識のうちに取り出して、指の上で硬貨を転がしていたようだ。

「失礼しました」

素直に詫びたが、天海は以降の会話を拒絶するように口を閉ざした。

天海は何を隠しているのか？

考えてみたが、永瀬はその答えを見つけることができなかった——。

5

「そろそろ来る頃だと思ってたよ」

天海が佐野の元を訪れると、笑顔で出迎えてくれた。

初対面の時は、かなり雑な扱いを受けた覚えがあるが、阿久津の事件のあと、佐野の対応が大きく変わったように思う。

天海を一人の刑事として認めてくれたのか、好意的に接してくれるようになった。

「失礼します」

後から入って来た永瀬を見て、佐野の表情が急に険しくなった。

「内部監査室の永瀬さんです」

天海が、簡単に紹介すると、永瀬が佐野に歩み寄りながら「永瀬です」と握手を求める。だが、佐野はこれに応じなかった。

「内部監査室？　あんたら、何か問題を起こしたのか？」

「そういうわけではありません。ただ、阿久津さんに捜査協力を求めている件で、その実効性を精査するのが目的だそうです」

「何だそれ？」

「上層部はうちが阿久津さんに捜査協力を求めていることを、知っていたということのようです」

「止めさせようって腹か？」

「違います。ぼくは、実効性を確認するように言われているだけですから」

会話に割って入ったのは永瀬だった。

佐野は返事をすることなく、冷たい視線を永瀬に向ける。永瀬の説明を、額面通りに受け止める気はないようだ。それは、天海も同じだ。

「いずれにせよ、大黒さんの判断だということは間違いありません」

「黒蛇め。何を企んでる？」

「さあ？　あの人が何を考えているかは、誰にも分かりませんよ」

「そうかもな」

佐野は深いため息を吐いた。

「それで、被害者の解剖の結果はどうでしたか？」

「中里君。資料を持って来てくれ」

佐野が声をかけると、奥から中里美怜が資料を持って姿を現した。

度の強いメガネにマスクを付けていて、口数も少ないが、真面目《まじめ》な姿勢は好感が持てる。それに、とてもかわいらしい女性だとも思う。

「髪型変えたのね」

天海が美怜に声をかけると、一瞬、驚いたように目を丸くしたが、すぐに表情を崩した。

「え？　よくお気付きになりましたね」

美怜が頭に手を置き、恥ずかしそうに俯《うつむ》いた。

「似合ってるわよ」

「ありがとうございます」

美怜はそう言ってから、再び奥に引っ込んで行った。

「髪型なんて、よく気付いたな。さすが黒蛇の右腕だ」

佐野が冷やかすように言うが、まったく嬉しくはなかった。前に会った時、美怜はロングの髪をお団子にしていたが、今はショートボブにしている。印象が全然違うのだから、気付かない方がおかしい。

ただ、男性は女性の変化に疎いものなのかもしれない。

「それで、検死の結果はどうだったんですか？」

「死因は窒息死だ。首に紐状のものを巻き付けた痕《あと》が残っている」

佐野が資料の写真を指し示しながら言う。

「皮を剥いだのは殺害後——ということですね」

「そうなるな。それと、あちこちに打撲したような痕も確認できる。それから、両方の手首と足首に擦過傷」

佐野が写真の該当箇所を次々と指で示す。

手首足首の擦過傷は、かなり細い上に傷も深いように見える。

「結束バンドや針金のようなものを使用したのかもしれませんね」

「その可能性が高いな」

「打撲の痕から見て、大型のケースに被害者を入れて、運んだのではないでしょうか」

位置や形状から見ての判断だ。

「流石《さすが》、特捜の魔女だな。よく見ている」

佐野が冷やかすように言った。

「それ止めて下さい。魔法で呪《のろ》い殺しますよ」

天海が言うと、佐野は「おお怖っ」と大げさに身震いしてみせた。

「それから、これが必要なんだろ」

佐野が証拠品袋に入ったピアスを差し出して来た。現場で発見されたものだ。一度、佐野に預けて鑑定を進めて貰っていた。

「お預かりします」

「このピアスは、被害者のものじゃなかった」

天海が受け取ると、佐野がぽつりと言った。

「違うのですか？」

「ああ。採取された血液型が、被害者のものと一致しなかった」

「ということは、犯人のもの……」

「その可能性が高いな。まあ、どちらの物だったにしても、阿久津に見せれば色々と分かることもあるだろう」

「そうですね」

天海が受け取った証拠品袋をしまい、部屋を出ようとしたが、永瀬は考え込むような表情を浮かべたまま立ち尽くしている。

「行かないんですか？」

天海が促すと、永瀬が苦笑いを浮かべた。

「佐野さんも、阿久津の能力は本物だと思っているんですか？」

「ああ。おれは信じるね」

佐野が即答する。

「佐野さんのように、医療に関《かか》わる人が、非科学的なことを信用するのは、少し違和感がありますね」

永瀬は、いつの間にか硬貨を取り出し、指の上を転がし始めた。

「世の中には、科学で証明されていないことが山のようにある。医学的に言っても、意思のメカニズムは未だに解明されていない。立証できないから存在しないっていうなら、そもそもお前は存在しないことになる」

「それと、これとは話が別だと思います」

「どう違うんだ？」

「阿久津の能力は、そもそも存在自体が怪しいんです」

「だったら、これまであいつが解決してきた事件については、どう説明するつもりだ？」

「阿久津が優秀な刑事であることの証明にはなりますが、記憶を感知するという特異な能力の証明にはならないはずです」

「優秀であるってだけでは、説明できないことがたくさんある。あいつのことを調べてるなら、それはお前にも分かっているはずだろ」

「ずいぶんと阿久津に心酔しているんですね」

永瀬が皮肉めいた口調で言う。

「何が言いたい？」

「阿久津は、四人もの人間を殺した殺人犯です。そういう人間の言うことを、容易に信じるのは危険だと思います」

永瀬は言ったあと、ちらりと天海に視線を向けた。

どうやら今の言葉は、佐野だけではなく、天海にも向けられていたようだ。

ずっと感じてはいたが、永瀬は阿久津の能力の有無にかかわらず、捜査協力を求めることに嫌悪感を抱いているようだ。

「あいつがやったことは、殺人じゃない。罰を与えただけだ」

佐野がため息交じりに言った。

「それこそ心酔です。動機が何であれ、人を殺したという事実には変わりありません。私刑を容認するようになれば、秩序は崩壊します。それをさせない為に、警察官が存在するのです」

「警察は推定無罪だろうが。立証できなければ、その罪は無かったことになる」

「それはそうです。確証のない人間に罰を与えていいはずがありません。そういうことがまかり通れば、多くのえん罪を生み出すことになります」

「阿久津は、正しかった」

「彼の能力があったからですか？」

「そうだ」

「仮に、その能力が本物だったとして、阿久津が嘘を吐いていないという保証は、何処にあるんですか？　ぼくたちは、阿久津の頭の中を覗くことはできません」

「逆に、阿久津が間違っていたという保証もない」

「だから客観的な事実が必要なんです。個人の判断で人に裁きを与えるなど、それこそ悪魔の所業です」

「だが、それによって救われた人間がいるのも、また事実だ」

「だとしても、私刑を容認するようなことがあってはいけません」

「そんなことは分かってるよ。だが、頭で理解していても、割り切れない心情ってのが人にはあるんだ。お前も、大切な人を失ってみれば分かる。その痛みを知る人間は、阿久津のことを否定したりしない」

「もう止めて下さい」

天海は、堪らず二人の間に割って入る。

このまま議論を続けたところで、お互いの意見は平行線を辿るだろう。価値観が違うのだ。

人は、そうやって互いを嫌悪し、敵対し、憎しみすら持つ。善悪の基準は、人によって異なるものだ。

佐野からすれば、阿久津は正しい行いの為に、自らを犠牲にした殉教者だが、永瀬からすれば悪魔そのものだ。

「すみません。少し感情的になってしまいました」

永瀬は硬貨をぎゅっと握り締めてからポケットにしまう。

佐野の方も、椅子の背もたれに身体を預け、深呼吸をすることで、昂ぶる感情を抑えてくれたようだ。

天海は佐野に黙礼したあと、永瀬を促して部屋を出た。

「天海さんは、どう思うんです？」

廊下に出たところで、永瀬が訊ねてきた。

天海には即答することができなかった。佐野の言い分は痛いほどに分かる。阿久津がいなければ、裁かれることのない罪があったのは確かだ。しかも、その者たちは、継続して犯行を重ねた可能性すらある。

同時に、永瀬に共感する部分もある。私刑が横行するようなことがあってはならない。もし、そんなことになれば、治安など瞬く間に崩壊する。

神の如《ごと》き振る舞いで、生殺与奪の権利を行使するのは、やはり許されざることだと思う。

二つの考えの狭間《はざま》に立つ天海が、唯一分かっていることは――阿久津という男を愛しているということだけだ。

6

「待って。先にシャワー浴びて来て欲しい」

朝日七実《あさひななみ》は、ホテルの部屋に入るなり、キスを迫って来る男に、やんわりとそう促した。

こういう時は、強く言うよりも、甘く囁くように言った方が効果がある。

案の定、男はすぐににやついた表情を浮かべ、七実から身体を離した。男の放つ体臭に、嘔吐感を覚えていただけに、ほっと胸を撫で下ろす。

「分かった。そうするよ」

男はネクタイを緩めながらジャケットを脱ぐ。七実は、それを受け取りハンガーにかける。

「若いのに、気が利くんだね」

「全然、若くないですよ。それより、喉渇いてませんか？」

七実が問うと、男は「そうだね」と応じる。

「お茶しかないですけど、いいですか？」

そう言いながら、男にペットボトルのお茶を差し出した。

男は「ありがとう」と礼を言うと、キャップを開けて、ペットボトルに直接口を付けて飲んだ。

喉の動きが気持ち悪かった。飲み込む音も異常に大きくて不快感が募る。だが、それでも七実は笑みを浮かべ続ける。

この部屋から脱出するまでは、気を緩めてはいけないと自分を叱咤《しった》する。

ペットボトルのお茶を三分の一ほど飲んだところで、男は残りの服を脱ぐ。年齢は菊池とあまり変わらないはずだが、脂肪をたっぷりと溜め込んだ肉は、だらしなく垂れ下がり、肌のくすみも目立つ。

自堕落に時間を過ごすと、こんなにも崩れるものかと衝撃を受けた。

若いからと言って油断はしていられない。運動するなりして体型の維持に努めないと、菊池から見捨てられてしまう。

「ねぇ。七実ちゃんも一緒に入ろうよ」

男が甘えた口調で七実の手を引っ張る。

――キモイ。

思わず口に出しそうになった。そんなことを言ってしまっては、これまでの苦労が全て水の泡だ。

「私も、すぐに行くから、先に入ってて」

七実が笑いかけると、男は下心丸出しの笑みを浮かべ、スマートフォンを持ったままバスルームに消えた。

男の姿が見えなくなると同時に、七実は脱力してベッドに腰を下ろした。スマートフォンを見ると、菊池からのメッセージが入っていた。

〈大丈夫？〉

〈今のところ順調です〉

七実が絵文字付きでメッセージを返信する。

あの男とラブホテルに入ったのは、菊池から頼まれたからだった。あの男をラブホテルに誘導し、ペットボトルのお茶を飲ませ、彼がシャワーを浴びている隙に、スマートフォンを盗み出して欲しいと言われた。

なぜ、あの男なのか？どうしてペットボトルのお茶を飲ませる必要があるのか？スマートフォンを盗む理由は何か？

疑問は山のようにあったが、七実は「やってみる」と返事をした。余計なことを訊ねたり、断ったりして、菊池に嫌われるのが嫌だったからだ。

〈危なくなったら、すぐに助けに行くよ〉

菊池から返信がきた。

短い言葉だが、そこには優しさが満ちている。初めて会った時から、菊池は優しかった。

七実の元彼は、ろくでもない男だった。

ギャンブルばかりで働きもせず、七実に金をせびり、時々暴力を振るう。絵に描いたようなダメ男だ。

違法薬物にも手を出していて、時々、七実に買いに行くように命令したりもした。お金を持って、指定された路地に行き、そこにいる外国人から小袋に入った粉末を受け取ってくるのだ。

元彼は、七実にも薬を使うように強要してきたが、それだけは拒否した。自分で使ってしまったら、もう二度と抜け出せないと分かっていた。薬からではなく、元彼に依存して生きることになる。

転機は、突然訪れた。

七実がいつものように、元彼の命令で薬物を買い、帰宅しようとしたところで、声をかけてきた人物がいた。

それが菊池だった。

警察手帳を見せられ、人生が終わったと思った。足許が崩れ、どこまでも転落していく絶望感。

七実は、泣きじゃくりながら、自分の意思で購入したわけではないと訴えた。

菊池はそれを親身になって聞いてくれた。この人なら、私を助けてくれるかもしれない
――そう思って、こんな生活から抜け出したい。助けて欲しいと菊池に懇願した。

「何とかしましょう」

菊池は、小さく笑みを浮かべながら言った。

それは社交辞令ではなかった。怪しまれないように、七実に一度元彼のところに戻るように指示した。

そして、その日のうちに警察官が家にやって来た。

違法薬物所持の容疑で家宅捜索し、元彼を逮捕した。七実も任意同行を求められ、指紋も採られたが、すぐに家に帰して貰った。

元彼は取り調べの中で、傷害や窃盗など、複数の余罪が発覚し、執行猶予無しの有罪判決を受けて今は刑務所の中だ。

事件後も、菊池に色々と相談するようになった。

年齢の割に見た目が若く、外見も格好いい。これまで付き合った男とは違う色気を伴った大人の男の魅力が備わっていた。

何より若い男にはない包容力を持っていた。

二人が男女の関係になるのは、必然だったような気がする。七実にとって菊池は単なる恋人ではなく、どん底の生活から救い出してくれたヒーローでもあった。

彼無しでは、もう生きていけないとすら思っている。

だから――。

「ねぇ。七実ちゃん。早くおいでよ」

バスルームから男の声がする。

本当は逃げ出したい。今、逃げたとしても、菊池は怒ったりしないだろう。「いいんだよ」と優しく抱き締めてくれるはずだ。

だが、きっと失望させてしまう。彼に悲しい顔はさせたくない。

「すぐ行くよ」

七実は声を上げると、ベッドから立ち上がりバスルームに向かった。ドアを開けると、洗面台のところにスマートフォンが置いてあるのが見えた。

七実は、慎重にスマートフォンに手を伸ばす。あと少しで触れる、というところで、どんっと何かが倒れるような音がした。

飛び上がるようにして、磨りガラスで仕切られたバスルームに目を向ける。

男の醜い身体が消えていた。

――どういうこと？

シャワーが流れる音は続いている。でも、男の姿が見えない。

七実は、おそるおそるバスルームの戸を開けてみた。

男が白目を剝いてバスルームの床に倒れていた。半開きの口から、だらしなく舌が零れ落ちている。

「何？　何？　どういうこと？」

パニックになった七実は、すぐに部屋に戻り、スマートフォンを取り出すと菊池に電話を入れた。

〈大丈夫？〉

いつもと変わらない優しい声で問いかけてくる菊池に、七実は早口に状況を伝えた。激しく混乱していたので、正確に伝えられたかは定かではないが、菊池は全てを納得してくれたようだった。

〈大丈夫。あとのことはおれに任せて。七実はスマートフォンだけ持って部屋を出るんだ〉

「うん。分かった」

七実は大きく頷いて返事をすると電話を切った。

ここまで来て逃げても仕方ない。菊池が大丈夫だと言っているのだから、大丈夫なのだろう。

彼が何とかしてくれるに違いない。

七実は洗面台に置いてある男のスマートフォンを手に取る。

鏡に映る自分と目が合った。

その顔が酷く間抜けに見えた。自分で考えることを止めた人形のように、虚ろで無機質だった——。

7

ドアの前に立った天海は、胸に手を当ててふうっと息を吐く。

このドアの向こうに阿久津がいる。もう、何度も顔を合わせているのに、いつもドアの前に立つと緊張する。

「行かないんですか？」

斜め後方にいる永瀬が声をかけてきた。

一人ではなく永瀬も一緒だと思うと、正直、気が重いが、ここに突っ立っているわけにもいかない。

天海は、覚悟を決めてドアを開けた。

いつもと変わらず、阿久津は背筋を伸ばして椅子に座っていた。

目が合う。普段なら、小さく笑みを返すところだが、今日は無表情を装った。

「先日は、ありがとうございました。お陰で、無事に解決することができました」

天海が極めて事務的に告げると、阿久津は「それは良かった」と答えつつ、隣にいる永瀬を一瞥した。

「こちらは――」

「永瀬さん。こんなところで、懐かしい顔に会えるとは、思ってもみませんでした」

阿久津は、天海の説明を遮るように笑みを浮かべた。

二人は、警察学校時代の同期だという話だ。わざわざ紹介するまでもなかったようだ。

「お元気そうですね」

永瀬も笑みを返したが、あからさまに表情が強張っている気がする。

かつての同期と、こんなかたちで再会することになれば、誰でも戸惑うだろうと思いはしたが、同時に、二人の間を隔てる空気は、もっと別の匂いがしているようにも見える。

阿久津は、握手を求めて永瀬に手を差し出したが、彼はそれに応じなかった。

露骨に拒否しているというより、気付かないふりをしている。

「今は特殊犯罪捜査室に？」

阿久津が訊ねる。

「いいえ。内部監査室です。特殊犯罪捜査室が、阿久津に捜査協力を求めている件で、その有効性を検証するのが、ぼくの役割です」

永瀬がよそよそしい喋り方をしているのは、天海の前だからだろうか？　それとも、警察学校時代からの距離感だろうか？

気にはなったが、それを訊ねることはできなかった。

「有効性ですか。期待に添えるといいのですが」

「基本的に、ぼくは捜査に口は出しません。いつも通りにやって頂いて構いません」

「阿久津さんの能力については、既に永瀬さんは説明を受けているようです」

天海が補足すると、阿久津は「そうですか」と頷いたあと、永瀬に視線を向けた。

永瀬は、それから逃げるように視線を逸らす。

お互いに牽制し合っているような距離感。やはり、二人の間には特別な何かがある気がする。

「あまり時間もありません。事件について説明して下さい」

重い沈黙を破るように、阿久津が切り出した。その口調は、いつもと少し違う。永瀬の存在が影響していることは明らかだ。

問い質してみたい衝動に駆られたが、限られた面会時間を無駄にはできない。

「分かりました」

資料を提示しようとした天海だったが、それを永瀬が制した。

「事件概要の説明は、必要ないでしょう」

「え？」

「もし、阿久津が本当に記憶を感知することができるなら、その必要はないと考えます」

永瀬がぴしゃりと言う。

試すつもりなのだろう。事件概要の説明無しで、阿久津がその詳細を把握することができれば、彼の能力の証明になるのは確かだ。

「それだと、私が見た記憶の断片を伝えるだけの作業になってしまいますが、それでもよろしいですか？」

阿久津が口にする。

「問題ありません。予め事件の概要を伝えると、その情報によって推理をしている可能性が高く、あなたの能力の真偽を確かめることはできませんから」

「分かりました。では、証拠品を出して下さい」

阿久津がすっと手を差し出す。

天海が視線を送ると、阿久津は目で「大丈夫だ」と合図してきた。ならば、任せるしかない。持参してきた証拠品袋をデスクの上に置いた。中には、血が付着したピアスが入っている。

「触れても構いませんね」

阿久津は永瀬を見ながら確認する。

永瀬が「どうぞ」と促すと、阿久津は証拠品袋を開け、中からピアスを取り出すと、瞼を閉じてから右の掌で包み込むように握った。

阿久津の瞼が、びくびくっと痙攣《けいれん》するのが分かった。眉間《みけん》に深い皺《しわ》が刻まれ、額にじっとりと汗が浮かぶ。

天海は、阿久津のその姿を見る度に罪悪感に苛《さいな》まれる。

阿久津が証拠品に触れる度に、被害者或いは加害者の記憶を追体験している。精神的な苦痛を味わっているのは間違いない。

いつまで、阿久津にこんなことをさせればいいのだろうか？　このまま、他人に触れることのない生活を送らせることこそが、阿久津の為になるのではないか——。

だが、事件を持ち込まなければ、阿久津に会うことすらできない。苦痛を伴わせなければ、顔を合わせることができないのだ。

いっそ拒絶して貰いたいと思うことすらある。天海自身がそうすればいいのかもしれないが、どうしてもそれができない。

「残念ながら、あまり多くは読み取れませんでした……」

阿久津が目を開ける。

「分かった範囲で構わないので、教えて下さい」

天海は自らの葛藤《かっとう》を切り捨てて訊ねる。

「このピアスの持ち主は、死体を見ていました。公園の噴水の前に放置された死体です。

頭部の皮膚を全部剝がされた女性……」

阿久津の言葉に、永瀬が驚きの表情を浮かべた。

事件の概要を秘匿していたにもかかわらず、特異な状況の犯行現場を正確に言い当てた。

それだけではない。ピアスが誰のものかも伝えていない。状況的に、被害者のものだと判断してもおかしくないが、そこも正確に把握したのだ。

阿久津の能力が本物であることの証明だろう。

「他に分かることはありますか？」

天海は慎重に訊ねた。

「このピアスの持ち主は、死体の女性に対して、強い執着心を持っていたようです。性別は男性ですね。年齢は三十代くらいでしょう。全身にピアスが入れてあります。あと、舌が二つに割れています。スプリットタンですね。生まれつきではない。手術によって舌を割ったのでしょう」

ピアスだけでなく、スプリットタンにしているとなると、身体改造や痛みに対して性的興奮を覚えるタイプなのかもしれない。

人間の頭部の皮膚を剝ぐという猟奇的な犯行は、そうした嗜好に繫がっているとも考えられる。

「居住地や名前などは、分かりますか？」

「残念ですが、ピアスから読み取れるのは、そこまでです」

阿久津が力なく左右に首を振る。

落胆はあったが、それは最初から予想していたことでもある。直接身体に触れたのではなく、物を通してしまうと見える記憶が限定される。

かといって、被害者の死体をここに持ち込むわけにはいかない。

ただ、収穫は大きい。犯人の身体的な特徴が分かったのだ。ピアスはともかく、スプリットタンとなると、自分でやることは難しい。何処かで手術を施した可能性が極めて高い。その線から捜査すれば、容疑者を絞り込むことはできる。

「ありがとうございます。参考になりました」

「いえ」

永瀬とともに部屋を出ようとした天海だったが、大切なことを忘れているのに気付いた。

「ご協力感謝します」

天海は握手を求めて、阿久津に手を差し出した。

「相変わらず真っ直ぐな人ですね」

阿久津がはにかんだような笑みを浮かべる。

別に自分が真っ直ぐな人間だとは思わない。阿久津に義理立てしているわけでもない。ただ、阿久津に触れて欲しいのだ。

小さく頷いたあと、阿久津と手を重ねた。

記憶を見られることは怖いはずなのに、相手が阿久津だと言いしれぬ安堵感へと変わった。

8

「接触恐怖症だったはずですよね」

面会室を出て、廊下を歩きながら永瀬は天海に質問を投げかけた。

嫌みにならないようにと意識していたつもりだったが、響きに棘《とげ》があるのを自覚した。

いずれにせよ、どんな答えが返ってくるのか強い関心を抱いていたのだが、天海は「何のことですか？」と惚《とぼ》けてみせた。

落胆が広がる。

いったい何に落胆しているのか、自分でもよく分からなかった。

そもそも、こんなことを訊ねるなど子どもじみている。わざわざ訊かずとも、天海の言動が全てを示している。

彼女は、接触恐怖症だという理由で永瀬との握手を拒否したにもかかわらず、阿久津には自分からそれを求めた。触れれば、記憶を覗かれるという彼の能力を信じていて尚、自らの意思で阿久津の手を握ったのだ。

彼女が阿久津に対してどんな感情を抱いているのかも、自《おの》ずと察しがつく。それなのに、心がそれを許容しない。

――なぜ？

考えたところで答えは出ない。もやもやとした感情を引き摺りながら歩いていると、ふと誰かに見られているような気がした。

足を止めて視線を辿る。

廊下に面した食堂に、一人の老人が座っているのが見えた。顔はこちらに向けているが、その目には生気がなく、人形と見間違うほどだ。

だらしなく顎を動かしながら、何か言っているようだが、聞き取ることはできなかった。

胸の奥に刺すような痛みが走る。

「どうかしましたか？」

天海に問われ、永瀬は老人から視線を離し、再び歩き始めた。

「阿久津の発言内容については、どう考えていますか？」

さっきの老人の残像を振り払うように訊ねると、天海が耳にかかった髪を掻き上げた。

その仕草から漏れ出る香りは、官能的に感じられた。そのせいか、腹の底にじわっと熱を帯びた感情が広がる。

「とても重要な証言だと思います」

「ぼくは、そうは思いません」

「なぜです？」

「ぼくは、まだ阿久津の能力を信じていません」

永瀬が断言すると、天海の表情に驚きの色が浮かんだ。

「犯行現場の状況を伝えていないにもかかわらず、阿久津さんはそれを正確に言い当てました。それこそが証明だと思います。逆に、それでも信じない理由を聞かせて頂きたいですね」

「偶然かもしれません」

「単なる偶然で、あそこまで正確に言い当てることは不可能だと思います」

「不可能ではありません。可能性はあります」

「意固地な子どもみたいですね」

天海が一旦、足を止めてから言う。その視線は、やはり母によく似ていた。

似ているからこそ、その言い様は永瀬の心をより硬化させる。

「どう思って貰っても構いません。ぼくは、検証する為には、再現性が必要だと言っているまでです。現段階で判断するのは時期尚早です」

「これは、科学の実験ですか？」

「もちろん違います。しかし、たった一度で全てを判断するべきではありません」

「私は、一度ではありません」

「あなたは、阿久津側の人間です。あなたの証言を鵜呑みにするつもりはありません。今回の件も、あなたが事前に阿久津に情報を流していたという可能性も否定できません」

てっきりさらなる反論がくると思ったが、天海は諦めたように目を伏せた。

落胆し、失望しているのがありありと伝わってくる。

こんなつもりではなかった。別に、天海を怒らせようとしたわけではない。ただ、阿久津の能力を素直に認めるわけにはいかない。

認めてしまうということは、即ち永瀬の破滅をも意味する。

「ぼくは、ただ正しい検証を……」

「そうですね。永瀬さんの役割は、事件を解決することではありませんからね」

天海が呟くように言った。

顔を背けているので、その表情は分からない。

「どういう意味です……」

永瀬の言葉を遮るように犬が吠えた。

病院の廊下で犬が吠えるなど、どう考えてもおかしい。慌てて辺りを見回してみたが、案の定犬の姿などなかった。

代わりに、看護師に連れられた一人の男の姿が目に入った。

看護師は見覚えがある。父の担当の京香だった。彼女は、永瀬に気付き軽く会釈する。永瀬は目礼でそれに返した。

できれば、天海のいる前で、父の話などして欲しくなかった。

永瀬の意図を察したかどうかは分からないが、京香は黙って永瀬とすれ違う。

が、その時、再びわん――と吠える声がした。

吠えたのは、京香が連れた男だった。

脂分を多く含んだ長い髪を後ろに撫で付けた長身の男。患者衣を身につけたその男の顔は、水垢《みずあか》のように脳裏にこびりついている。

男は真っ直ぐ永瀬に視線を送りながら、にたにたと薄気味の悪い笑みを浮かべていた。

その濁った目を見て、永瀬は愕然《がくぜん》とする。

神部が収容されているのも、この病院だったのか――。

心神耗弱状態だと診断された患者が、入院させられる病院など、そうそうたくさんあるものではない。この病院にいたとしても、何ら不思議はない。

いずれにせよ、女性を拉致監禁した挙げ句、自らの耳を切り落とすような異常者とかかわるのはご免だ。

無視して歩き去ろうとしたが、神部はそれをさせまいと、再び「わん！」と吠える。一度ではなく、何度も何度も吠え続ける。

「神部さん。どうしたんですか。落ち着いて下さい」

京香が宥《なだ》めようとするが、それでも神部は吠える。縄張りに侵入した者を威嚇するように、激しく、何度も、何度も。

——止めろ。

どうして吠える。どうして、おれにまとわりつく。お前のような男の顔など二度と見たくない。

額に嫌な汗が浮かぶ。落ち着け。こんなことで動揺する理由はどこにもない。すぐにでも立ち去ればいい。

歩調を速めようとした永瀬だったが、天海が京香の方に歩み寄って行く。

「誰か呼んできましょうか？」

天海が声をかけると、京香は「大丈夫だと思います」と笑顔を返した。さほど動揺しているわけでもなさそうだ。

神部が突如として、異常な言動をするのが日常になっているのかもしれない。

「さあ。神部さん。行きますよ」

京香は神部を連れて行こうとするが、彼はそれに抗《あらが》うように、ずいっと永瀬の方に身を乗り出して来た。

「誰かと思えば、犬のお巡りさんだねぇ」

神部がねちっこい声を上げる。

何か返さなければと思うのだが、どう答えていいのか皆目見当もつかず、永瀬はただ黙っていることしかできなかった。

「まだ、犬が吠えてるんだろ。分かるよ。きっと、これからも吠える」

「何を言っている？」

そう返すのが精一杯だった。

「惚けるなよ。分かってるんだ。お前は、自分の為に沈黙することを選んだんだ。だから、犬が吠えるんだよ。月並みな言い方をすれば、それは、お前自身の中にある良心の呵《か》責《しゃく》って奴だ」

――そんなはずはない。

頭では分かっているのに、なぜか神部が自分の全てを見透かしているような気がして、落ち着かない。

「お前の悩みの種を取り除いてやろうか?」

神部が、生温《なまぬる》い息を吐きかけるようにして言った。

いったい何の話だ? 問いかけようとした永瀬だったが、神部が「うるさい! 黙れ!」と叫んだ。

永瀬の言葉を制したのかと思ったがそうではない。神部は京香に顔を向けていた。彼女は困惑の表情を浮かべる。

「喚《わめ》くな。お前がいくら叫んでも、戻ってきやしねぇんだ」

それだけ言うと、神部は急に声を上げて笑い出した。あの時耳にしたのと同じで、軋《きし》むような笑い声——。

何かが壊れていく。永瀬はそんな予感めいた感情を覚えた。

9

「腹上死ってやつですかね?」

バスルームで倒れている中年男の死体を見て、捜査員の一人が言った。

腹上死とは性交死のことだ。性交中に突然死する現象で、興奮して過度に励んだ結果、脳出血や心筋梗塞《こうそく》で死に至るのだ。

「バスルームで倒れていたところを見ると、ヒートショックである可能性の方が高い」

菊池は死体の男の顔を覗き込む。

「そうですね」

「身許は分かっていますか?」

菊池が訊ねると、捜査員は手帳を取り出し、早口に男の身許について語り出す。

名前は小野《おの》正徳《まさのり》。年齢は四十六歳。フリーの記者をやっている男だ。十年前に妻と離婚。現在は独り身。

説明を受ける前から、菊池は男の身許を把握していた。

「鞄《かばん》などの所持品は発見されましたが、スマートフォンが紛失しているようです」

「ホテルに一緒に入った女が、持ち去った可能性が高いな」

「ですね。しかし、なぜスマートフォンだけ持ち去ったんでしょうか?」

「プレイ中に動画でも撮影していたんだろ」

菊池が投げ遣《なや》りに言うと、捜査員は「ああ」と納得したような返事をした。

昨今は、カップルが性交中に淫《みだ》らな動画を撮影することが多いと聞く。そんなものを保存しておくなど、後々のことを考えるとリスクにしかならないのだが、そこまで頭が回らないらしい。

ただ、小野のスマートフォンが紛失しているのには、もっと別の理由がある。

ある警察官僚が、未成年の女子高生と淫らな関係になった。だが、それはいわゆる美人局《つつもたせ》だった。

脇が甘いとしか言い様がない。権力があるとはいえ、くたびれた中年男に美女が言い寄ってくることなどあり得ないのだ。

己を律し、欲望を制御することができないから痛い目に遭う。

少女のバックにいたのは、こともあろうに中国系のマフィアだった。

連中は、日本の暴力団を牽制し、自分たちの活動を優位に進める為に、警察官僚を取り込むことを考え、美人局を仕掛けたのだ。

中国系マフィアが狡猾だったのは、単純に脅しで上下関係を作るのではなく、あくまでビジネスとして、便宜を図ってくれた場合、相応の金と、女をあてがうという方法を採ったことだ。

そうすることで、警察官僚のプライドを維持し、関係性を一過性のものではなく、永続性の高いものにした。

中国系のマフィアから、金と女を工面して貰ったという事実が、新たな脅しの材料になるという寸法だ。

結果として、警察官僚は抜け出せない沼に嵌まっていった。

それだけであれば、特に問題は起きなかった。ところが、そんな関係に気付いた人物がいた。

それが小野だった。

フリーの記者である小野はその事実を掴み、写真も含め、幾つもの証拠を手に入れた。そのまま、雑誌に売りつけ、スクープ記事として出していれば、死ぬこともなかっただろう。

昨今は、スクープを取ってきても、手に入れられる金額はたかが知れている。そこで小野は、そのネタを使って小遣い稼ぎをすることを思いつき、警察官僚に接触し、強請をかけたのだ。

一度で終わらせればいいものを、何度も金をせびった。このままでは、小野のような男に搾り取られるだけでなく、自分の立場も危うくなる。そこで、菊池に話が持ち込まれたのだ。

小野の口を封じつつ、彼が持っている証拠を全て回収するというのが、菊池の役割だった。浅川の時と同じだ。

スマートフォンは、菊池が七実から既に受け取っている。自宅のパソコンも回収済みだ。

小野の死は、心筋梗塞ということでカタが付くだろう。ただ、一緒にいた女とスマートフォンが消えたという謎《なぞ》だけを残して。

「防犯カメラの映像は？」

菊池が問うと、捜査員は首を左右に振った。

「どうも、このラブホテルは防犯カメラを設置していなかったようです」

「フロントの証言は取れているのか？」

「はい。ただ、顔は見ていないそうです。隙間から鍵を渡すシステムになっていたようで……」

「となると、同行した女を捜すのは困難だな」

口にしたものの、こういう展開になることは分かりきっていた。その為に、わざわざ防犯カメラの設置されていない、この古いラブホテルを選んだのだ。

「ええ。ただ、被害者に外傷もありませんし、事件性も薄いように思います。女は突然死なれて、慌てて逃げたってところでしょうね」

「念の為、近隣の聞き込みをしつつ、女の行方を継続して追ってくれ。それから、検死報告が上がってきたら回すように」

菊池は指示を飛ばしてからホテルの部屋を出た。

今は、頭部の皮膚を剝がれた島崎亜里砂の事件で手一杯だ。ラブホテルの一室で死んだ中年男のことなど、すぐに忘れられていくだろう。

「また、死体が上がったようですね」

エレベーターを待っている時に、急に声をかけられた。

赤い間接照明に照らされた廊下に立っていたのは大黒だった。蛇のように冷たい目で、じっとこちらを見ている。

この男の方から声をかけてくるとは珍しい。

「ええ。ただ、特殊犯罪捜査室が出張《でば》って来るような事件ではないと思いますよ」

菊池がそう返すと、大黒は僅かに眉間に皺を寄せた。

「事件に優劣はありません。頭部の皮膚を剝がされようと、風呂場《ふろば》で死のうと、我々は同じ熱量で事件に臨みます」

「それは、そうですね」

エレベーターが到着した。

乗り込もうとした菊池だったが、それを遮るように大黒が口を開いた。

「それに、私はこの事件は例の事件と関係あるような気がしています」

「例の事件とは？」

エレベーターに乗り込みながら訊ねる。

てっきり、大黒も一緒に下に降りると思っていたのだが、彼は廊下に立ったまま動こうとしない。

「島崎亜里砂の事件です」

大黒の言葉にひやっとしたが、菊池はそれを表に出すことはなかった。

「どうしてそう思うんです？　手口が全然違います。島崎亜里砂の事件と類似性はないように思います」

「勘ですよ」

「勘？」

もっと詳しく聞いてみたい気もしたが、エレベーターの扉が閉まってしまった。

わざわざ戻って訊ねるようなことでもないし、そんなことをすれば、あらぬ疑いを招くことにもなりかねない。

菊池はエレベーターの壁に寄りかかり、ふうっと息を吐く。

さっき大黒は勘だと言っていたが、それが本心だとは思っていない。一切の感情を排し、ロジカルな思考により、狡猾に振る舞ってきた男だ。

何か根拠があって、小野の死と島崎亜里砂の事件に関連性を見出しているはずだ。

――それは何か？

菊池などが考えたところで、黒蛇の思考が分かるはずはない。だが、だからこそ、警戒しておく必要があるだろう。

少しでも油断すれば、その牙《きば》を突き立て、ゆっくりと毒を流し込んでくるはずだ。

エレベーターを降りて、ラブホテルの外に出たところで、スマートフォンにメッセージが着信した。

〈ニュースでやっていた渋谷《しぶや》で発見された死体って、もしかして、あの男の人ですか?〉

情報が早い。偶々、テレビで見たというわけではないだろう。

今のところ事件性がないのだから、テレビでは流れたりしない。ネットニュースや掲示板を検索して見つけたといったところだろう。

それも、能動的に検索をかけていたに違いない。

どうやら七実は、もう限界のようだ。このまま放置すれば、いずれ、それを誰かに喋ることになるだろう。

〈心配しなくて大丈夫〉

菊池は、そうメッセージを返信したあと、登録されている番号に電話を入れた。

すぐに電話の相手が出る。

「新しい獲物を提供できそうだ」

それだけ告げると、電話の向こうから〈楽しみです〉という返答があった。

電話を切り、歩きだそうとしたところで、ふと視線を感じた。

振り返るとラブホテルの入り口に、大黒が立っていた。会話を聞かれたか？　いや、そんなはずはない。仮に、聞かれていたとしても、何のことだか意味が分からないだろう。

動揺を見せて問い質したりする方が危険だ。

菊池は、大黒の視線を振り切るように、真っ直ぐに歩き始めた。

10

「少し、疲れているようだが、大丈夫かい？」

勤務時間を終え、一息吐いたところで和泉に声をかけられた。

「はい。大丈夫です」

京香は笑顔を返した。

実際は、かなり疲労が溜まっていたが、それを素直に口にすることは憚られた。

「無理をしないように。君は、頑張り過ぎてしまうところがあるからね。最悪、担当を替えるのも一つの手だと思う」

おそらく、今日の神部の一件を誰かから聞き及んだのだろう。

急に犬のように吠えたかと思うと、今度は支離滅裂なことを口走り、騒ぎになってしまった。

「神部さんの件なら、大丈夫です。慣れていますから」

京香が答えると、和泉は「いや。それじゃないんだ」と困惑したように首の裏を掻いた。

「阿久津さんの方だよ」

和泉の言葉に、京香は戸惑いを覚える。

どうして、阿久津のことが京香の心労に繋がっているのか？　頭の中では疑問を抱いているのだが、うるさいと感じるほどに心臓が早鐘を打つ。

「阿久津さんで困っているようなことは、特にありません」

この病棟は、比較的重症度の高い患者が多い。

突如として叫んだり、暴れ出したり、器物を破壊することもしばしばある。その点、阿久津はそうした問題行動を起こすことはない。

なぜ、彼が保護室にいるのか不思議でならないほどだ。

「そういう話をしているんじゃないよ」

和泉が窘《たしな》めるように言う。

「では、どういうことでしょう？」

聞き返したものの、本当は和泉が言わんとしていることを京香は理解していた。

「気にしていないならいいんだ」

和泉は、これ以上の議論を無駄だと判断したのか、肩をすくめるようにして言うと、車椅子を操作してその場を去って行った。

せっかく気にかけてくれたのに、つれない態度を取ってしまったと反省する。

京香は更衣室に入り、着替えを始めた。そうしながらも、頭の中ではずっと同じことを考えていた。

どうして和泉が阿久津の件を持ち出したのか、その理由は分かっている。

この前の実験があってから、京香は仕事中に上の空になることが多くなった。あの日まで、阿久津が主張する能力に懐疑的な部分があった。

だが、阿久津は京香の部屋の状況を正確に言い当てた。

もし阿久津の能力が本物なら、京香の脳裏に刻まれた、あの日の記憶を知っているということになる。

兄の死に顔が、京香の脳裏にフラッシュバックする。

忘れたくても忘れられない。

着替えを済ませ、荷物を纏めた京香は、気持ちを切り替えて廊下を歩き出した。

スマートフォンに幾つかのメッセージが入っていた。

看護学校時代の友人の七実からだった。時間がある時に、連絡して欲しいという内容だった。

七実は、昔から男に依存するタイプだ。そのせいか、付き合う男たちは、ことごとく問題を抱えている。

前の彼氏は、違法薬物の所持で逮捕されたはずだ。

恋人がいる時は、まったくの音信不通になるのだが、仲が悪くなると途端に相談を持ちかけてくる。

大方、新しい彼氏と喧嘩でもしたのだろう。

話を聞くくらいはやぶさかではないが、今日は流石に余裕がない。今忙しいので、落ち着いたら連絡する——とメッセージを返信した。

通用口から病院を出ようとしたところで、「お疲れ」と石塚に声をかけられた。

「お疲れさまです」

京香は、僅かに身を引きながら一礼する。

正直、石塚のことは苦手だ。馴《な》れ馴《な》れしい口調で、やたらとボディータッチをしてくる。本人は隠しているつもりかもしれないが、下心が透けて見えている。

「今日は、大変だったみたいだね?」

「何がですか?」

「ほら。神部って患者のこと」

「ああ。別に大変なことは全然ありません」

「京香ちゃんは優しいな。でもさ、それだとあいつらは図に乗る。一度、思い知らせてやればいいんだ」

石塚が拳を振り上げながら冗談めかして言う。

その言動に、京香は強い嫌悪感を覚えた。暴力で解決できることなど何もない。人間をランク付けしているような言い様にも不快感を覚える。

以前、看護師の間で、石塚が患者に暴力を振るっているという噂が上がったことがある。あの時は、流石にそこまでは——と思っていたが、この感じだと事実かもしれない。

そう思うと、石塚に対する嫌悪感が余計に膨らんだ。

「困ったことがあったら、いつでも相談してよ。力になるからさ。連絡先を教えてよ。そうすれば、いつでも話を聞いてあげられるからさ」

石塚がスマートフォンを取り出し、連絡先の交換を迫ってくる。

断りたいのに言葉が出てこない。困惑していると、「石塚さん」と廊下の奥から声がした。

警備員の竹本だった。

「何？」

石塚が不機嫌に応じる。

「すみません。急ぎの案件があって。すぐ来て下さい」

竹本がそう続ける。

石塚は、それでも京香の前から離れようとしなかった。「行った方がいいと思いますよ」京香が口にすると、石塚はようやく「また今度」と言ってその場を離れた。

解放されたことに安堵した京香は、視線で竹本に感謝の意を示した。竹本もそれに黙って頷く。

京香と竹本の関係を知ったら、石塚はどんな顔をするのだろう？　できれば、知られないまま過ごしたいものだ。

京香は外に出る。夜の風が冷たかった。身体の芯から体温を奪っていく。

空を見上げると、都会にしては珍しくたくさんの星が見えた。

昔、兄と二人で秘密基地を造り、天体観測に行った——それを思い出すのと同時に、また兄の死に顔が脳裏に浮かんだ。

京香は、その記憶から逃れるように、足早に歩き出した。

11

天海は、阿久津との面会を終えたあと、一旦、永瀬と別れて特殊犯罪捜査室の自席に戻った。

阿久津から得た情報を手掛かりに、容疑者の絞り込みを行う為だ。

現状、分かっていることは、三十代の男性で、全身にピアスを開けていて、舌が二つに割れたスプリットタンの持ち主ということだ。

舌を二つに割る、いわゆる人体改造を行っている人間がいることは知っていたが、その方法などについてはまったくの無知だった。

ネットで検索しただけだが、舌を割るには、出血を抑える為に、切断しながら焼く必要があるらしい。

ピアス程度なら、自分で穴を開けることもできるが、スプリットタンとなると、自分で施術するのは難しい。

そうなると、口腔外科《こうくうげか》や美容整形外科ということになるのだろうが、犯罪を犯すタイプの人間が、正規のルートを使ったとは考え難い。

非合法に、そうした施術を行っている病院、もしくは店舗を調べ上げ、聞き込みを進めるべきかもしれない。

「戻っていたのか」

部屋のドアが開き、大黒が入って来た。

天海は、「はい」と返事をしながら、時計に目を向けた。阿久津との面会を終え、部屋に戻って来たのは夕方だったが、いつの間にか夜の十時を回っていた。

集中し過ぎて、時間の経過がほとんど感じられなかった。

「それで、どうだった？」

大黒が問いかけてくる。

主語は抜けているが、おそらくは、阿久津から得た情報を確認しているのだろう。

「色々と分かったことはあります――」

天海は、阿久津から聞き出した犯人の特徴について、端的に説明する。

自分で訊ねておきながら、大黒は「そうか」と興味無さそうに返事をする。相変わらず、何を考えているのか分からない。

「それで、永瀬の方はどうだった？」

「どうとは？」

流石に、質問の趣旨が分からない。

「永瀬は阿久津の能力を、どう受け止めた？」

「疑っているようでした」

永瀬が、阿久津の能力に対して、懐疑的な立場であることは、その言動からみて明らかだ。

「そうか」

「永瀬さんは、阿久津さんの能力を否定しているように感じます」

ただ、懐疑的なだけならいいのだが、永瀬は頑なに阿久津の能力を拒絶している節がある。

「そういう反応になるのも、致し方ない」

大黒は、一人納得したように頷く。

だが、天海は納得できない。

「致し方ないでは、済みません。正直、永瀬さんがいることで、捜査に支障を来しています」

永瀬は、阿久津に捜査情報を隠匿した。

阿久津の能力を検証する為――というのがその言い分だ。彼の観点からは、それが正しいのだろうが、天海は違う。

事件を捜査することを考えれば、阿久津に捜査情報を隠匿することは、マイナスにしか働かない。

「そうかもしれないな」

大黒は、あっさりと認める発言をする。

「でしたら、永瀬さんを外して頂けませんか。少なくとも、今回の事件の捜査が終わるまでは、これまで通りにやらせて欲しいです」

今回の事件は、第二、第三の犠牲者が出る可能性が極めて高い。

速やかに事件を解決しなければならない。

阿久津の能力の検証を行うなら、何も事件捜査でやる必要はない。それこそ、永瀬自身が阿久津に触れて貰えば分かることだ。

「それはできない」

大黒が即答する。

そのことで、天海の中にあった疑念が一気に膨れ上がる。

「どうしてですか？　阿久津さんの能力を検証させて、いったい何をしようとしているのですか？」

「今は、知る必要がない」

大黒がきっぱりと言う。

そんな説明で納得できるはずがない。

「では、いつになったら教えて頂けるんですか？」

「然《しか》るべき時が来たら――だ」

そんな曖昧な言い回しでは、混乱が深まるばかりだ。

じっと天海を見据える、大黒の蛇のような目が、余計に天海の心をかき乱しているようだ。

「然るべき時とは、いったいいつのことですか？」

「その時が来たら分かる」

これでは、まるで禅問答だ。

「私にも、分かるように説明して下さい」

「今はできない」

「なぜです？」

「天海には、自分の意思で選択して欲しいからだ」

訊けば訊くほどに、大黒の考えが見えなくなっていく気がする。

「いったい何の選択ですか？」

天海の問いに、大黒は沈黙した。

重い空気が流れる。

しばらく押し黙っていた大黒だったが、やがて「今は事件に集中しろ」とだけ言い残して、部屋を出て行ってしまった。

あまりに一方的な押しつけに、苛立ちを覚えたが、いくら追及したところで、大黒が何も答えないこともまた分かっていた。

意味不明のやり取りではあったが、収穫が無かったわけではない。

大黒は、永瀬を利用して何かを企んでいる。その企てが何なのかは不明だが、やがて天海に何かしらの選択を迫ることになるようだ。

大黒は、天海にいったいどんな選択を迫るつもりなのか？

内容は分からないが、その選択次第では、天海の人生そのものが、大きく変わってしまう。

そんな予感がした――。

12

駅の改札を出た七実は、足早に歩いていた――。

本当は、菊池と会って話をするはずだった。その為に、指定されたホテルのラウンジに足を運んだのだが、直前になってキャンセルの連絡があった。

どうしても手が離せない用件が入ったということだった。仕事なら仕方ないが、それでも来て欲しかった。

ラブホテルでのことがあってから、不安で不安で仕方なかった。菊池は大丈夫だと言っていたが、本当に大丈夫なのだろうか？

そればかりが気になり、仕事も手に付かず、ミスを連発した。

どうして菊池は、あの男とラブホテルに入るように指示をしたのか？　どうして、スマートフォンを盗むように言ったのか？　どうして、ペットボトルのお茶を飲ませたのか？　疑問が次々と浮かんできて、七実はパニックに陥りそうになった。

だから、菊池に会って、ちゃんと事情を聞きたかった。彼は警察官だ。法に触れるようなことはしないと思っているが、信じ切ることができない。

すると、今度は菊池を信じ切ることができない自分が許せなくて、酷く落ち込んだりもした。

気持ちが乱高下して、制御不能に陥った。

菊池との予定がキャンセルになり、仕方なく帰宅することにしたものの、一人でいるのが嫌だった。

だから、片っ端から友だちにメッセージを送ってみたが、どれもいい反応ではなかった。

七実は今すぐにでも会いたいのに、みんな予定を優先しようとする。

学生ではない。社会人ともなれば仕事もあるし、それぞれに生活もある。今日の今で会えないのは当然だと諦める反面、友だちが困っているのに冷たいと思ったりもする。

どうしていいのか分からないまま、帰路に就くしかなかった。

ひょっとして、殺人の片棒を担がされたのではないだろうか？　急にそんな疑問が湧き上がった。

菊池は、あの小野という男を殺そうとしていて、七実に手伝わせた――。

「そんなはずない」

言葉に出して否定する。

そうだ。別に、七実は何もしていない。あの男は急に死んだのだ。

――本当に何もしていないのだろうか？

「ペットボトル」

頭に浮かんだものを口にして、ぞっとした。

七実は、菊池の指示で男にペットボトルのお茶を飲ませた。もし、あの中に、何かしらの毒物が入っていたとしたら？

七実の渡したお茶で、あの男は死んだことになる。もし、そうだった場合、七実は人を殺したことになるのだろうか？

七実の思考を遮るように、バッグの中でスマートフォンが振動した。

友だちの誰かがメッセージを返してきたのだろうと確認してみる。菊池からだった。

〈遅くなると思うけど、用事を片付けたら部屋に行くので待っていて〉

そのメッセージを見て、これまでの不安が吹き飛んだ。

菊池は、これまで七実が付き合ってきた男たちとは違う。約束を守る人だ。そして、何より優しい。

きっと、あの件も七実が納得のいく説明をしてくれるはずだ。そう思うと、これまでの乱高下が嘘のように気持ちが落ち着いた。

菊池が部屋に来るのであれば、すぐにでも帰って掃除をしよう。彼が居心地よく過ごせるように、準備をしなければ。

大通りから、細い遊歩道に入る。この辺りは人通りが少ない。前を小柄な人が歩いているだけだ。

小さな公園の前まで来たところで、前を歩いていた人が突然足を止めた。

追い抜いて行ってもいいのだが、何となく躊躇われて足を止めた。すぐに歩き出すと思ってっていたが、その人は一向に歩みを進めない。

そのうち、「うっ」と短いうめき声を上げたかと思うと、地面に片膝を突いた。肩で激しく息をしている。

やがて、胸を押さえるようにしたまま、パタリとその場に倒れ込んだ。

「大丈夫ですか？」

七実は、すぐにその人に駆け寄る。

胎児のように丸くなり、苦しそうに呻《うめ》いている。何らかの持病が悪化したのかもしれない。

「しっかりして下さい」

七実は、その人の肩を揺さぶったが呻くばかりで、返事がない。意識が朦朧《もうろう》としているようだ。

とにかく救急車を呼ばなければ。

七実は通報をしようとスマートフォンを取り出したが、その腕をぎゅっと掴まれた。

──え?

倒れていたはずの人が、七実の腕を掴んでいる。

血走った目をこちらに向け、口許には歪んだ笑みを張り付けていた。

「いっ」

叫ぼうとしたが、その前に口を押さえられてしまった。

何が起きたのか理解できないまま、七実は首筋に刺すような痛みを覚えた。注射器のものだと認識した時には、意識がどんどんと遠のいて行く。

──何で? どうして?

数多《あまた》の疑問とともに、七実の意識は闇の中に墜《お》ちていった。

13

阿久津は、窓から見える月をぼんやりと眺めていた――。

まさか、永瀬と再会することになるとは思ってもみなかった。警察学校時代の同期。関係性としてはそれだけだ。

これといって親しかったわけではないので、お互いに感傷に浸るような間柄ではない。

いや、それは少し違う。

永瀬の方は自覚していないかもしれないが、阿久津は彼のことを印象深く覚えている。

彼はとても優秀だった。

座学も実技も、共に成績はトップクラスだった。警察官僚を父に持ち、出世が約束されていたようなものだ。

永瀬の凄いところは、そうした状況においても、一切の慢心がなかったことだ。

向上心を持ち、常に己を律して、勉学に勤《いそ》しんでいた。

正義感も人一倍強かった。不正を嫌い、規則を重んじる。そういう人物だった。

当時の教官の一人が、女子生徒にセクハラまがいの行為を行ったことがあった。それを知った永瀬は教官に食ってかかった。

ただ感情的になったわけではない。徹底的に証拠を集めて、その教官を追及したのだ。教官は、生徒に咎められたことに激怒し、永瀬を辞めさせると大騒ぎしたが、それに屈することはなかった。

父に助けを求めることもできたはずだが、それもしなかった。

永瀬は、常に公平で公正だった。

結局、その教官は女子生徒の前で謝罪し、辞職に追い込まれることになった。その事件以降、永瀬は教官たちから目の敵にされることが多くなった。

数々の嫌がらせを受けていたようだが、永瀬はまったく動じなかった。自分は、正しいことをしているという絶対の自信があったのだろう。

父が官僚だから、図に乗っていると思っていた者も多くいたようだが、阿久津はそうは思わなかった。

むしろ、永瀬は父親の存在を疎んでいた。

永瀬がそうまでして、規則を重んじていたのには、理由があった。あれは——。

阿久津の思考を遮るように、トントンとドアをノックする音がした。

消灯時間はとっくに過ぎている。問診や食事であるはずがない。昨晩の夜の出来事が脳裏を過ぎる。

「どなたですか？」

阿久津は、ドアに向かって声をかける。

ドアに設けられている小窓が、すっと開いた。そこから顔が覗く。

月明かりしかないので、人相は定かではない。ただ、ぎょろっとした目を爛々と輝かせながら阿久津を見ている。

声を発していなくても、昨晩の男であることが分かった。

「何かご用ですか？」

阿久津は、平静さを装いながら訊ねる。

「え？　何だって？　よく聞こえないな。もう少し、大きな声で喋ってくれよ」

男が耳をそばだてるように、顔の左側を小窓に近付けた。

左耳が欠損していた。

左耳を失っていることを理解していないのか、それともわざとそれを見せつけているのか——おそらく後者だろう。

「また、あなたですか。何をしに来たんですか？」

阿久津が問うと、男は顔の正面を向け、にたっと粘着質な笑みを浮かべた。

「ゲームをしに来たんだよ」

「ゲーム？」

「そう。あんたとおれとのゲームだ」

「何の話です？」

問いかけているにもかかわらず、男は返事をすることなく、急にハミングを始めた。聴いたことのない曲だ。

軽快で楽しげなメロディーだが、この男から発せられていることもあって、おどろおどろしい感じがしてしまう。

「質問に答えて下さい」

阿久津は、改めて男に告げる。

「そう急《せ》かすなよ。ゲームはじっくり時間をかけて楽しむものだろ」

「私は、あなたとゲームをするつもりはありません」

阿久津がきっぱりと言うと、急に男はわんわんと犬のように吠えた。

侵入者を威嚇するように、激しく何度も、何度も吠える。その不快な音は、空気を震わせ、阿久津の感情を不安定に揺らす。

この男は、いったい何を考えているのか？

「逃げたって無駄だ」

「逃げているわけじゃありませんよ」

阿久津が反論すると、何がおかしいのか男は声を上げて笑った。きんきんと耳に突き刺さる嫌な笑い声。

「いいや。あんたは逃げている。おれには分かる」

「何から逃げていると言うのですか？」

「決まってるだろ。自分自身だよ。自分の中にいる悪魔から、逃げようとしている。見ないふりをしてる」

「言っている意味が分かりません」

「嘘吐き！　ほら。聞こえるだろ。お前の鼓動。図星を突かれて動揺しているんだ。本当は、退屈で退屈で死にそうなんだ」

言っていることに一貫性がない気がする。話が飛び飛びになる傾向もある。

「退屈などしていません」

「それが嘘なんだよ。あんたは、人を殺したくて、殺したくて仕方ないんだ」

「殺したくて、人を殺したわけではありません」

「また嘘だ。あんたは、いつからそんな風に自分を偽るようになった？　素直に認めろ。本当は、忘れられないんだろ。人を殺した時の感触が。おれと同じだ」

人を殺した時の感触は、はっきりと覚えている。

そして、その時に抱いた複雑な感情もまた、拭えない記憶として阿久津の中に刻まれている。

指先が震えた。

「一緒にしないで下さい。私は……」

「だから嘘を吐くなって！　おれには分かってんだ！　あんたの本心が！　だから、それを呼び起こす為にゲームをしようって言ってんだ！」

　男が、ドアをバンバンと激しく叩きながら叫ぶ。

「神部さん。何をやっているんです」

　声とともに、人の走って来る足音が聞こえた。この声は警備員の竹本のものだ。男の叫び声を聞き、駆けつけたのだろう。

「おれに触るな！」

「神部さん。大人しくして下さい」

　ドアの向こうで、神部と呼ばれた男と竹本の争う音がした。

　しばらくは激しく抵抗していた神部だったが、やがて諦めたらしく大人しくなった。

　竹本は、男を拘束しつつ覗き窓から阿久津の様子を窺った。

「私は大丈夫です」

　阿久津が答えると、竹本は小さく頷いた。

「次からは、コールボタンを押して下さい」

　竹本は無表情に言うと、男を連れて部屋の前から立ち去った。静寂が戻ったかと思ったが、遠くで神部の叫ぶ声が聞こえてきた。

「逃げても無駄だ。ゲームは、とっくに始まってるんだ」

それは、まるで断末魔のようだった――。

第三章　悪魔の遊戯

1

犬が吠えている――。

何かを求めるように、或いは、訴えるように吠える。かと思えば、急に甘えるように喉を鳴らしたりする。

ピアノの鍵盤を叩く手を止めた。

苛々する。

防音の二重サッシにしているのにもかかわらず、犬の吠える声は、容赦なく部屋の中に入り込んできて、ピアノの音色を掻き消してしまう。

――耐えられない。

椅子から立ち上がって部屋を出た。

廊下は電気が消えていて真っ暗だった。人の気配はない。父はまだ仕事から帰って来ていないようだ。

犬の吠える声が、相変わらず響いている。

頭が痛い。

犬が吠える度に、延髄にずんずんっと脈打つような痛みが走る。

階段を下りて、玄関に向かう。

ドアに手をかけたところで、ふと立てかけてあるゴルフクラブが目に入った。

父が新しいのを買ったので、使わなくなったクラブ。粗大ゴミの日に処分する為に、処理券が貼り付けられている。

グリップを握ってみる。

想像していたのより、ずっと軽かった。

それを持ったまま、玄関のドアを開けて外に出た。

冷たい風が、びゅっと音をさせて流れ込んでくる。サンダル履きのはだしの爪先《つまさき》は、すぐに白くなった。

とはいえ、戻って靴下を履いたり、上着を羽織るような気分でもなかった。

ふと空を見上げると、月は分厚い雲に覆われていた。

頬に冷たい水滴が落ちた。

雨か──。

いや、そうではない。

空から舞い降りてきたのは、真っ白い雪だった。

息を吸い込むと、肺まで冷えていくのが分かった。その冷たさは、自分の心そのものであるようにも思えた。

足を踏み出すと、庭先で吠えていた犬が、ピタッと動きを止めて、こちらに目を向けた。

黒く、つぶらな瞳が向けられる。

何かを訴えている。

それが何か、知っている。

知っているのに、知らないふりをした。犬に嘘を吐くというのは、奇妙な感覚だった。

騙せたかどうかは、定かではない。

動物は、人間のように言葉で意思を伝えない分、匂いや、音で相手の心情を察しているような気がする。

犬は、何かにすがるように、頼りなく喉を鳴らす。

これから何が起こるのかを、察したのかもしれない。いや、違う。もし、そうなら、牙を剝いて襲いかかって来ても良さそうなものだ。

たぶん、まだ自分が置かれている状況が分かっていないのだろう。

犬が耳を伏せて、甘えるような声を出した。

——ああ。そうか。

本当は、全て分かっているのだ。それでも尚、抗うことなく、忠実であろうとする。健《けな》気《げ》なまでに、従順に主《あるじ》に服従している。

それを見て、可哀相《かわいそう》だとか、憐《あわ》れだとかいう感情は湧いてこなかった。それよりも、頭の中に響き続ける頭痛を止めたかった。

だから——。

ゴルフクラブのグリップを両手で持ち、それを大きく頭上に振り上げた。

犬は、ただ純粋な目を向けていた。

「止《よ》せ！」

叫び声とともに、永瀬は目を覚ました。

額に汗が滲んでいる。鼓動がいつもより速く、指先が僅かに震えていた。

嫌な夢を見た。

普段は、夢の内容など覚えていないのに、今日に限って、鮮明に頭の中に残っている。

ただの映像ではなく、音や感覚まで再現されていた。

色々なことがあり、ストレスが溜まっていたせいで、あんな夢を見たのだろう。

——あれは夢じゃない。

本当は分かっている。さっき見たのは、永瀬自身の記憶だ。封印し、誰にも語ることのない記憶——。

ベッドから足を降ろし、頭を抱えた。

脈打つ度に、ずんずんと内側から頭蓋骨《ずがいこつ》を殴られているように痛みが走る。嘔吐感もあったが、唾を飲み込んで抑えこんだ。

気持ちを切り替える為にバスルームに向かい、熱いシャワーを浴び、強引に意識を覚醒させる。

阿久津と対面した時のことが思い返される。

あの時、永瀬は阿久津にではなく、隣にいる天海に目が惹《ひ》き付《つ》けられていた。無表情を装っていたが、天海は、明らかに阿久津に対して特別な感情を抱いていた。

まるで恋をする少女のような視線——。

天海は接触恐怖症だと言い、永瀬との握手を拒否したにもかかわらず、阿久津には自ら求めて握手を交わした。

触れることで記憶を感知するという阿久津の能力を、真実だと受け止めているのに——だ。

資料には、そういった記述は一切無いが、天海と阿久津は単なる仕事のパートナーではなく、恋人関係にあったのだろう。

それが、いつから始まったのか、そして現在も継続中なのかは分からないが、二人が特別な関係であったことだけは確かだ。

だから天海は、阿久津を擁護するのだ。

職務に私情を持ち込むなど、言語道断だ。警察官である以上、相手が誰であれ、犯罪行為を容認するようなことがあってはならない。

ふつふつと怒りが湧いてきた。

気付いた時には、バスルームの壁を拳で叩いていた。じんわりと痛みが広がる。

永瀬はシャワーを止め、タオルで身体を拭いながら洗面台の前に立った。鏡に映る自分と向き合う。

酷い顔をしていた。

——お前はどうなんだ？

鏡の中の自分が問いかけてきた。

「分かってるさ」

永瀬は舌打ち交じりに吐き捨てる。

自分に天海のことを批難する権利などない。私情を持ち込むべきではないと言いながら、誰より自分自身が私情に流されている。

阿久津のやったことを批難しているが、では、自分が過去にやったことは許されるのか?

もやもやとした気持ちから逃れるように、永瀬はバスルームを出て身仕度を済ませると、母の部屋に足を踏み入れた。

昨日、天海と別れたあと、阿久津の事件の資料を集め、色々と分かったことがある。

監察医の佐野は、阿久津によって救われた人間がいる——という趣旨のことを口にしていた。

あの時は、その意味を理解できなかったが、改めて資料を集めたことで、発言の真意が見えてきた。

阿久津が殺害した二人目の被害者安藤弘《ひろし》は医者だった。

彼の供述によると、安藤は優秀な外科医であったが、同時に人間の身体を切り刻むことに執着する異常者だった。

手術中に、モルモットのように患者の身体を切り刻み、殺害していたというのが阿久津の主張だ。

安藤の犯行の真偽は不明だ。手術中の死亡に、事件性があったか否かを証明するのは非常に困難だ。そもそも、そこに疑いを持つ人間はいないだろう。

ただ、阿久津だけが安藤に疑惑を持った。

阿久津は、捜査中に怪我を負い、治療の為に病院に足を運んだ際、安藤と接触し、その記憶を感知して彼の犯行を知ったそうだ。

阿久津は、安藤の犯行を立証しようとしたが、証拠を集めることができなかった。

正式に捜査を行う為に、安藤が手術中に殺人を行っている可能性があることを上層部に報告したが、聞き入れられることはなかった。

警察が動かなかったのは、証拠が皆無に等しかったというのが一番の要因だが、別の理由もあったかもしれない。

たとえば、内部の誰かが買収されていたとか――。

いずれにせよ、捜査がされることはなかった。阿久津は、これ以上の被害者を出さない為に、安藤を殺害した。

それが阿久津の主張だが、安藤が死亡している今となっては、その真偽を確かめる術はない。

そして、安藤が手術を執刀した際に、死亡した患者の中に、佐野の妻の名前があった。

妻を失ったことに理由を求めていた佐野は、阿久津の証言を鵜呑みにすることで、その喪失感を埋めたに違いない。

「救われたのは、佐野自身だった……」

永瀬は呟く。

殺人鬼に救いを求めるなど、常軌を逸しているとしか言い様がない。佐野が感じた救いなど、所詮《しょせん》は一過性のものだ。失った痛みや悲しみが消えるわけではない。

阿久津の行動も、短絡的だ。

もし、本当に安藤に裁きを与えたいと思うなら、一生をかけてでも捜査を続けて、その罪を白日の下に晒《さら》すべきだった。阿久津が殺害してしまったことで、安藤の罪はうやむやになってしまったのだ。

永瀬の思考を遮るように、スマートフォンが着信した。

非通知の表示だったが、相手は何となく察しがつく。永瀬は咳払いをして、声の調子を整えてから電話に出た。

「永瀬です」

〈朝早くから申し訳ありません〉

小山田の声を聞き、頭痛が激しさを増した気がした。

言葉としては非礼を詫びているが、そこに気持ちがないことは、ありありと分かる。

「いえ」

〈彼に会ったようですね〉

「はい」

〈どうでしたか?〉

「現状では、まだ何とも言えません。彼が感知した記憶が、正しいか否かは、これからの捜査で検証していくことになります」

阿久津は証拠品のピアスに触れ、その人物の情報をもたらした。しかし、それが正しいものかどうかは、捜査してみないと分からない。

〈分かりました。報告を楽しみにしています〉

小山田はそれだけ言って電話を切った。

どうして小山田は、ここまで阿久津の能力に執着するのか？　いくら考えても永瀬には理解できなかった。

仮に、阿久津の能力が本物であった場合、小山田はどうするつもりなのだろう？　何かに利用しようとしているのだろうか？

いや、それはあり得ない。

他人の記憶を感知するなどという能力が、存在するはずがないのだ。無いものを利用することなどできない。

永瀬の脳裏に、警察学校時代の記憶がフラッシュバックする。

――あなたは見殺しにしたんですか？

頭を振って、その記憶を頭から消し去る。

そんなはずはない。阿久津は、何も知らない。知っているはずがない。ならば、あの言葉の意味は何だったのか？　あれは、永瀬の記憶を見たからこその言葉ではなかったのか？

「あり得ない」

永瀬は言葉にして否定した。

気持ちを落ち着かせる為に、硬貨を取り出し指の上を転がしたが、上手くいかずに床の上に落としてしまった。

このところ、失敗ばかりだ。気落ちしながら硬貨を拾い上げる永瀬の耳に、犬の吠え声が届いた。

「犬はもういない」

口に出すことで、永瀬は自らの耳にこびりつく幻聴を掻き消した。

2

事件から二日経っているが、テレビのワイドショーは、相変わらず島崎亜里砂の事件に独占されていた。

普通の殺人事件であったなら、一日でトップの扱いではなくなる。昨今は事件より、政治批判と芸能スキャンダルばかりがもてはやされる時代だ。

亜里砂も、単に十九歳の女性が殺されたというだけなら、すぐに飽きられ、芸能人の不倫疑惑にすり替わっていたに違いない。

それでも、亜里砂の事件がこうして扱われ続けるのは、彼女にアイドルという肩書きがあったからだ。

〈地下アイドルは、なぜ猟奇殺人の被害者となったのか？〉

民衆は、そうした分かり易《やす》いキャッチコピーに惹き付けられるものだ。

特に今の時代は、テレビを真剣に見ている人間などいない。スマートフォンを見ながら、何となく視界に入れている程度のものだ。

民衆は難しいことを考えるのを嫌う。曖昧さも不要だ。日頃の鬱憤を、分かり易くぶつける対象があればそれでいい。

こうして、亜里砂は脚光を浴びることになった。

アイドルとして活動していた時は、あれほど努力していたにもかかわらず、注目を浴びることはなかった。

ライブでは、五十人も集まれば御の字だったし、地上波のテレビになど出演したことは、ただの一度もなかった。

それが、死体になった途端、全国からの脚光を浴びることになったのだ。

皮肉としか言い様がない。

テレビのスイッチを切ろうとしたところで、スマートフォンにメッセージが着信した。

リモコンではなくスマートフォンを手に取る。送り主は先生だった。確認してみると、短いメッセージと画像が添付されていた。

〈警察が君が彼女に手向けたピアスのことを嗅《か》ぎ付《つ》けているようです。くれぐれも用心して下さい。特に彼女には注意が必要です――〉

いつか、警察が自分の許に辿り着くとは思っていたが、まさかこれほど早いとは思わなかった。

何か対策を取る必要がありそうだ。

逃亡するのも一つの手だが、そんなことをしたところで、すぐに捕まってしまうだろう。

考えを巡らせながら、送られてきた画像に目を向けた。

そこには、一人の女性の姿が映っていた。その途端、ぎゅっと心臓が縮むのを感じた。

清廉な美しさがあり、知性と品位も感じる。それでいて、少女のように無垢《むく》で愛らしい一面を持ち合わせている。

添付された女性の写真を眺めていると、追加でメッセージが届いた。

〈彼女の名は天海志津香。君のことを真に理解してくれるのは、彼女のような人なのかもしれない〉

「天海志津香……」

男は、その名を反芻《はんすう》する。

それだけで、下腹部がかっと熱を持つ。やがて、それは大きなうねりとなって全身を駆け巡り、身体に開けた穴から血が噴き出すような感覚を味わった。

3

「人を殺した時、阿久津さんは何を感じましたか？」

和泉は穏やかな口調で、そう訊ねてきた。

その質問があまりに唐突であった為に、阿久津は戸惑いを覚える。不審に思ったのは、阿久津だけではない。看護師の京香も怪訝な表情を浮かべている。

「質問の趣旨が分かりかねます」

阿久津がそう返すと、和泉は指先で万年筆をくるりと回した。

「そうですね。質問が抽象的でしたね。阿久津さんは、犯罪者たちに罰を与える為に殺害した。そうですね――」

「はい」

「ということは、殺したあとに、成し遂げたという達成感を覚えたのでしょうか？」

「達成感は、さほどありませんでした」

阿久津は首を左右に振る。

そうした感情が無かったわけではないが、それは欠片に過ぎない。

「違うのですか」

和泉が落胆したように言う。

「ええ」

「これまでの阿久津さんの話を総合すると、相手を殺すことこそが目的だったように感じたのです。正義感に駆られて、悪を倒すヒーローのように。だから、達成感を抱いたのではないかと思ったのですが……」

和泉が万年筆で頭を掻く。

今、こうして思い返してみると、阿久津が行動を起こしたのは、単純な正義感とは違ったような気がする。

警察官として、正義を全うしようと考えたら、やはり殺す必要はなかったし、そうすべきではなかった。

法に則り、その罪を白日の下に晒してこそ、目的を達成することができる。

では、何が阿久津を駆り立てたのか？

「怒り――」

阿久津は、呟くように言った。

「怒り？　正義を成す者として、悪に対して怒りを抱いたということですか？」

「違います。そんな崇高なものではありません」

阿久津は、ふっと天井を見上げる。

和泉と何度となくカウンセリングを繰り返す中で、阿久津はこれまでとは違ったかたちで自分自身と向き合えている気がする。

だからこそ、気付くことができた部分でもある。

「では、何です？」

「私が覚えた怒りは、そうした大義に対するものではありません。もっと個人的な怒りだったように思います」

「個人的――ですか」

「はい」

阿久津は、他人の記憶を感知する。

それは視覚情報だけでなく、その時に味わった感覚や感情も含めてのものだ。つまり、阿久津は被害者の記憶を感知する度に、殺されていたのだ。

肉体的には死んでいない。しかし、記憶の中では確実に死んでいた。記憶を共有しただけで、真実ではないと言う人もいるだろう。しかし、阿久津にとって蓄積された記憶は、現実でもあった。

犯人を心の底から憎み、明確な殺意を持って相手を殺害したのだ。

阿久津がそのことを説明すると、和泉は腕組みをして、うんうんと何度も頷いた。

「なるほど。そういう考え方ですか」

「私は、おかしなことを言っていますか？」

「もし、阿久津さんが本当に他人の記憶を感知しているのだとしたら、それはご自身が体感したのと同義です。たとえ、それが妄想であろうと、記憶が存在する以上、それはその人にとって真実なのです」

「やはり、私の能力は妄想なのでしょうか？」

阿久津はそう訊ねてみた。

和泉の受け取り方が、これまでとは異なっているような気がしたからだ。

「難しい問題ですね。最初は、妄想だと思っていました。阿久津さんに、それを認めて貰う為に、実験を施してみたのですが……」

和泉は途中で言葉を濁した。

気持ちは分かる。あくまで和泉は精神科医で、阿久津は統合失調症の患者だ。ここで、阿久津の能力を和泉が認めるようなことがあっては、治療が成立しない。

木乃伊《ミイラ》取りが木乃伊になるようなものだ。

「これは、ここだけの話にしておいて下さいね――。正直、私は阿久津さんの言う記憶を感知するという能力が、本物なのではないかと思い始めています」

少し間を置いてから、和泉はそう告げた。

感情ではなく、ロジカルな思考の末に、阿久津の能力を認知してくれたことに、安堵の気持ちが芽生える。

笹川や天海も、阿久津の能力を認めてはくれたが、それは信じたいという感情によるものだった。

論理をもって認めてくれるというのは、またこれまでと違った感慨が湧く。

「阿久津さんの能力について、科学的な実験を行う必要があるとさえ感じています。ただ、その為には、もう少し検証を続ける必要があります」

「検証――ですか？」

「学会に報告を上げるにしても、第三者の視点と再現性をもって、阿久津さんの能力を証明しなければなりません」

和泉は、思い詰めたように表情を歪める。

「何か考えがあるのですか？」

「ええ。私なりに、実験方法を考えています。既に、準備は整っています。検証の為に、協力して頂くことになりますが、構いませんか？」

「もちろんです」

返事をしつつも、もやもやとしたものが心の底に残った。

もし、阿久津の能力が妄想ではなく、真実であると証明された場合、いったいどんな未来が待っているのだろう？

阿久津は心神喪失状態による犯行ということで、無罪判決を受けた。能力が認められた場合でも、既に無罪判決を受けた阿久津が、再び罪に問われることはない。

一事不再理の原則があり、一度確定した判決がある場合、その事件について再度審理することはできない。

阿久津が受けた無罪判決はそのままに、閉鎖病棟から出ることができる。もちろん、再審の扉が開く可能性はあるが、それでもここから解放される公算は高い。

だが――。

それが、本当に正しいことなのかは分からない。

阿久津が逮捕後、真実を語ったのは、死刑判決を避ける為に、精神疾患を詐病しようとしたわけではない。

ただ、嘘を吐くことに疲れたのだ。いや、そうではない。天海に出会ったことで、自分の行いの報いを受けるべきだと感じたのだ。

ところが、誰も阿久津の能力を信じなかった。結果、統合失調症として入院することになった。

「阿久津さん。顔色が悪いようですが、大丈夫ですか？」

和泉に声をかけられ我に返る。

「大丈夫です」

笑みを浮かべたものの、自分でも強張っているのが分かった。

「今日の問診は、ここまでにしておきましょう」

和泉が終了を宣言した。

4

天海は永瀬とともに、渋谷にあるタトゥーやピアスの専門店に足を運んだ。

風俗店やラブホテルが乱立する百軒店《ひゃっけんだな》の一角にその店はあった。入り組んだ路地の先の古びた雑居ビルの地下だ。

阿久津の情報から、犯人はスプリットタンの持ち主だということが分かった。非合法の店で施術したと睨《にら》み、都内にあるそうした店を虱潰《しらみつぶ》しに当たっているのだ。

その数は意外に多く、これまでに十店舗ほど回っているがめぼしい情報は得られていない。

犯人の情報が少ないというのも、苦戦している要因の一つだ。

全身にピアスを入れ、スプリットタンの施術をした三十代と思しき男性。日常生活の中で、その条件に当て嵌まる人物を見かけるのは稀だが、集まるところには集まるもので、これまでの聞き込みで、それこそ数十人単位で該当者がいる。

おまけに、そうした違法店の多くは、顧客リストの管理などしておらず、客側も偽名を使うなどしていて、確かな情報が得られていない。

「阿久津の情報は間違っていたのかもしれませんね」

永瀬がぽつりと言った。

「その判断を下すのは時期尚早です」

「しかし、思ったような成果が得られていないように感じられます」

「阿久津さんへの情報提供が少なかったからです」

それが、一番の要因だ。

今回、阿久津に事件の概要を伝えていない。結果として、阿久津はピアスに触れて感知した情報を伝えるに止まった。

捜査情報を伝えていれば、もっと有益な情報を得ることができたはずだ。

「情報提供してしまったら、阿久津の能力の真偽を確かめることができませんから――」

「それは、そちらの都合ですよね？」

「ええ。まあそうなりますね。気に入りませんか？」

「私たちは、阿久津さんの能力を検証しようとしているわけではありません。彼の能力の助けを借りて、事件を解決に導こうとしているんです」

天海はまくし立てるように言った。

どうして、こうも永瀬に腹が立つのか自分でもよく分からなかった。強いて言えば、彼の言うことが、いちいち正論だからだろう。

冷静に振る舞っているつもりで、個人的な感情に流されていることを実感させられる。

だから腹が立つ。

「ぼくには、そうは見えませんね」

「どういう意味ですか？」

「阿久津の能力を認めさせようとして、躍起になっているように見えます」

――まただ。

痛いところを突いてくる。

「どう感じるかは、永瀬さんの自由です」

天海は強引に会話を打ち切ると、スプレーで落書きされた鉄製のドアを開ける。

店内は青白いライトに照らされていて、歯科医で使うような椅子が二脚並んでいた。その脇には、スタンドに置かれたタトゥーマシーンと専用のインクが並んでいた。

「いらっしゃい」

入ってすぐのところにいた男が、気怠《けだる》げに声を上げる。

十字架に天使。それに骸骨《がいこつ》というようにもといった図柄のタトゥーが首や腕から見えている。病的なほどに痩せ、血色が悪かった。

甘ったるい香水を大量に浴びているらしく、胸がむかむかする。

風貌や臭いからして、違法薬物を使用している可能性もあるが、今回の来店の目的はそれではない。

男は、天海と永瀬を交互に見たあと、「へぇ」と感心したような声を上げる。

「少しお話を伺いたいんですが」

天海がそう切り出すと、男はにたっと笑みを浮かべる。

「面白くなりそうだ」

「何がです?」

「改造するんでしょ。そこにいるのは、あんたの犬だ」

男はそう言って永瀬を指差した。

あまりに的外れな言葉に、啞然《あぜん》としてしまった。それは永瀬も同じだったらしく、目を白黒させている。

「何の話ですか？」

天海が問うと、今度は男の方が怪訝な表情を浮かべる。

「何って改造の話だよ。あんた、女王様だろ。で、そこの犬ころに所有物だって目印を刻みたいんじゃないの？」

ようやく、何を言わんとしているのか理解した。

何処をどう見たら、そういう判断になるのか理解ができない。「違います」ときっぱり否定すると、男は拍子抜けしたように椅子の背もたれに身体を預けた。

「あれ？　違うの？　もったいないな。あんた、資質があるのにな。というか、Sっ気が全身から滲み出てるよ」

「そういう嗜好はありません」

「それは、あんたが気付いていないだけだって。おれも、長いからさ。目を見れば分かるんだよ。その人の本質がどっち側か」

男は人差し指と中指で、天海の両目を指し示す。

「だとしたら、見誤っています」

天海がきっぱり言うと、男はすかしたように「ふーん」と声を上げた。

まったく納得していないようだが、別に性的嗜好について議論しに来たわけではない。

「タトゥーを入れに来たのではありません。少し、お話を聞かせて頂きたいと思って足を運びました」

天海は警察手帳を提示した。

これまでの店舗では、違法に商売をしていることもあって、途端に態度を硬化させるケースばかりだったが、この男の反応は違った。

「へぇ。本当に来たんだ」

男は感心したように言った。まるで、警察が来ることを予め知っていたかのような態度だ。

「どういうことですか？」

天海はすかさず訊ねる。

「その日――いいねぇ。本当にそそるよ」

男が粘着質な声で言う。彼の中で欲望の塊が膨れ上がるのがはっきりと分かった。

悪寒を覚えたが、天海はそれを打ち消すように睨みを利かせて男を見据える。が、そうすればするほど、男の表情は歓喜に満ちていくようだった。

「ますますいいね。本当に資質があるよ。つまらない殻を破って、こっちの世界に踏み込んでおいでよ」

　男が自らの股間に手を当て、舌舐めずりする。

蹴り倒してやりたい衝動に駆られたが、そんなことをすれば、余計にこの男を喜ばせるだけな気がした。

「質問に答えて下さい。さっきのはどういう意味ですか？」

　このまま天海が質問していては、先に進まないと判断したのか、永瀬が会話に割って入ってきた。

　男は邪魔するな——とばかりに舌打ちをしたものの、しぶしぶといった感じで話を始めた。

「ちょっと前に、連絡があったんだよ」

「連絡？」

「そう。一ヵ月くらい前に、うちで舌を割った奴がいたんだけど、そいつから連絡があったの。警察が訪ねて行くと思うって」

　男は軽い口調だったが、天海からしてみれば衝撃的な内容だった。

　こちらの動きを先読みしていた人間がいるということだ。今回の聞き込みについては、大黒には報告したが、それ以外の人間には口外していない。

　いや、佐野からも連絡があったので、簡単に説明をした。だが、それだけだ。にもかかわらず情報が漏れた。

——なぜだ？

天海は永瀬に視線が向きそうになるのを、慌てて抑えこんだ。

現段階でもっとも疑わしいのは永瀬だ。彼が犯人と通じている可能性がある。だが、だからこそ、それを表に出してはいけない。

下手に動けば、尻尾を掴み損ねることになる。

いずれにせよ、電話をしてきた人物が犯人である可能性が極めて高い。その人物に関する情報ができるだけ欲しい。

「それで、その男は何と言っていたんですか？」

「その前に確認なんだけど、あんた天海さん？」

男が天海を指差した。

犯人は天海の名前まで知っている。こうなると、ますます内部から情報が漏れたとしか考え様がない。

「そうです」

動揺を気取られないように意識しながら返事をした。

「あんた宛《あ》てに伝言を預かったんだ。確か、この辺りに……」

男はがさごそとデスク周りを漁《あさ》ったあと、一枚の紙切れを天海に寄越した。そこには

「お待ちしています」という一文とともに宮崎賢《みやざきけん》という名前と住所が記されていた。

天海が警察だと知りながら、待っているとはいったいどういうことなのか？　そもそも、ここに書かれた名前と住所は本物なのか？

犯人はいったい何を考えているのか？

渦巻く疑問に翻弄《ほんろう》され、天海は目眩を覚えた。

5

「酷いですね――」

捜査員の一人が、壁にもたれかかるようにして座っている死体を見て口にした。

そういう反応になるのも頷ける。

公園で見つかった島崎亜里砂の死体と同じように、頭部の皮膚が剥がされた死体は、見るに堪えないほどグロテスクだった。

死体が発見されたのは、新型コロナウイルスの影響で閉鎖に追い込まれたビジネスホテルのゴミ捨て場だった。

大通りに面していない裏手にあるその場所は、人目に付き難く、死体を遺棄するのにはもってこいだったはずだ。

それでも、これだけ早く死体が発見されたのは、この近辺が位置情報を使ったスマートフォンのソーシャルゲームのスポットになっていたからだ。レアなモンスターが出没するとかで、多くの人がスマートフォンを持ちながらこの近辺を歩き回っていた。

学生のカップルがモンスターを追いかけて敷地《しきち》の中に入り、偶然に死体を発見。警察に通報したというわけだ。

「掌には、逆さ五芒星の傷がありますね」

さっきの捜査員が、手袋をした手で死体の左の掌を広げてみせる。

言っていた通り、そこには逆さ五芒星の傷があった。出血の量がそれほど多くない。おそらく、死んだあとに刻まれたものだろう。

「同一犯でしょうか？」

別の捜査員が訊ねてくる。

「現状で断定するのは危険だ。模倣犯である可能性もある」

菊池が決まり切った言葉を並べると、周囲にいた捜査員たちが、一斉に「はい」と返事をした。

忠実で規則に従う犬のようだ。

巨大な組織を動かす為には、彼らのような忠犬は必要不可欠だ。こうした真面目さは日本人の美徳だが、同時にある種の危険も孕《はら》んでいる。

指揮を執っている人間に悪意があった時、彼らは抗う術を持たない。いや、そもそも疑うことを知らない。

なぜか？

単純だ。その方が楽だからだ。責任は指揮官に押し付ければいい。ただ、自分たちは従っただけだと言い訳が立つ。

それは、楽ではあるが、非常に危険な行為でもある。

日本が勝ち目のない戦争に挑んだのも、こうした従順な国民性が招いた悲劇だともいえる。

「身許を特定するのに、時間がかかるかもしれませんね」

別の捜査員が死体に目を向けながら言う。

頭部の皮膚が剝がされているので、人相を明らかにするのには時間がかかるだろう。それに、身許を証明するような所持品は発見されていない。

「そうだな」

菊池は同意を示す返事をしたが、本当はこの死体が誰のものか分かっていた。

着ている服に見覚えがある。ユニコーンの模様の入ったネイルも記憶している。これは、七実の死体だ。

亜里砂の時とは違い、七実とは男女の仲だった。恋人と呼べるような関係性ではなかったが、それでも、メッセージのやり取りをして、肌を合わせた。少しくらい感慨が湧くかと思っていたが、心が少しも波立たなかった。

おそらく、菊池の感情は、もうとっくに死んでしまっているのだろう。

感情を失った人間など、もはや生き物ではない。単なる操り人形に過ぎない。悪魔に魂を売り、その指示に従って動くだけの存在。

こんなことなら、あの時、あの男の指示に従うことなく、全てを清算した方が良かったのかもしれない。

まあ、今さら悔やんだところで、何かが変わるわけではない。

「まずは周辺の聞き込みに当たるように。それから、付近の防犯カメラの映像のチェックも忘れるな」

菊池が指示を飛ばすと、また一斉に「はい」と返事があり、忠実な番犬たちは散って行った。何の疑問も抱くことなく――。

「犯人は、どうやって被害者を選別しているんでしょうね」

急に質問を投げかけられた。

いつの間にか、すぐ傍らに大黒の姿があった。何の気配もなく忍び寄る。まさしく蛇のような男だ。

「どういう意味ですか？」

菊池が問い返すと、大黒は死体の顔を覗き込むように屈んだ。

「島崎亜里砂の事件と同一犯であることは、間違いないでしょう。ただ、どうしても引っかかるのです」

「何がです？」

「犯行の手口からして、おそらく犯人は、人を殺すことが目的ではないと思います」

「人間の皮を剝ぐことが目的で、死んだのはその結果である——と？」

菊池が問うと、大黒は顎を引いて頷いた。

「私は、そう考えています。ただ、その場合、被害者を選別した方法が分かりません」

核心を突いた疑問に、ひやっとするが、それを顔に出すほど愚かではない。

「二人とも若い女性です。それが、犯人が被害者を選別する基準になっていたのではないでしょうか」

「だとしたら、なぜ彼女だったのでしょうか？　犯人は、若い女性なら誰でも良かったのでしょうか？」

「何が言いたいんですか？」

「この女性の名前は、朝日七実さん。総合病院に勤務する看護師です」

大黒の口から、七実の名前が出たことに驚愕する。

思わず叫びそうになったが、それをぐっと堪える。余計なことを言えば、尻尾を摑ませることになる。

「もう、身許が分かったのですか?」

冷静を装い訊ねる。

「ええ」

「身許を示す所持品は無かったはずですよ」

「ええ」

「それなのに、検死も終わっていない彼女の身許が分かったんですか?」

「ええ」

「どうやって?」

「簡単な話です。私は、あのホテルでの一件が気になっていたんです。そこで、色々と調べてみました」

「ホテルでの一件ですか?」

惚けているような反応をしてみせたが、内心は心臓がはち切れそうになっていた。乱れる呼吸を落ち着けるのに必死だった。

「ええ。どうしても、小野と一緒にホテルに行った人間が誰なのか気になって色々と調べたんですよ」

「しかし、ホテルの部屋には遺留品の類いは無かったはずですよね?」

捜査の名目で入った時にも、菊池自身の目できっちり確認してある。七実には、指紋が残らないように細心の注意を払わせた。

仮に見つかったとしても、不特定多数の人間が出入りする場所だ。七実がその場所にいたという証明にはならない。

「ホテルの部屋にはありませんでした。しかし、ホテルを出てすぐのところにある植え込みで、これを見つけたんです」

大黒はジャケットのポケットから証拠品袋を取り出した。

中に入っていたのは小野の名刺だった。表面には、指紋採取の時に使うアルミパウダーが付着していた。

大黒は、ラブホテル付近に落ちていた名刺の所有者が、同伴者だと当たりを付けて指紋を採取し、過去のデータベースと照合をかけたのだろう。

七実の元彼である男を、違法薬物の所持で逮捕した時、同居人として彼女の指紋も採取している。

つまり、彼女のデータが警察に残っていたのだ。

どう反応すべきか迷う。大黒を否定することも考えたが、止めておいた。つまらぬ反論をすることで、思わぬぼろが出るかもしれない。

「その名刺に付着した指紋の主が、朝日七実さんだったということですね」

「その通りです。あくまで簡易鑑定ですが、死体の女性と朝日七実さんの指紋は一致しました」

「そうですか。そうなると、大黒さんの読み通り、例のラブホテルの一件と、今回の事件は関連があるかもしれませんね」

菊池は素直に認めた。

現段階では、小野の死体発見現場であるホテルにいた可能性のある七実が、死体となって発見されたというだけだ。

別に焦るようなことではない。

「私は、そうであると確信しています」

「何か他にも証拠があるのですか？」

「現段階ではお話しできません」

「警察内で隠し事ですか？」

「お互い様ではありませんか？」

まるで、こちらの思考を見透かしているかのような発言に、菊池は焦燥感を覚えた。

「どういうことでしょう？」

あくまで惚けてみせる。

次の言葉を警戒していたが、大黒は急に興味を無くしたかのように、くるりと背中を向けてしまった。

まるで、黒蛇の蜷局《とぐろ》に巻かれているような、嫌な感覚がまとわりつく。

「そうだ。一つだけ確かなことがあります」

そのまま歩き去るのかと思ったが、大黒は急にこちらを振り返った。

「何です？」

「朝日七実さんには、協力者がいたはずです」

「どうしてそう思うんですか？」

「あのホテルの近隣の防犯カメラを調べましたが、何処にも小野さんと七実さんの姿が映っていません でした。防犯カメラに映らないルートを通って、ホテルに入ったようです。誰かがそれを手引きしたのは間違いないでしょう」

それだけ言い残すと、大黒は歩いて行ってしまった。

菊池は激しく心をかき乱される。叫び出したい衝動を堪えるのがやっとだった。だが、同時に生きているという実感も味わっていた。

ずっと操り人形だった。こんな風に自分の生の感情に触れるのは、何年ぶりだろう。

そう思うと、不思議と歓喜が押し寄せてきた——。

6

大黒からの連絡を受け、永瀬は天海とともに死体の発見現場に駆けつけた。

永瀬は、青いビニールシートを捲《めく》って現場に足を踏み入れる。

壁に寄りかかるようにして座っている若い女性の死体があった。周囲に血痕はない。前回と同様に別の場所で殺害され、ここまで運ばれて来たのだろう。

左の掌には、悪魔の紋様である逆さ五芒星が刻まれていた。

そして、被害者は頭部の皮膚が剝がされていた。肉が剝き出しになった赤い顔は、映画の特殊メイクのように現実味がなかった。

そういえば、あの時もそうだった。

母親が死んでいるのを見た時も、こんな風に何処か現実と乖離《かいり》していた。

「酷い……」

呟くように言ったあと、天海は死体の前に跪《ひざまず》いて合掌した。

警察官は、死体と対面する時合掌をするのがならわしだ。だが、天海のそれは、そうした形式上のものとは異なり、心の底から故人を悼んでいるように見えた。

いや、祈っているといった方がいいかもしれない。

神々しくさえ感じるその姿に、永瀬は目を奪われる。

そんな彼女の姿を見るに至り、再び永瀬の脳裏に母親の顔が浮かぶ。

母親は優しい人だった。慈悲深く、品位があり、どんな時でも、真っ正面から全てを受け容れてしまう懐の深さがあった。

永瀬の我が儘《わま》はもちろん、暴挙とさえいえる父親の言動でさえ、寛容に受け容れてしまった。

――いや。そうじゃない。

母は、決して懐が深かったのではない。

ただ堪え忍んでいたのだ。心のキャパシティーはとっくに超え、それでも精神を削りながら笑顔を振りまき続けた。

そして――だからこそ――それは唐突に終わりを告げた。

母親の中で、全てが切れてしまったのだろう。

瞬く間に別人へと変貌していった。妄想に取り憑《つ》かれ、幻聴に苛まれ、認知機能が低下し、永瀬のことはおろか、自分が何者なのかすら分からなくなっていった。

だから――。

耳の奥で犬が吠える。

犬などいないのに、何度も、何度も吠える。

封印したはずの嫌な記憶が犬の吠える声に誘われて、もぞもぞと這《は》い上《あ》がってくる。

――嫌だ。思い出したくない。

「うるさい」

小声で言ったつもりだったが、天海の耳に届いてしまったらしく、立ち上がりこちらに怪訝な表情を向けてくる。

取り繕う為の言葉を探したが、何も思い浮かばなかった。

「私が何か言いましたか？」

天海に問われて答えに窮する。

「いえ。それより、同一犯だと思いますか？」

結局、分かりきっている質問をぶつけ、誤魔化すことに徹した。

「詳しくは、鑑識の結果待ちになるでしょうけど、その可能性は極めて高いですね」

天海は当たり障りのない返答を寄越す。

お互いに何かを隠しながらの会話は、酷く滑稽で、無様なものだった。

「阿久津の模倣犯なのかもしれませんね」

余計な言葉だと自覚しながら、永瀬はそんなことを口走っていた。

「そうかもしれませんね」

天海が悲しげに目を伏せる。

そんな顔をしないで欲しい。それでは、まだ心の中に阿久津の存在があると認めているようなものではないか。

「だとしたら、二人の被害者を生み出したのは、阿久津ということになりますね」

どうして、わざわざ天海を怒らせるようなことを口にしているのか、自分でも理解できなかった。

「論理が飛躍し過ぎだと思います」

「そうでしょうか？　阿久津がいなければ、模倣犯など生まれなかった。つまり、一連の犯罪は阿久津が誘発したと言っても過言ではありません」

——止《よ》せ。止《や》めろ。

内心とは裏腹に、言葉の刃《やいば》が鋭さを増していく。嫉妬《しっと》故の八つ当たり。見苦しいにも程がある。

「まだ、模倣犯と決まったわけではありません」

「普通の人間は、死体に逆さ五芒星を刻むなんて真似はしません。模倣以外の何があるのですか？」

「決めつけです」

天海の目に怒りの感情が滲む。

「決めつけをしているのは、天海さんの方ではありませんか？」

「私が何を決めつけているんですか?」

「あなたは、阿久津を擁護している。殺人犯であるにもかかわらず、彼の行動を正当化させるだけでは飽き足らず、美化している」

「そんなつもりは……」

「無いと言い切れますか?」

永瀬の問いに、天海が口を噤《つぐ》んだ。

どうして黙る? 言えばいいだけだ。「そんなことは無い」と。それなのに、どうして口を閉ざす。

それでは、認めているのと同じだ。どうして、あんな奴を庇《かば》う――。

「殺人犯を擁護するなど、警察官として失格だと思います」

また、余計なことを言ってしまった。

てっきり怒るかと思ったが、天海はただ悲しげな目で永瀬を見つめる。

――ああ。そうだ。そうだった。

永瀬は、ここに来て苛立ちの原因を悟った。

母も永瀬に、今の天海と同じような視線を向けたことがあった。

警察官僚だった永瀬の父は、仕事中心の生活で、ほとんど家には寄りつかなかった。たまに帰って来たと思えば、些細なミスを見つけては、母のことを激しく叱責した。

食事が不味《まず》い。バランスが悪い。おれを殺す気かと大げさに怒鳴り、掃除が行き届いていないと、夜中に掃除をさせることもあった。

仕舞いには、仕事で上手くいかない理由を、母の存在のせいだと理不尽に罵《のの》る始末だった。

言葉だけでなく、手を上げている姿を何度も目にした。

父が暴れたあと、一人で黙々と後片付けをしている母に言った。

「あんな奴の言いなりになる必要はない」

父は仕事の重圧で、ストレスが溜まっていたのだろうが、それでも、母に当たり散らすのは間違っている。

悪いのは圧倒的に父だ。永瀬は、母が同意してくれるものとばかり思っていた。

だが――。

母は、今の天海のように悲しげな目で永瀬を見ただけだった。

――どうしてそんな目をする？

間違っているのは、阿久津のはずだ。あの男は人殺しだ。それなのに、そんな目をされたら、まるで自分が間違っているかのように感じてしまう。

「私は、阿久津さんを肯定しているわけではありません。でも、彼がそうせざるを得ない状況があったのは確かです」

天海の言葉が、鎮火しかけていた永瀬の怒りの炎を再燃させた。

「人を殺さなければならない理由とは何ですか？　そんなものは存在しません」

「では、阿久津さんはどうすれば良かったというんですか？　犯罪を知りながら、黙って見過ごすべきだったと？」

「警察官として、捜査すれば良かっただけです」

「それを揉み消されたんです。何度も、何度も……」

天海の声が涙ぐむ。

冗談じゃない。そんな理屈が通用するはずがない。

「だったら、誰かに協力を求めれば良かった。そうすれば……」

「あなたなら信じましたか？　他人の記憶が見えるという話を、信じて力になってやれましたか？」

天海の鋭い視線に搦《から》め捕《と》られた。

今の永瀬を批判されているようだった。阿久津の能力を疑い、信じようとせず、彼の言葉に耳を傾けようとしない今の姿を――。

「彼は、統合失調症の患者です……」

「そうやって常識に縛られて誰も信じなかった。だから、彼は孤立したんです。一人で行動するしかなかったんです」

天海の言う通りかもしれない——いや違う。

永瀬は、流されそうになる気持ちを奮い立たせる。

「天海さんは間違っています。あなたが阿久津を正当化するのは、彼と恋人関係にあったからでしょ」

永瀬は、口にしてから激しい後悔に襲われる。

今のは言うべき言葉ではなかった。きっと、天海自身、言われたくない言葉だっただろう。

自分と天海との間に、修復不可能な亀裂《きれつ》が生じていくのが分かった。

「そうかもしれません。でも、それは永瀬さんも同じではないのですか？」

「どういう意味ですか？」

「阿久津さんの事件をきっかけに、お父様が辞職しています。あなたは、そのことに恨みを持っているから、阿久津さんを認めようとしない」

耳鳴りがした。

気付いていたのか——驚くと同時に、すぐに当然だと思い至る。

天海は、あの事件の中心にいたのだ。永瀬の父が辞職に追い込まれたことくらいは知っていて当然だ。

いや、天海に限らず、警察の関係者なら誰でも知っている事実だ。

しかし——。

「それは違います。父のことは関係ありません」

必死に弁解の言葉を口にした。

永瀬にとって父親は憎しみの対象だ。断じて阿久津に対する心証に影響を及ぼしたわけではない。

ただ、その言葉は天海に届かなかった。

降り出した雨を浴びながら、ゆっくりと歩き去っていく天海の背中を追いかける気力もなかった。

何もせず、ただ黙って見ている。

あの時と同じだ——。

7

空が暗い。

夜が迫っているというのもあるが、それだけではない。

空は、透明な水に黒いインクを落とした時のように、薄汚れた色をしている。

きっと雨が降るだろう。

冷たい雨が──。

宮崎は、周囲にいる人間と同じように、背伸びをして現場を覗き込む。

「下がって下さい」

制服警官が、必死にヤジ馬を押し止めようとしている。

ここに群がる連中は、発見された死体をひと目見ようと必死になっている。スマートフォンを構える奴もいた。SNSにでもアップするつもりなのかもしれない。

どうやら、他人の不幸をエンターテインメントにしようとしているのは、メディアだけではないようだ。

最近の世相なのかとも思ったが、そういうわけでもないのかもしれない。

江戸時代などは、罪人の処刑が見世物になっていたという。いつの時代も、人々は人の不幸に魅せられるのかもしれない。

いや、魅せられているのは不幸ではなく、死そのものとも考えられる。

人は死を恐れている。それは、誰も死んだことがないからだ。死ぬとどうなるのかを確かめた者はいない。だから、それを恐れるのだ。だから、自分以外の人間の死という現象に惹き付けられるのだ。

しかし──宮崎が見ようとしているのは死体ではない。生きた女だ。写真だけでは我慢できなかった。

どうしても、彼女を——天海志津香を自分の目で見ておきたかった。

本当なら、制服警官を押し倒してでも規制線の中に入って彼女の姿を確認したいが、それはあまりに無謀だといえる。

そんなことをすれば、たちまち取り押さえられることになるだろう。天海に会うことなく終わってしまう。

それに周囲に人がいる状態で彼女に会っても意味がない。

彼女とは、二人きりの時間を過ごしたい。いや、過ごさなければならない。そうでなければ、彼女は警察官という仮面を被ったまま、自分の本当の姿を見せてはくれないだろう。

今は我慢するしかない。

宮崎は昂ぶる気持ちを抑えるように、二つに割れた舌で、自らの唇を舐めた。

ぽつっと冷たいものが頬に当たった。

雨だ——。

凍えるように冷たい雨だ。

その雨を待っていたかのように、青いビニールシートの向こうから彼女が——天海が姿を現した。

写真で見た時より、表情が硬い気がする。

繊細な彼女のことだ。死体を見たことで、心が揺れ動いているのかもしれない。

だが、硬さを残していても尚、彼女の姿は美しかった。

表面上の造型の美しさだけでいうなら、彼女より優れている女性はたくさんいるが、そういうことではない。

内面から醸し出される空気感にこそ、彼女の美しさはある。

その魅力で、宮崎の心を一瞬で摑んでしまったのだ。

渋谷のタトゥーショップのオーナーから連絡を貰い、天海に宮崎のメッセージが伝わっていることは分かっている。

オーナーは、天海のことを絶賛していた。

彼女はこちら側の世界に来る資質があると、半ば興奮気味に語っていた。やはり、分かる人間には分かるということだ。

嬉しさを覚える反面、宮崎はオーナーに対して狂おしいまでに嫉妬した。

自分より先に、天海の魅力に触れた。それが許せない。あの陰湿な目で、天海を睨《ね》め回《まわ》すように見たかと思うと、ふつふつと怒りが湧いてくる。

だが、今は耐える時だ。

我慢する時間が長いほど、愉しみが増すというものだ。

全てはこれからだ。

宮崎は、唇に嵌まったリングに指を引っかけ弄ぶ。

天海が、宮崎の存在に気付いたのか、こちらに視線を向けた。

ほんの一瞬だったが、確かに目が合った。

彼女は何も言わなかったし、表情一つ変えなかった。おそらく、彼女はまだ警察官の仮面を被っている。

宮崎は妄想する。

天海に痛みを与えた時、彼女はどんな反応をするのだろう？ あの美しい顔を歪め、苦《く》悶《もん》の表情を浮かべるのだろうか？ それとも、体験したことのない快楽に目覚め、あられもない姿でオーガズムに達するのだろうか？

どちらであったとしても、きっと宮崎の中にある欲求を満たしてくれるはずだ。

天海は、亜里砂のような作られた虚像の美しさではない。

真の美しさを秘めた女性なのだから──。

天海は小走りで現場を離れ、何処かに向かった。

追いかけたい衝動に駆られたが、それを断ち切るようにリングを力一杯引っ張る。

痛みとともに唇の肉が裂け、リングが外れた。ぽたぽたと血が滴り落ちたが、雨がそれを洗い流した。

焦ることはない。待っていれば、必ず彼女の方から宮崎の前に姿を現すはずだ。二人は運命的な対面をすることになる。

「もうすぐ。もうすぐだ」

雨が強くなってきた。

宮崎は、雨音に合わせてステップを踏みながら現場を後にした。

8

特殊犯罪捜査室の部屋で、大黒と合流した天海は、渋谷の店で入手した男の情報を説明することになった。

本当であれば、特殊犯罪捜査室のメンバー全員を集めるところだが、今回の一件は、内部から情報が漏れている可能性が極めて高いので、二人だけで話をすることにした。

天海に伝言を残した男の名は、宮崎賢という男だ。まだ素性を洗えていないので、それが本名なのか否かは分からない。

ただ、伝言に残されていた住所は実在していた。

既に二人目の被害者が出ている。すぐにでも現地に赴き、宮崎と接触する必要があると天海は考えていた。

ところが、大黒の判断は天海とは正反対のものだった。

「現状では判断材料が少な過ぎる。当該人物の周辺を慎重に捜査する。直接の接触は控えるように」

それが大黒の決断だった。

「しかし、それでは遅過ぎます。三人目の被害者が出ないとも限りません」

「それは承知している。だからこそ、慎重に動くべきだと考えている」

大黒の主張は正論であるが、だからこそ違和感を覚えてしまった。

黒蛇と畏れられる大黒は、常に先を見越して大胆な判断をしてきた人物だ。この判断は、あまりに真っ当で慎重過ぎる。

「宮崎は、私を指名して連絡を寄越すように言伝《ことづて》までしているんです。直接会って、事情を訊いた方がいいのではないでしょうか？」

納得がいかず、天海は反論の声を上げる。

なぜ、当該人物が天海にコンタクトを取ろうとしているかは不明だ。だからこそ、確かめる必要がある。

もし、宮崎が犯人であった場合、彼は連続殺人犯なのだ。新たな犠牲者を出さない為にも、迅速な対応をすべきだ。

「ダメだ。宮崎とは接触するな」

大黒の口調は、いつになく強いものだった。

「分かりました。接触は控えます。ただ、その代わりに、宮崎に監視を付けて下さい」

「警察官が張り付いていれば、新たな犠牲を防ぐことはできる。

「他部署との連携を考慮し、検討しておこう」

——検討？

大黒から出た言葉が信じられなかった。

組織の枠に囚われず、独自の判断で行動できるのが特殊犯罪捜査室だったはずだ。それを、今さら他部署との連携などと言われるとは思ってもみなかった。

「そんな悠長な……」

「天海。少し焦り過ぎだ」

大黒の声には、窘めるような響きがあった。

「焦ってなどいません」

否定してみたが、自分でも何処か嘘臭いと感じてしまった。

「いや。焦っている。普段の天海なら、もう少し慎重に捜査を進めるはずだ。違うか？」

「焦っているわけではなく、これだけ証拠があるのですから……」

「証拠があるというのは本当か？」

「どういう意味です？」

「島崎亜里砂と、今日発見された死体。これが、同一人物の犯行であることは、まだ立証されていない」

「でも、死体の状況が一致しています」

頭部の皮膚が剝がされ、左の掌に逆さ五芒星が刻まれている。これは、どう考えても同一犯の犯行だ。

「それが、焦っていると言うんだ。死体の状況が似ているイコール同一犯と短絡的に結論を急ぐべきではない」

「しかし……」

「それを言うなら、あの死体は阿久津の犯行ということになるぞ」

大黒の口からその名を出されたことで、天海は完全に虚を突かれた。

言わんとしていることは分かるが、あまりに論理が飛躍し過ぎな気がする。天海を黙らせる為に放った言葉だと感じてしまう。

「天海は焦っている。私には、事件を解決しようとしているというより、阿久津の能力が本物であると証明しようとしているように見える」

「そんなつもりは……」

「無いと言い切れるか？　そうやってむきになった結果、永瀬と口論になったのではないか？」

「ご存じだったんですか？」

「犯行現場で派手に言い争ったんだ。自ずと私の耳にも入る」

「すみません」

急に恥ずかしさがこみ上げてくる。

売り言葉に買い言葉で永瀬と口論になった。あんなことは、するべきではなかった。何を言われようと聞き流せば良かった。

なぜ、あんな風に反論してしまったのか――。

それこそ、大黒が言うように、阿久津の能力を証明しようとしたのだろう。信じようとしない永瀬に、対抗心を燃やしていた部分もある。

頑なに阿久津の能力を信じず、彼を犯罪者と断じる永瀬の論調に苛立ちを覚え、必要以上に反論してしまったのだ。

「詫びることではない。ただ、お互いに頭を冷やす必要がある」

「はい」

「天海には、一旦、捜査から離れて貰う」

――え？

いきなり浴びせられた想定外の言葉に、しばらくその意味を理解することができなかった。

聞き間違いかとも思ったが、そうでないことは、彼の表情が物語っていた。

「それは、どういうことですか？」

「言葉のままだ。今の天海は、私情を挟み過ぎている。その状態では、まともな捜査ができない」

確かに永瀬との口論は、私情によって生まれたものだ。

ただ、それは一過性の感情だ。継続して、引き摺っているわけではない。すぐに改められるものだ。

「大丈夫です。私は……」

「これは決定事項だ」

大黒は、一方的に告げると部屋を出て行ってしまった。

天海は呆然とするより他なかった。捜査から外されることになるなど、夢にも思っていなかった。

しばらく、悔しさを噛《か》み締《し》めていた天海だったが、不意に引っかかりを覚えた。

大黒は、天海に焦り過ぎだと言った。だが、大黒が天海に下した判断もまた、焦り過ぎているように感じられる。

永瀬とのことは口実で、大黒は天海を捜査から外す理由を探していたのではないか？

そんな疑問すら浮かんだ。

――でも、だとしたらなぜ？

その答えはすぐに見つかった。今回の一件は、内部から情報が漏れている可能性が極めて高い。

だからこそ、宮崎は天海を名指しすることができたのだ。

もし、宮崎に情報を漏らしたのが、大黒だったとしたら——考えたくない推論だったが、辻褄《つじつま》は合う気がする。

いずれにせよ、このまま黙っていることはできない。

天海は覚悟を決めて歩き出した。

9

菊池は、ホテルのラウンジにあるテーブル席に座り人を待っていた。

この前と同じピアノの曲が流れているが、グランドピアノで演奏しているのは違う女性だった。

あれほど清廉で美しかった旋律が、今はじっとりと粘り気をもって菊池の耳に響く。同じ曲であっても、演奏者が異なると、こうも印象が違うものなのかと驚く。いや、もしかしたら、聴き手である菊池の心情の変化が印象を違えているのかもしれない。

或いは、神部の作った曲そのものが、元来二面性を秘めているということも考えられる。

「待たせたな」

声とともに、向かいの席に男が座った。

相変わらず、場違いな変装をしている。

「その格好。余計に目立ちますよ」

菊池が言うと、男は苦い表情で舌打ちをした。

「つまらない指摘をするな。お前と違って、こっちには立場があるんだ」

「どんな立場ですか？　警視総監という役職のことですか？　大丈夫ですよ。あなたは警察内では名前も顔も知られているでしょうが、一般の人からしてみると、ただのおじさんです」

「何のつもりだ？」

男が――梶浦浩一郎《かじうらこういちろう》が凄んでみせる。

だが、怖いとは思わなかった。元々、大して中身のない男だ。役職を外してしまえば、ただの臆病な中年男に過ぎない。

「別に、何のつもりでもありません。ただ、変装することで、余計に目立っていると言っているだけです」

「お前のような男と会っていることを、他の人間に知られるわけにはいかない」

あまりに切羽詰まった顔で言うので、菊池は思わず笑ってしまった。

「どうして困るんです？　警視庁のトップと、捜査一課の班長が会話をしていたところで、何の問題もないはずです」

「あるだろう」

「ありませんよ。あなたは、そうやって他人を下に見ているんです」

「だったら何だ。私とお前の間には、歴然とした上下関係がある」

ずいぶんと強気に出たものだ。

これまで、菊池は梶浦の要請を受け、水面下で火消しのような仕事を請け負ってきた。

梶浦は、その対価として菊池に金銭を渡し、叩き上げには羨望《せんぼう》の、警視庁捜査一課の班長という花形の役職を与えた。

それで全てがチャラになっていると思っているようだ。

実に浅はかとしか言い様がない。菊池がこれまで請け負ってきた仕事は、その程度の報酬でバランスが取れるようなものではない。

梶浦は、菊池を体よく利用したつもりかもしれないが、実際はそうではない。梶浦が裏の仕事を依頼する度に、菊池は彼の弱みを握ってきたのだ。

だが、梶浦はそれに気付くことなく、金と少しばかりの地位を与えたことで、全てを清算した気になっている。本当に愚かな男だ。

ただ、それを口に出すようなことはしなかった。

そんなことをすれば、プライドの高い梶浦は、激高して何をしでかすか分かったものではない。

この男が警視総監という役職に就いているうちは、それなりに利用価値はある。

「そうでしたね。失礼しました」

菊池が謝罪することで、梶浦は怒りを収めた。

今の言い合いで、かなり注目を集めることになっていたが、それにすら気付いていない。こんな脇の甘さだから、中国系のマフィアに弱みを握られるという下手を打つのだ。

「これは、約束の品です」

菊池は用意してきた紙袋をテーブルの下で梶浦に渡した。

紙袋の中に入っているのは、小野のスマートフォンと、彼の自宅にあったノートパソコンだ。

梶浦は、紙袋の中を覗き込み、満足そうに笑みを浮かべる。

「中身は見ていないだろうな?」

念押しするように訊ねてきた。

「もちろんです。おれは、ただ言われたことをやっただけです。余計なことを知れば、それだけでトラブルになります」

菊池が言うと、梶浦は「いい心がけだ」と満足そうに頷く。

――こいつは何処までアホなんだ。

相手の言うことを鵜呑みにするとは、愚かとしか言い様がない。よくこれで、警視庁のトップが務まるものだ――と呆れてしまう。

まあ、元々梶浦にその才覚があったわけではない。阿久津事件により、警察の上層部は軒並み辞任に追い込まれた。

永瀬博嗣《ひろし》などはいい例だ。

組織としての体裁を保つ為に抜擢《ばってき》されたのが梶浦だ。今頃、水面下で実力者が権力闘争を繰り広げているだろう。

菊池の読みでは、小山田あたりが頭角を現すと踏んでいる。

「私は、これで失礼する」

梶浦は、そう言うと席を立って歩き去って行った。

変装しているくせに、これみよがしに胸を張り、いかにも偉そうに歩く姿は、滑稽でしかなかった。

裸の王様という寓話《ぐうわ》があったが、梶浦はまさにそれだ。

菊池がため息を吐いたところで、スマートフォンに着信があった。

「はい」

〈虚勢もあそこまでいくと滑稽ですね〉

名乗ることなく、電話の主は笑みを含んだ口調でそう告げた。

菊池は、視線を動かす。少し離れた位置に、電話の主の姿が見えた。

優雅に紅茶を啜《すす》っている。

「人間は、権力を持つと何処までも怠慢になる。お前の方が、そういうことは詳しいだろ」

菊池が告げると、受話口から笑いが漏れた。

〈そうですね。でも、面白いものが見られましたよ〉

その言い様に、嫌悪感を覚えた。

こいつにとっては、人の命のやり取りでさえ、娯楽に過ぎない。そうやって他人を欺き、操り、その先に、いったい何を見ようとしているのか？

考えてみたところで、菊池にはその答えが浮かぶはずがなかった。なぜなら、菊池自身がこいつの操り人形に過ぎないのだから。

「いつまでも笑ってはいられない」

〈どういうことです？〉

「こちらの動きに勘付いている奴がいる」

〈彼ですか——〉

「ああ」

〈邪魔はされたくありません。手を打ちましょう〉

「いや。あいつは、おれが片付ける」

〈自分で動くなんて珍しいですね。でも、止めた方がいいです。全てこちらに任せて下さい〉

「分かった」

菊池は電話を切ると、ゆっくりと立ち上がりラウンジを出た。

さっき、あいつには「分かった」と応じたが、菊池は大人しくしているつもりはなかった。

あいつに何と言われようと、あの男に関しては菊池自身の手で何とかしなければならないと感じていた。

そう思うと、不思議と笑みが零れた。

10

消灯時間を迎え、部屋の電気が落とされた——。

阿久津は読んでいた本から顔を上げた。今日は雨が降っている。月明かりもない暗い部屋の中では、これ以上、読書を続けることはできない。

落胆はあったが、それほど大きいものではなかった。目で文字を追ってはいたが、その内容は少しも入ってこなかった。

今、天海が追っているであろう事件のことが、頭に貼り付いているからだ。前回の事件の時、天海は被疑者に危うく殺されかけた。今回も、同じことが起きるかもしれない。そう思うと、何もできない自分に対して苛立ちが募る。

今の阿久津は、ただ黙って時間が過ぎるのを待つしかないのだ。

ベッドに横になろうとしたところで、バタバタと人が慌ただしく駆けて行く足音が聞こえた。

それだけではない。「急いで」とか「早く」といった切迫した声も届いてきた。何か不測の事態が起きたようだ。

阿久津はベッドから立ち上がり、ドアに近付く。

だが、こちら側からは覗き窓を開けることはできない。代わりに耳をそばだててみたが、音は既に遠ざかっていた。

あれだけ騒いでいたのだ。すぐに収まるということも考え難い。おそらくは、阿久津のいる保護室から離れた病室で、何らかの問題が発生したのだろう。

ただ、珍しいことではない。患者が暴れたりするのは、よく起こることだ。ベッドに戻ろうとしたところで、新たな足音が聞こえてきた。

さっき通り過ぎて行ったのとは違い慌てた様子はない。軽快にステップを踏んでいるような軽やかな足取りだ。

やがてその音は、阿久津の部屋の前でピタリと止まった。

誰かが、ドアの向こうに立っている。その気配を感じた阿久津は、じっとドアを見つめる。

焦《じ》らすような間を置いたあと、鍵穴に鍵が差し込まれる音がした。

次いでカチッとロックが外れる。

誰かが部屋に入って来る。消灯時間を過ぎているのだ。問診や入浴などということはあり得ない。さっきの騒ぎのこともある。阿久津はドアから後退りながら身構える。

音もなくドアが開いた。

一人の男が立っていた。患者衣を着ている。入院患者らしい。

脂ぎった長い髪が、すだれのように垂れ下がっている。その隙間から見える顔は、幽鬼のように痩せこけ青白かった。

ぎょろっとした眼球は、せわしなくあちこち動いているが、それでいて阿久津を捉《とら》えて放さない。

「また会ったな」

ざらついた声がした。

この声は、昨晩に覗き窓から顔を出したあの男だ。名前は、確か神部といったか。

男はにたっと笑みを浮かべると、左手で髪を掻き上げた。

左耳が欠損している。傷跡がやけに生々しく見えた。

「何の用です？」

「この前は、話が途中になっちまっただろ。だから、続きを話しに来たんだよ」

「続き――ですか」

阿久津は呟くように言いながら、神部との距離を詰めた。神部は、それを察すると素速く飛《と》び退《の》き、右手をぐっと阿久津の胸の前に突きつけた。

その手には鋭利な刃物が握られていた。

「それ以上は近付くな。おれは、あんたに記憶を見せる気はない」

神部がひひっと笑ったあとに、だらしなく舌を出した。

ふざけているように見えるが実際はそうではない。神部の目は真剣そのものだ。容赦なく人を刺せる。そういう目をしている。

阿久津は大人しく後退りしつつ、神部の持つ刃物に目を向ける。包丁や果物ナイフとは違う。刃渡り十五センチはあるアーミーナイフだ。

いったい何処でそんなものを入手したのか？　閉鎖病棟内に、こんな物騒な物は置いて

脅迫状も届いて
いるんです！
心配じゃないんですか？
って何て顔してるんですー
何度来ていただいても無駄ですよ
梶原呉服
でも梶原さん！こんな脅迫状がきているんでしょう？
調整に戻れ
戻らないなら殺す
第四審査課
白熊 楓

原作・新川帆立　マンガ・サヌキナオ

累計10万
競争の番人
内偵の王子
霞が関
「公取委」
ドラマ（フジ月
梶原呉服 三代目店主
梶原善一
九州事務所に配属されて一カ月弱。呉服業界の内偵を指示されていた。やるべき仕事は一つずつこなしているが、成果がついてこない。
今日だって、本当は新しくバディを組まされた【常盤】と一緒のはずだった。
PLLLLL
常盤さん!? 一緒に聴取行く約束でしたよね？ 一体ど…
あ〜白熊さん ごめんね〜(^^) ラーメン 食べに行かん？
友達とケンカをしていて聴取に来れなかった!?
ラーメ

る事件に、白熊は任務を無事遂行できるか?

が…
もちろん心配だよ～
ズッ
第四審査課
常盤恭太郎
今回の事件は、二十年前の事件と似てるんだ。
その時も談合を抜けようとした事業者に脅迫状が届いた。
ズルーーッ
え…
それじゃ、今回の事件にも…
暴力団が絡んでいると？
その時、いつもはへらへらっと笑う常盤の表情が硬くなったのを、私は見逃さなかった

本作は、白熊楓九州赴任編。暴力団の匂い

いないはずだ。

　自由に外に出ることはできないのだから、入院する時に持ち込んだということか？　いや、それも不自然だ。持ち物検査をしているはずだ。

「気になるか？」

　神部はナイフの切っ先をゆらゆらと揺らしながら阿久津に問う。

「ええ。気になりますね。あなたが、どうしてこの部屋に入って来られたのか──とか」

「まあ、そう急くな。一つ一つ説明してやるから」

　神部は再び髪を掻き上げた。

「何から説明してくれるんですか？」

「そうだな。説明する前に、まずは座れよ」

　神部はナイフの切っ先を阿久津の眼前でぐるぐると回す。

　口に出さなくても、抵抗すれば容赦なく攻撃するという意思が伝わってくる。

「私を殺すつもりですか？」

　阿久津は指示に従ってベッドに座りながら訊ねた。

　神部は、理解できないという風に首を傾《かし》げる。

「おれが、あんたを殺す？　まさか。殺しはしない。あんた自身が、死という選択をするかもしれないが、少なくともおれは殺さない。それは、おれの役目じゃない」

「だから、そう急くなって。せっかく、二人きりの時間を作ったんだ。楽しもうじゃないか」

「何の話です？」

阿久津は、神部の言葉に違和感を覚える。

「時間を作ったとは、どういうことですか？」

「分からないか？」

「分からないから訊いています」

「さっき、看護師や警備員が大慌てで走って行っただろ。ちょっとした騒ぎがあったんだ。奴らは、それにかかりっきりになるだろうよ。だから、しばらくは、おれとあんたの二人の時間だ」

「何をしたんです？」

口ぶりからして、騒ぎの原因を作ったのは神部のようだ。

そうやって看護師たちの目を別の方向に向け、その隙に保護室の鍵を盗み、ここに足を運んだということだろう。

「別に、おれは何もしちゃいないさ」

神部は両手を大きく広げると、ぐるぐるとその場で回った。

制圧するチャンスだったかもしれないが、なぜか身体が動かなかった。恐怖ではない。

好奇心だ。

神部が何者で、何をしようとしているのか——それが知りたかった。

「あなたが騒ぎを起こしたのではないのですか？」

「だから、おれじゃないって言ってるだろ」

言っていることが支離滅裂だ。正常な思考ができなくなっているのかもしれない。だとしたら、まともに相手をするのはバカげている。

「そうですか」

「ああ。ちょっと説明がまずかったな。今、騒ぎになってるのは、おっさんがカミソリで自分の手首を切っちまったからだ。おれと同室の奴でさ。自分が誰かも分からなくなっているような有様《ありさま》だった。もちろん、ずっとじゃない。時々、思い出すんだ。自分が何処の誰かって。元は警察官僚だったらしいぜ。それが、気付けば閉鎖病棟に入院している。その現実を知って絶望する。だけど、またすぐに忘れちまう。その繰り返しだ。憐れじゃないか。だから、教えてやったんだ。これは全部夢だって。夢の世界から抜け出すには、一旦、死ねばいいって」

神部は喋りながら、けたけたと楽しそうに笑った。

その話が本当なら、他人の精神を操り、一人の人間を自殺に追いやったということになる。

しかも、それだけのことをやっておいて、微塵も罪悪感を抱いていない。むしろ、愉悦に打ち震えているようにすら見える。

「さて。本題に入ろう。ゲームの話は、もうしたよな」

昨晩そういった趣旨の話をしていた。

「ゲームとは何のことです？」

「おれたちは、どうせここからは出られないんだ。おれは、あんたみたいに保護室じゃなくて、四人の相部屋だし、病院内ならそれなりに歩き回ることはできる。だが、外に出られない囚われの身であることは同じだ」

まるで被害者であるかのように語っているが、この男も入院するからには、それ相応の理由があるはずだ。

だが、そんなことを追及しても始まらない。まずは、神部の言い分を引き出す方が先だ。

「そうかもしれませんね」

「お互い退屈な世界にいるんだ。だから、ゲームをして楽しもうって話をしているんだ」

嫌な予感しかしなかった。

神部の感覚は、一般的な倫理観から大きく逸脱しているが、決して愚者ではない。知能レベルが高く、狡猾で冷静な判断のできるタイプだ。

それだけに、その先の話を聞くのが躊躇われた。だが、神部は阿久津の心情などお構いなく話を続ける。

「実は、もうゲームは始まっているんだ」

「どういうことです？」

「これを覚えているか？」

神部は口を大きく開けて舌を出した。

舌の上には、ピアスが載っていた。天海が証拠品として持参したピアスと形状がまったく同じだった。

偶然ということはあり得ないだろう。神部が同じ形状のピアスを所持しているということは、何らかのかたちで事件に関与しているということだ。

「もしかして……」

「さすが、察しがいいね。このピアスは、あんたの駒《こま》である女刑事を誘《おび》き寄《よ》せる為の餌なんだよ」

「餌？」

「そう。あんたは、ピアスに残留した記憶を読み取り、その情報を女刑事に与えた。だから、おれはピアスの持ち主に教えてやったんだよ。警察が狙ってるってな」

神部が甲高い笑い声を上げる。

阿久津は、怒りに駆られて立ち上がったが、首筋にナイフが触れ、それ以上動けなくなった。

何ということだ。阿久津の与えた情報のせいで、天海が窮地に立たされている。

「あんたでも、そんな顔をするんだな」

「…………」

「さて。どうなるか見物だな。あの女刑事は、今頃どうなっているかな。もしかしたら、切り刻まれているかもしれない」

「…………」

「おお。いい顔だ。そうだよ。それが見たかったんだ」

神部はひとしきり笑ったあと、口の中にピアスを入れると、そのままごくりと喉を鳴らして呑み込んでしまった。

「何が目的なんです?」

「醒めるようなことを言うんじゃねぇよ。分かってんだろ。退屈凌ぎのゲームだ」

神部は、また引《ひ》き攣《つ》ったような笑い声を上げる。

「下らない」

「そう邪険にするな。この先、どうなるかは、おれにも分からない。女刑事は殺されるかもしれないし、危機を脱することができるかもしれない。結果は、誰にも分からない。だからこそ面白いんじゃないか」

「何を言っているんです？」

「予定調和なんてつまらないだろ。音楽も一緒だ。固定観念に縛られたら、それは芸術ではない。予測不能だからこそ楽しいんだ」

「人の心を弄んで、何が楽しいんです？」

「ヒーローぶるなよ。お前だって、本当はこの状況を愉しんでいるはずだ」

「冗談は止めて下さい」

「隠すな。おれには分かっている。あんたは、おれと同類だ。人の命なんて何とも思っちゃいない。どうでもいいんだよ。そうでなきゃ四人もの人間を殺したりしない。あんたは、悪魔じゃない。人の皮を被った殺人鬼だ」

「一緒にしないで頂きたい」

「違うと言い切れるか？」

「もちろんです」

「だったら、どうして四人も殺した？」

「彼らは罪を犯した。その裁きを……」

「つまんねぇよ。そんな綺麗事、誰が信じるんだよ。それは、口実に過ぎない。自分は人殺しではないって主張する為の言い訳だ。本当は、誰だって良かったんだ。殺せれば」

「違う」

「違わないさ。お前は、ずっとゲームをしてきたんだよ。他人の記憶を感知し、神の如く生殺与奪を自分で決めてきた。おれと何が違う？」

「…………」

「いいね。その目。おれを殺したいって目をしている」

「…………」

「おれは、これからもゲームを続ける。あんたに拒否権はない。どうしても、抜けたいっていうなら、方法はただ二つある」

「何です？」

「一つは、おれを殺すことだ」

神部が人差し指を立てる。

「もう一つは？」

「あんたが死ぬことだ」

そう言って、神部は中指を立てた。

「じゃあな。また来る」

不快な笑い声を残して、神部は部屋を出ると、ドアを施錠してステップを踏みながら去って行った。

天海を救いたい。

だが、保護室の中からでは手の打ちようがない。阿久津は、怒りに任せてドアを殴りつけた。

11

何をそんなに慌てている？

永瀬は、走りながら自分に問いかけた。答えは出なかった。

死んで欲しい――そう思っていたはずなのに、父が自殺を図ったという連絡を受け、酷く動揺してしまった。

連絡をしてきた、担当の看護師である京香に、何度も聞き返してしまうほどだった。

滑稽だとしか言い様がない。

病院に到着し、夜間通用口に向かい警備室に声をかける。体格のいい警備員が「はい」といかにも不機嫌な声を上げる。

「永瀬博嗣の件で連絡を貰いまして」

そう告げたが、警備員の男は「面会は日を改めて」とぶっきらぼうに答えただけだった。端《はな》から相手をする気が無さそうだ。

「自殺を図ったという連絡を受けたのですが……」

「そうですか」

素っ気なく返されて終わりだった。

呼ばれたから足を運んだというのに、あまりにも酷い対応だ。苛立ちを募らせたところで、「永瀬さんですね」と声をかけられた。

そこにいたのは京香だった。

京香は、警備員に状況を説明したあと、永瀬に「こちらにどうぞ」と促した。

「それで、容態はどうなんでしょうか？」

永瀬は暗い廊下を歩きながら、前を歩く京香に訊ねた。

「幸いに一命は取り留めました。今は、鎮静剤を使って眠っていらっしゃいます」

「そうですか」

自分でも声が沈んでいるのが分かった。それは、安堵からなのだろうか？　それとも落胆からだろうか？

きっと、その両方なのだろう。

永瀬は父のことを恨んでいる。心の底から軽蔑《けいべつ》もしている。だからこそ、簡単に死んで欲しくない。

父が死ぬ時は、その行いに対して報いを受けた後でなければならない。だが──。

え、ちょっと待ってこれは……
何小説?

ほっこり度ゼロ、おいしそう度ゼロ。
……共感度100、そして、
得体のしれない読み心地。

(TSUTAYA 中万々店　山中由貴さん)

夜中ひとりでカップラーメンを
啜ったことのある
あなたに贈りたい1冊　(ジュンク堂書店 池袋本店　市川真意さん)

職場でそこそこ
うまくやっている
二谷

皆が守りたくなる存在で
料理&お菓子作りが上手な
芦川

仕事ができて
頑張り屋の
押尾

あらすじ　二谷は、職場の1年後輩の、優しくてかわいい芦川とひそかにつきあっている。からだが弱い芦川に、皆は無理をさせないようにしている。一方、芦川の仕事のしわ寄せを受ける押尾は、どこかモヤモヤした気持ちでいる。そんな3人の少しいびつな関係は、あるきっかけで意外な方向に……。

「永瀬さんの息子さんですね」

エントランスまできたところで声をかけられた。

車椅子に乗った四十代と思しき男が、こちらに進んで来た。

「あ、はい」

「担当医の和泉です。この度は、申し訳ありませんでした。私どもの監督不行き届きです」

和泉は深々と頭を下げた。

「いえ。先生の責任ではありません」

永瀬は慌てて口にする。

父は、自らの意思で手首を切ったのだ。その結果として命を落としたとしても、医者を責めるつもりはない。

そもそも入院して以降、永瀬自身が忙しさにかこつけて、ひたすら放置していたのだ。

そんな永瀬に対応を責める資格はない。

「このところ、症状も落ち着いていたので、少し気の緩みがあったのは事実です」

「いえ」

永瀬はそう言ったものの、何に対しての否定だったのか自分でもよく分からなかった。

「傷が浅かったのが、不幸中の幸いです」

和泉の話を聞き、一つ引っかかりを覚えた。

「父はカミソリで手首を切ったということですが、そのカミソリは何処で手に入れたんですか?」

閉鎖病棟では、自殺防止などの観点から、安全カミソリ以外は置いていないはずだ。

「それが分からないのです」

「分からない?」

「ええ。お父様が持っていたのは、病院内には無いものでした。何処で手に入れたのか訊ねてみたのですが、貰ったと言うばかりで」

「貰った?」

「ええ。お父様は妄想の傾向もありましたから、それが真実かどうか判断がつきません。仮に貰ったとしても、いったい誰に——という話になります。同室の他の患者かとも考えたのですが、それにしたって、今度はその患者が何処で手に入れたのかという話になります」

「看護師とか、警備員ということはないんですか?」

訊ねながら、さっきの警備員の顔が浮かんだ。

なぜなのか理由は分からない。強いていうなら、直感とでもいうべきものだろう。

「警察官らしい発想ですね。もちろん、看護師や警備員の誰かが隠れて持ち込んだ可能性は否定できません。しかし——私個人としては、それはあり得ないと思っています」

「どうしてですか？」

「職業的な倫理観の問題です。いや、私の希望的な観測ですね。医療に携わる者は、決して人の命を奪うようなことはしないと思いたい」

「もちろん、そうであって欲しいですが、警察官が連続殺人を犯す世の中です」

「阿久津さんのことですか……」

和泉が苦笑いを浮かべた。

何か含みを持たせているようで気になったが、和泉はそれ以上は何も語らなかった。

「何にしても、お父様が目を覚ましたら、改めて事情を聞いてみましょう。まだ眠っておられますが、会って行きますよね？」

和泉が言う。

大事に至らなかったのであれば、別に会う必要はないと思ったが、このまま帰るとは言い難い状況に感じ、「はい」と返事をした。

和泉はその場を立ち去り、京香が永瀬を案内してくれることになった。

「今、お父様は保護室に入っています」

移動しながら京香が言った。

「保護室？」

「はい。自傷や他傷の可能性のある患者さんを、一時的に保護する為の部屋です」

「そうですか」

自殺を図ったのだから、当然の判断だ。

エレベーターでフロアを移動し、廊下を進み、一つのドアの前で京香は足を止めた。いかにも頑丈そうなドアには、他の病室とは異なり鍵が付いていた。京香は所持していた鍵でドアを開ける。

その部屋は、特殊な構造になっていた。

内側には鍵はもちろん、ドアノブすらなく、自由に出られないようになっている。部屋の一角がパーティションで区切られていて、その奥にトイレがあった。

確か阿久津が入れられているのも保護室だったはずだ。ということは、この一角の何処かに阿久津がいるということだ。

「どうぞ」

京香が、いつまでもドア口のところに突っ立っている永瀬を促した。

永瀬は「はい」と応じて部屋の中に入った。

久しぶりに父の顔を見た。

左の手首に包帯が巻かれている。カミソリで手首を切ったということだが、既に縫合されているようだ。

頰は痩《こ》け、顔色も芳しくない。

かつては自信に満ちあふれ、近寄り難い威厳に満ちていたのに、今は見る影もない。警察官僚だった父は、出世街道を走り続けていた。そのままいけば警視総監もあり得ただろう。そんな父が変貌したのは、一年半前の阿久津の事件がきっかけだった。

あの事件により、父は守野の事件への関与が疑われ、辞職に追い込まれることになった。

警察を辞めてすぐ、父の様子がおかしくなった。何の理由もなく激高したり、かと思えば、何日も塞ぎ込んだりするようになった。

最初は、認知症なのかと思ったが違った。重度の鬱病《うつびょう》という診断が下され、入院することになった。

出世一筋で生きてきた男が、急に辞職に追い込まれ、張り詰めていた何かがぷつんっと切れてしまったのだろう。

そんな父を見ても、永瀬は少しも同情心が湧かなかった。

この男のせいで、自分の人生は大きく変わってしまった。未だに消化しきれないトラウマを抱えてもいる。

だからこそ、今の姿は見るに堪えない。

自分のやったことは、全て無意味だったという現実を突きつけられているようだ。故に、頭の中で犬が吠え続けているのだ。

「お前の悩みの種を取り除いてやろうか？」

不意に、頭にあの男――神部の言っていた言葉が蘇った。

阿久津の面会に来た時、暴れていた神部が永瀬に囁いた言葉だ。

あの時は、意味が分からず黙殺したが、今改めて考えてみると、深い意味があったように思えてならない。

――意味とは何だ？

まさか、神部が父を自殺に追いやったとでも？

そんなはずはない。父は元々重度の鬱病を患っていた。何度も自殺未遂を起こし、結果として入院することになったのだ。

神部がいようといまいと関係がない。そう思おうとしたがダメだった。

「あの、もしかして、父は神部と同室でしたか？」

永瀬が問うと、京香は驚いたように目を丸くしたあと、「はい」と小さく頷いた。それと同時に、奈落に突き落とされたような感覚を味わった。

根拠はない――。

だが、父にカミソリを渡したのは、神部である可能性が極めて高い。

そんな永瀬の考えを打ち消すように、ドンッと壁を叩くような音がした。

——何だ？

振り返ると、京香も驚いた表情を浮かべていた。

さらに音は続く。

地面を揺さぶるように、激しく、何度も、何度も——。

やがて、呻き声とも、悲鳴ともつかない声が響き渡った。それは、さながら悪魔の咆吼《ほうこう》のようだった——。

12

そこは、調布市《ちょうふし》の外れにある住宅だった。

かなり古い二階建ての一軒家で、庭はあるものの長い間手入れをしていないらしく、雑草が生い茂っていた。

カーポートには、埃を被り、タイヤの潰れた軽自動車が放置されている。

天海は、離れたところからその家を観察した。

一階には電気が点いている。カーテン越しではあるが、時々人が動く影が見える。

大黒から捜査を外れるよう指示されたが、宮崎のことは一通り調べた。

宮崎賢。三十二歳。身長は百八十五センチと大柄だ。幼少の頃から排他的で、友人などはほとんどいなかったようだ。高校卒業後、都内の大学に進学。入学した大学のレベルから、それなりに学力はあったようだ。

しかし、僅か半年で中退。その後、定職にも就かず実家でニートのような生活をしていた。

両親は、そんな宮崎を何とかしようと奮闘していたようだが効果はなかった。

協調性がないのは、精神的な疾患からくるものだと考え、診療も受けさせたようだったが、こちらも成果は得られなかったようだ。

二年前に両親が相次いで他界。それ以降、排他的な宮崎の性格はエスカレートし、近隣住民と些細なことでトラブルを起こすこともあったようだ。

これは、警察に記録が残っていた。宮崎が隣の家に糞尿《ふんにょう》をばらまくなどの行為をし、警察が出動する騒ぎになっている。

この時宮崎は、暴れた挙げ句、悪魔が来る――と意味不明なことを口走っている。

そうしたことが何度もあり、遂《つい》には隣家の住人が耐えられずに引っ越しをしてしまい、空き家になっている。

両親の死後、宮崎は働きに出ることなく、両親の貯蓄や生命保険を取り崩しながらの生活を送っていたようだ。

ネットでゲームの配信などを行い、YouTuberもどきの活動をしているが、再生回数は極端に少なく、とても収入が得られるようなレベルではない。

被害者である亜里砂が所属していたＢＩＴというアイドルグループのファンであることも分かった。

特に問題行動を起こしたりしたわけではないが、最初の被害者である亜里砂と接点があったことになる。

本来なら、判明した事実を改めて大黒に報告し、指示を仰ぐところだが、天海はこうして一人で宮崎の家を訪れた。

タトゥーショップのオーナーに残したメッセージの件もある。一人で会いに行くのは無謀だと自分でも思う。

それでも、天海が一人という選択をしたのは、やはり情報が漏れている可能性を捨てきれなかったからだ。もし、こちらの動きが宮崎に漏れれば、逃亡や証拠隠滅を招くことになる。

大黒か、永瀬か、或いはもっと別の第三者か。誰が情報を漏らしているのか分からない以上、一人で動くしかなかったというのが実情だ。

それに、天海は担当を外された身でもある。

もちろん、家の中に入るような愚を犯すつもりはない。ただ、玄関先で話を聞くだけだ。その時の反応を見て、今後の対応を検討すればいい。

天海はホルスターに入っている拳銃を抜き、弾倉の弾を確認する。グリップを握り直すと手が震えた。

阿久津を撃った時の感触が蘇り、目眩を覚えた。

あの時、天海は撃とうとして撃ったわけではない。阿久津の声に反応して、トリガーにかけた指に力を入れてしまったのだ。

僅かな操作ミスで、人の命を奪ってしまうかもしれない。拳銃とは、そういうものだ。

幸いにして一命を取り留めたが、同じことをしてしまうかもしれないという恐怖が、ずっとついて回っている。

おそらく、天海は拳銃を構えたところで、トリガーを引くことはできないだろう。

別の手段で身を守った方がいい。

天海は拳銃をホルスターにしまうと、腰に挿した特殊警棒を手に取る。すぐに反撃できるように、ジャケットの袖に忍ばせる。

――よし！

自らの頬を打ち、気合を入れ直してから慎重に足を踏み出した。

玄関の前まで移動して、インターホンを押す。

だが、反応はなかった。

不在にしているのだろうか？　いや、そんなはずはない。カーテン越しではあるが、部屋の中で動く人影を確認している。

改めてインターホンを押そうとしたところで、ガラス製の何かが割れるけたたましい音がした。かと思うと、「うわあ！」という叫び声が響く。

――何？

「た、助けてくれ！」

悲鳴にも近い男の声がした。家の中からだ。

想定外の何かが起きているに違いない。迷っている時間はない。天海は玄関のドアに手をかけた。

鍵はかかっていなかった。

「大丈夫ですか？」

天海は声をかけながら家の中に入る。

入ってすぐ右側が和室になっていて、襖《ふすま》が少しだけ開いていた。その隙間から人の足のようなものが見えた。

それだけではない。畳に赤い染みが広がっている。かなり大量だ。あれは血に違いない。

天海は事態の緊急性を悟り、すぐに駆け出し襖を開け放った。

「何これ？」

思わず声を上げる。てっきり誰か人が倒れているものとばかり思っていた。だが、そうではなかった。そこには、服を着たマネキンが転がっていた。

離れた場所から見た時は、血だと思ったが、こうして近付いてみると色味が全然違う。これは血ではなく、何かの染料だろう。

「助けに来てくれたんだね……」

背後で粘着質な声がした。

その瞬間、天海は自分が罠に嵌められたことを悟った。

おそらく宮崎は、天海が張っていることに気付いていたのだろう。天海が一人で玄関に到着したのを確認し、悲鳴を上げて注意を引いたのだ。

和室のマネキンに血糊《ちのり》——準備万全で待ち構えていたというわけだ。

やはり、こちらの動向が漏れている。

すぐに振り返ろうとしたが遅かった。背後を取られた時点で、既に手遅れだ。

天海は、後ろから羽交い締めにされてしまう。

汗でべたついた肌触《ふ》りが不快だった。

必死に腕を振り解《ほど》こうとするが、体格差は歴然としていた。このままでは拙い。

「あんまり暴れないで欲しいな。不可抗力で傷付けたくはないんだ」

宮崎が鼻息荒く耳許で言う。

生暖かい空気が耳に当たり、全身が粟《あわ》だつ。

饐えたような汗の臭いに、嘔吐感すら覚えた。

「放して下さい。何をしているのか、分かっているのですか?」

「もちろん、分かっているよ。その為に、君をここに誘い込んだんだから」

喋っている宮崎の体温が、上昇したのが分かった。興奮しているのだろう。こういう輩に、何を言っても無駄だ。

天海は、一旦抵抗するのを止めて身体の力を抜いた。

「分かってくれたみたいだね」

笑みを含んだ声で宮崎が言う。

ほんの少しではあるが、天海の身体を締め付ける腕の力が緩んだ。

その隙を逃さず、天海は踵《かかと》で宮崎の爪先を踏みつけた。

素速く身体を反転させ、宮崎の股間に膝を打ち込み、胸を突き飛ばすようにして距離を取る。

宮崎は、よたよたと後退ったものの、何が嬉しいのか笑っていた。

——しまった。

天海は、自分の判断ミスに気付く。

宮崎は痛みを与えると興奮するタイプだ。いくら攻撃して痛みを与えたところで、彼を喜ばせるだけだ。

確保することを考え、正対してしまったのが間違いだった。すぐに逃げ出すべきだった。

いや、今からでも遅くない。

天海はホルスターから拳銃を抜き、その銃口を宮崎に向けた。

「宮崎賢。公務執行妨害及び暴行の現行犯で逮捕します」

「いいね。その顔。そそるよ」

宮崎が天海との距離を詰めて来る。

拳銃を向けられているというのに、それでも臆することがない。

「止まりなさい。止まらないと発砲します」

「いいよ。撃って。君になら、撃たれてもいい」

宮崎は本気の目だった。

また、判断をミスした。拳銃を向けたところで、何の脅しにもならないらしい。

足に威嚇射撃をして、逃走を図ろうとしたが、その前にどんっと側頭部に鈍い衝撃が走った。

ぐるんっと天地が一回転して、四肢の力が入らず、その場に突っ伏してしまった。鈍器のようなもので、殴られたようだ。

——早く逃げなきゃ！

必死に動こうとしたが、身体が言うことを聞かない。

「あんまり暴れないでよ。これから、楽しいことがたくさん待ってるんだから」

耳許に息がかかる。

鼻を突く生臭い臭いに吐き気を覚えた。

だが、天海が意識を保っていられたのは、そこまでだった——。

13

叫び声が止んだあと、静寂が訪れた。

不気味なほどに静まり返っている。いったい何があったというのだ？

「永瀬さん。すみませんが部屋から出て頂けますか？」

京香は何かを感じたらしく、真っ青な顔で言う。永瀬が指示に従って部屋を出ると、京香は手早くドアを閉めて鍵をかける。

「あの。今の音は？」

「分かりません。ただ、保護室に入っている患者さんは、永瀬さんのお父様と、阿久津さんだけです」

京香は、早口に言うと駆け出した。

永瀬はすぐにその後を追う。

「阿久津って、あの阿久津ですか？」

分かりきっていることを改めて訊ねる。京香は何も答えずに足早に廊下を進み、三部屋離れたところにある保護室の前で足を止めた。

ここに阿久津がいるのか——そう思うと、自然と永瀬の鼓動は速くなった。

「阿久津さん。どうかしましたか？」

京香は、ドア越しに声をかけたが返答はなかった。

「阿久津さん」

もう一度、声を上げてみるがやはり何も返ってこなかった。京香は、ドアに付いている覗き窓を開けて中の様子を窺う。

「阿久津さん！」

驚愕の声を上げた京香は、鍵を取り出してドアを開けようとした。永瀬は、慌ててその手を掴んだ。

「何をしているんです？」

「阿久津さんが、中で倒れているんです。すぐに処置しないと」

「倒れている？　どうしてです？」

「分かりません」

「ちょっといいですか」

永瀬は京香を押し退け、覗き窓から中の様子を窺う。

父親がいたのと同じ構造の部屋だった。ベッド脇の床に、うつ伏せに倒れている人の姿が見えた。

阿久津だ――。

僅かに背中が上下している。呼吸はあるようだ。

「どいて下さい。処置をしないと手遅れになるかもしれません」

京香が永瀬を押し退けようとするが、踏ん張るようにしてそれを押し返した。

「開けるのは止めた方がいい。中にいるのは、四人の人間を殺害した、凶悪な殺人犯ですよ」

「だからといって、放置するわけにはいきません。身体に、何かしらの異変が生じたのは間違いありません。自殺を図ったのかもしれません」

「ダメです。逃亡を企てているかもしれない」

永瀬は強い口調で言う。

阿久津は頭の切れる男だ。こうした騒ぎを起こし、それに乗じて病院から逃亡するということは、充分に考えられる。

「部屋から出たところで、病院の外には出られません」

「それでも危険です。あなただって、殺されるかもしれない。相手が殺人犯だということを、よく考えて下さい」

「だったら、どうしろと言うんですか？　殺人犯は見殺しにしろと？　人が死ぬのを手を拱《こまぬ》いて見ていたのだとしたら、それは殺人と同じです」

京香の言葉が、永瀬の心の深いところに突き刺さった。

阿久津が抱えていた思いは、今の京香と同じだったのだろう。そのことに気付いてしまった。

阿久津がこれまで殺した者たちは、衝動的に人を殺してしまった殺人犯ではない。再犯の可能性が極めて高い、計画的な犯罪者たちだった。

時間をかけて捜査をすれば、逮捕に至ったかもしれないが、そうしている間に、新たな犠牲者が生み出されることになる。

それは、人が死ぬと分かっていながら、見殺しにするのと同義なのだ。

だから——阿久津は四人を殺すという選択をしたのだ。

「安心して下さい。逃げる気はありません」

唐突に聞こえてきた阿久津の声に、思わず啞然とする。

それは京香も同じだった。

気付けば、さっきまで倒れていたはずの阿久津が、ドアの前に立ち、覗き窓からこちらをじっと見ていた。

鬼気迫るその表情に圧倒され、永瀬は後退る。

「朝宮さん。離れて下さい。危険です」

京香に声をかけたが、彼女は応じなかった。

混乱してフリーズしているわけではない。阿久津には危険がないと判断しているようだ。どうして、阿久津を恐れないのか、それが永瀬には理解できなかった。

「大丈夫です。危害を加えるつもりもありません」

阿久津が言う。

「そんな話は、信じられない」

「私は逃げません。ただ、一つだけ頼みたいことがあります」

「頼み？」

「彼女の――天海さんの現在の所在を、大至急確認して下さい」

阿久津が切羽詰まった口調で言う。

「なぜ、そんなことをする必要がある？」

「今は、説明している余裕がありません。ただ、これだけははっきりしています。彼女は現在、非常に危険な状態にあります」

　小窓から見える阿久津の表情は、焦燥感に溢れていた。

　この前会った時とは、まったく異なる一面だった。四人も殺した男が、こうも動揺することがあるのか？

　いや、騙されるな。これもこちらを欺く為の演技かもしれない。

「そうやって、こちらを混乱させるのが狙いなんじゃないのか？」

　永瀬が問うと、阿久津は苛立ちを隠せない様子で、髪をがりがりと掻き、ドンッとドアを内側から叩いた。

「頼むから、話を聞いてくれ。これは、君の為でもある」

「どうしてぼくの為になる？」

「後悔したくないだろ。母親の時のように。今こそ、動くべきだ」

「母は関係ない」

「ある。今度は、犬が吠えるだけではすまない」

　阿久津の言葉に、心臓が跳ねた。

　肉の腐ったような饐えた臭いがする。足許に何かが触れた。見ると、そこには茶色い毛をした犬がいた。

　身体をすり寄せながら、甘えるように喉を鳴らしている。

違う。こんなものは現実ではない。だが、幻でもない。永瀬の過去の記憶だ。

「お前は、何なんだ……」

永瀬は外側からドアに拳を打ち付けた。

「今は、過去のことはどうでもいい。それより、天海さんを救うことの方が重要です。今すぐ、彼女の所在を確認して下さい。その上で大至急、彼女と合流して下さい」

強烈な鋭さを持った視線が、永瀬を捉える。

そのまま押し切られそうになったが、気持ちを奮い立たせる。ここで阿久津の言いなりになってはいけない。

「そんなものには騙されません」

「まだ分からないのか？　彼女が今追ってるのは、犯人ではない！　あのピアスはこちらを混乱させる為の罠だったんだ！」

阿久津が吠えた。

この男が、こんな風に感情を爆発させるのを初めて見た。それだけ、真に迫ったものだったが、ここで要求に従ったのでは、自分が負けたことになる気がした。

「応じられません」

永瀬は毅然《きぜん》と言い放つ。

途端、阿久津の表情が歪む。おそらくは、目論《もくろ》みが外れて落胆したといったところだろう。

「分かりました。あなたにはもう頼みません。朝宮さん」

阿久津が京香の方に声をかける。

「は、はい」

「今から言う電話番号に電話して、伝言を伝えて頂きたい」

阿久津が告げると、京香は「はい」と従順な返事をすると、ポケットからメモとボールペンを取り出した。

「その電話は、大黒という警察官の個人の携帯番号です。私からの伝言だと伝えて下さい。ピアスの記憶がフェイクだった。おそらく、天海さんを誘い出す為の罠である。大至急、天海さんの所在を確認し、保護するように——と」

早口にそこまで言ったあと、阿久津は京香に電話番号を伝えた。阿久津が口にしたのは、間違いなく大黒の電話番号だった。

「分かりました。やってみます」

京香は大急ぎで廊下を走って行った。

阿久津は、伝言を伝えられたことに満足したのか、ふうっと長い息を吐くと、ドアを離れてベッドに腰掛けた。

もっと何か仕掛けてくるかと思ったが、本当に伝言を頼むだけだったのか？　ということは、さっき阿久津の言っていたことは真実ということか？

「どういうことか説明して頂きたい」

永瀬は、部屋の中の阿久津に呼びかける。

阿久津が僅かに顔を上げる。その目にはびりびりと痺れるような苛立ちが滲んでいた。

――止めろ。

そんな目で見るな。まるで、自分が悪いみたいではないか。永瀬の対応は、決して間違っていなかったはずだ。

「あなたは、いつからそうなったんですか？」

阿久津が静かに言う。

その言葉が、永瀬の中にある何かを目覚めさせた。遠くで犬の吠える声がする。

「ぼくは、元々こういう人間だ」

「違う。あなたは間違いを正そうとしていた。だから、警察官という職を選んだ」

「何を言っている？」

「分かっているでしょ。私は委ねたんです」

「何を委ねたって？」

「あなたの父親の裁きですよ」

「裁きだと……」

声が震えてしまった。

阿久津は、いったい何処まで知っている？　何を知っている？　いや、今さら考えることではない。もう分かっている。阿久津は全てを知っている。

掌に汗が滲む。ズボンで擦ってみたが、指の間に入り込んだぬるぬるとした嫌な感触を拭うことはできなかった。

「あなたに期待していたんです」

「期待？」

「そうです。再会した時、あなたが彼女の隣にいるのを見て、少しだけ安堵しました。彼女には、あなたのような存在が必要なのかもしれないとすら思った」

「どうして急にそんな話をする？」

「彼女は、今夜死ぬかもしれない。それなのに、あなたは行動を起こそうとしなかった。父親の件も同じです。あなたは、いつの間にか志を忘れ、保身に走ってしまった。既に死んだ人間を切り捨てたんです」

「だから、何の話をしている？」

「何でもありません。ただの独り言です。ただ、これだけは覚えておいて下さい――」

阿久津は、ゆっくりとベッドから立ち上がると、再びドアの小窓に近付いて来た。

薄暗がりの中にありながら、彼の目は爛々と輝いているように見えた。

悪魔の呼び名に相応《ふさわ》しい、狂気に満ちた目――。

「もし、彼女に何かあったら、私はあなたを殺します――」

阿久津の言葉に、永瀬は戦慄した。

14

ピアノの音が聞こえる。

激しく荒々しい旋律ではあるが、その響きは美しく清流のように清らかだ。それなのに、なぜか心が不安になる。落ち着かない。

頭に響くような鈍痛を感じる。

鼓動に合わせるように脈打つその痛みは、次第に激しさを増す。天海は、その痛みに誘われて瞼を開けた。

自分の置かれている状況が分からず、天海は混乱する。

視線を巡らせると、ダイニングのような場所にいた。木製のダイニングチェアに座っていて、両手は後ろに回され、ロープで縛り上げられていた。

口には粘着テープが貼られていて、声を出すことができなかった。

囚われの身になっていることを自覚すると同時に、何が起きたのかをはっきりと思い出した。

単身で宮崎の家に足を運び、まんまと彼の罠に嵌まってしまった。

軽率な行動だったと言わざるを得ない。焦り、先走った結果がこれだ。後悔はあるが、今は悔やんでいる場合ではない。何とか脱出方法を考える必要がある。

このままいけば、おそらく天海は宮崎に顔の皮を剝がされることになる。考えただけでぞっとする。

天海は素速く視線を走らせ、部屋の中の状況を確認する。

窓は全てシャッターが閉められている。家に来る前は開いていた。宮崎が外から見られることを嫌って閉めたのだろう。

これでは、叫び声を上げたとしても、発見して貰える確率は極めて低い。

手首を縛っているロープを外すことを考えたが、それだと音を立てて宮崎に気付かれる可能性が高い。

幸いにして、ダイニングに宮崎の姿はないが、家の中にいるのは確実だ。音を聞きつけられたらそれでアウトだ。

足はロープで固定されているわけではない。両手首を縛られていることで、バランスが取り難く、速く走ることはできないが、それでも、このまま逃走するのが一番手っ取り早いし確実な方法だ。

音を立てないように、細心の注意を払いながら移動する必要がある。さっきから流れているピアノのメロディーが、少なからず音を消してくれるはずだ。成功率が高いとはいえないが、それでも、ここでただ待っているより、動いた方がいくらかマシだ。

天海は覚悟を決めてゆっくりと立ち上がる。

そのままダイニングを出ようとしたが、一旦足を止める。ダイニングの奥にあるキッチンに、包丁が置いてあるのを見つけたからだ。

武器を所持していた方が、生存確率が上がるのは間違いない。天海は、キッチンに足を運ぶと、後ろ向きになりつつも包丁を手に取った。

この体勢ではろくに使えない。気休め程度だが、それでもないよりはましだ。

天海は改めてダイニングのドアの前に立つ。幸運なことにドアは半開きになっていた。

そこから外の様子を窺う。

左側には廊下が延びていて、その先に磨りガラスの付いたドアがあり、僅かに光が漏れていた。

ピアノの旋律が流れてきているのもあの部屋からだ。おそらく、宮崎はあそこにいるのだろう。

そして、右側には玄関が見えた。

距離はさほどない。一気に駆け出すことを考えたが、それだと宮崎に気取られる。逃げ切る為には、できるだけ距離を離さなければならない。

天海は逸《はや》る気持ちを抑え、慎重に歩みを進める。

玄関に辿り着いた。

このまま、扉を開ければ外に出ることができる。

息を止めて音に注意しながらドアチェーンを外し内鍵を回す。カチッとロックの外れる音が、異常に大きく響いた気がした。

慌てて後ろを振り返るが、そこには誰もいなかった。気付かれていないようだ。

天海は、安堵のため息を吐きつつ、扉の取っ手を肩で押すようにして開けようとした。

だが、何かが引っかかっているのか、扉は開かなかった。

鍵は外したはずなのにどうして?

困惑する天海だったが、その理由はすぐに分かった。扉の上部にストッパーが仕掛けられていた。

後ろ手に縛られている状態では、扉の上部のストッパーを外すことはできない。

——どうする?

考えているうちに、ピピピピッという連続した電子音が響いた。

おそらく、警報装置が作動したのだろう。つまり、宮崎は天海を拘束して、ただ放置していたわけではない。しっかりと逃亡を防止する為の措置を取っていたのだ。

それに気付いた時には、既に手遅れだった。

「やあ。目を覚ましたんだね」

いつの間にか、宮崎が天海のすぐ目の前に立っていた。

二つに割れた舌を出し、にたっと笑う。

その姿は、天海にとってモンスターそのものだった。

15

やはり美しい──。

宮崎は、玄関前に立つ天海の姿をまじまじと見つめた。

彼女は拘束された状態で目を覚ました。普通なら、パニックに陥るところだが、そうはならずに冷静に逃げ出すことを考え行動に移した。

その行動力は称賛に値する。

今、こうして対峙しても尚、彼女は取り乱すことなく、必死に思考を巡らせている。

その様は、神々しいまでに美しい。

だが、それを見たところで、宮崎は充足感を得ることはない。

それはあくまで表面的なものに過ぎない。宮崎が真に欲しているのは、彼女の裏側にあるものだ。

屈辱と痛みを感じ、苦痛を覚え、その先にある愉悦の瞬間にこそ、天海の本当の美しさが表現されるはずだし、宮崎はそれを求めている。

「逃げようとしても無駄だ」

宮崎は、ずいっと天海に近付く。

天海は扉に体当たりをする。そんなことをしても、開かないのは、彼女自身も分かっているはずだ。

恐怖のあまり、遂に冷静さを失ったのかもしれない。

宮崎は、天海の首に腕を回し、そのまま玄関から引き剝がそうとした。

次の瞬間、左の脇腹に鋭い痛みが走った。

反射的に天海から手を離す。

見ると、脇腹の辺りから血が出ていた。どうして、こんなところに出血があるんだ？

一瞬、混乱したが、すぐにその理由が分かった。

天海は、後ろに回した手に、包丁を握っていた。

扉に体当たりをしたのは、無理に開けようとしたのではなく、パニックを起こしたふりをして、宮崎を攻撃する為だったのだろう。

天海は、まだ理性を失ってはいない。それだけ芯の強い女性ということだ。だからこそ、余計に壊してみたくなる。

彼女が苦悶の表情を浮かべ、泣き叫ぶ姿を何としても見たい。

宮崎は腹の傷を手で触れてみる。ぬるっとした感触があった。痛みには慣れている。むしろ、歓迎すべきものだ。彼女によってもたらされたのだとしたら、なおさら喜ばしい。

出血も、大したことはない。無理な姿勢から刺したので、傷が浅かったようだ。

天海は千載一遇の機会を逸したことになる。

「近付かないで。次は、命がないわよ」

天海が牽制してくる。

残念ながら、正対してしまったら、包丁で宮崎を攻撃することはできない。ただの虚勢に過ぎない。

それは虚《むな》しい。

「どうぞ。好きにすればいい。君に刺されるなんて、これ以上の快楽は他にない」

宮崎は腹の傷に指を突っ込んでみせる。

痺れるような痛みが全身に広がる。と同時に身体がぶるっと震えた。息が上がる。鼓動が速くなる。

絶頂を迎える時のように、気分が昂ぶる。

早く、天海にも自分と同じ興奮を体感して欲しい。そして、ありのままの姿を見せて欲しい。

虚像ではなく、真実の姿を――。

見栄《みえ》も外聞も全てを捨て去り、ただ快楽だけに身を委ね、狂ったように交じわり合う姿を想像する。

頭の中が、じわっと白いものに満たされていくのを感じる。

宮崎は、快楽の波に溺《おぼ》れながら、傷口から指を抜き、そこにべっとりと付着した血液を割れた舌で舐めた。

口の中に広がる血の味は、高級ワインなど比較にならないほど芳醇《ほうじゅん》な味わいだった。

宮崎は、天海に向かって血に塗れた手を伸ばす。

「触らないで！」

天海は叫びながら後退りする。

ロープを解こうと必死に腕を動かしているが、そんなことをしても無駄だ。簡単には解けないように固く結んである。

宮崎は、天海の肩を掴んでうつ伏せに引き倒すと、持っていた包丁を取り上げた。

もっと抵抗されるかと思ったが、手が滑ってしまったのか、容易に奪い取ることができた。

「君の美しい肌に、刃物を刺したら、どんな感触がするんだろう?」

宮崎の口から願望が吐き出された。

本当は、じっくりと時間をかけ、自分の世界に引き込もうと思っていたが、その前に軽く味見をするのも悪くない。

宮崎の意図を察したのか、天海の表情から血の気が失《う》せた。

そして——。

ようやく全てを諦めたのか、ふっと彼女の身体から力が抜けるのを感じた。

16

包丁は宮崎に奪い取られてしまった——。

いや、そうではない。敢えて奪い取らせたのだ。手首から視線を逸らす為に。

天海の背中に、宮崎がのし掛かって来た。

耳許に薄気味の悪い言葉を吐きかけてくる。

天海は身体の力を抜き、抵抗するのを止めた風に装った。もちろん、本当に諦めたわけではない。宮崎を油断させる為だ。

「君は、きっと痛みを知れば、その先の快楽を感じてくれるはずだ。そういう女性だってことが、おれには分かるんだ」

宮崎が天海の髪を撫でる。

——触るな！

内心で毒づきながら、恐怖に震える演技を続ける。

宮崎は、天海の後ろ髪を無造作に摑むと、あろうことか包丁でぶちぶちと切断し始めた。

天海は屈辱に耐えながら、意識を手首に集中させる。

ここに入る前に、すぐに取り出せるように特殊警棒をジャケットの袖に隠しておいた。襲われた時は、咄嗟のことでそれを使う暇がなかった。

目を覚ました時も、動転していて、すっかりその存在を失念していた。

だが、この状況になってようやく思い出した。

宮崎は、大したボディーチェックもせずに、天海の手を後ろに回し、ロープで縛ったことで自由を奪ったと安心した。

ただ、縛る時に、手首と特殊警棒を一緒に縛っていた。

天海は少しずつ手を動かしながら、何とか袖の奥にある特殊警棒の先端を摑むと、ゆっくりとそれを引き抜いた。

——抜けた。

特殊警棒を引き抜いたことで、左手とロープの間に隙間が生まれた。僅かではあるが、手首を引き抜くには充分だ。

天海は、慎重にロープから手首を引き抜く。皮膚が擦れて痛んだが、そんなものを気にしている余裕はない。

生死の瀬戸際なのだ。

その間にも、宮崎はぶちぶちと髪を包丁で切っていく。

それに飽きたのか、今度は天海の右の耳を摘まんだ。どうやら、耳を切り取るつもりのようだ。

包丁の刃が耳の付け根にあてがわれる。

すぐにでも動きたいところだが、「焦るな」と自分に言い聞かせる。チャンスは一度しかない。

耳にちくっと刺すような痛みが走った。

ただ、そのままでは上手く耳に刃が当たらなかったらしく、宮崎が僅かに重心をずらした。

――今だ。

天海は、回転するように身体を捻りながら宮崎を突き飛ばした。

不意を突かれた宮崎は、包丁を持ったままもんどりうって倒れ込む。

天海はすかさず特殊警棒を拾い上げ、包丁を持つ宮崎の手首を力一杯打ち付けた。痛みを快楽だと考えている宮崎だが、骨が折れてしまえば手を動かすことはできない。彼の手から包丁が滑り落ちる。

宮崎は、不思議そうに天海を見上げた。

そのうち、状況を理解したらしい。混乱したり、慌てたりするかと思っていたが、それでも尚、彼は薄気味の悪い笑みを浮かべた。

そのまま立ち上がり、天海に向かって突進して来た。

突き飛ばされて、玄関のドアに激突する。

頭の奥で、何かがぶつっと切れる音がした。それはきっと、人間として決して切ってはいけない何かだったような気がする。

天海は、無我夢中で特殊警棒を振り回した。

手加減するような余裕はなかった。ただ、恐怖に駆られて、特殊警棒を必死に振り回した。

どれくらいそうしていたのだろう。

やがて息が上がり、腕も疲労で持ち上がらなくなった。

遂には、手から特殊警棒が滑り落ちる。

目の前には、うつ伏せに倒れたままピクリとも動かない宮崎の身体があった。何処から流れ出したのか、床に血が広がっている。

頬が濡れていた。

指で触れると、指先が赤く染まっていた。自分の血なのか、返り血なのか判然としなかった。

自らの内側から突如として湧きだした暴力性に驚き、恐怖した。

もしかしたら、宮崎が期待していたのは、これなのかもしれない。剝き出しの感情の発露――。

不思議だった。

この状況に戦慄しているのは確かだが、同時にこれまで抑圧されていたものを解き放ったような解放感があった。

「私は……」

天海は言葉もなく、その場に座り込んだ。

場違いなほど美しいピアノの旋律に交じって、近付いて来るパトカーのサイレンの音が聞こえた。

第四章　悪魔を殺した男

1

湧き上がる怒りの感情に任せて、力一杯髪を引っ張った。

ぶつぶつと音を立てて髪が頭皮から抜ける。途中で絡まって千切れた髪もあった。指に絡みついた髪を見て愕然とする。

枝毛が目立つ。ぱさぱさに乾燥していて、静電気で張り付いてくる髪は、見るも無残なものだった。

前回の失敗を踏まえて、死んでからではなく、生きたまま頭部の皮膚を剝がした。それなのに、結果は酷いものだった。

頭部の皮膚は上手くいったが、髪の毛は全然ダメだった。

――こんなはずじゃなかった。

美しいものを求めていたのに、これでは床に落ちている埃と同じだ。

やはり無理だったのか？

絶望にも似た感情に襲われ、身体の筋肉が弛緩《しかん》して、思わずその場にへたり込んでしまった。

頭が重い——。

首の力で支えることができず、がくりと項垂《うなだ》れる。自然と深いため息が漏れた。

「何がいけなかった？」

その疑問は、静寂に呑み込まれていった。

——諦めるべきなのだろうか？

そう考え始めたところで、スマートフォンに着信があった。

「はい」

電話に出ると、向こうから優しい声が聞こえてきた。

〈作業ははかどっていますか？〉

「いえ。なかなか上手くいかなくて……」

素直にそう口にした。

てっきり、叱責されるかと思った。あなたの情熱とは、その程度のものなのか——と。

〈最初から上手くはいかないものです。あなたがやろうとしていることは、これまでの常

識を覆す偉業なのですから――〉

穏やかな声に、少しだけ救われたような気がした。

「そうでしょうか……」

〈もちろんです〉

「そう言って貰えると、いくらか心が救われます」

〈諦めないで下さい。夢の実現の為には、困難がつきものです〉

――確かにその通りだ。

簡単に実現できるようなものは、夢とは言わない。困難は当たり前に付きまとうものだ。だからこそ、やり遂げるだけの価値があるのだ。

私は、椅子に座る人形に目を向けた。

ただの人形ではない。精巧に作られた等身大の人形。顔には、朝日七実から剥がした頭部の皮膚を被せてある。ただ、髪の毛はまだない。

そこが、どうしても上手くいかない。

何か方法があるはずだ。それを、考えなければならない。

〈私から、一つアドバイスをしてもいいですか？〉

「喜んで」

今は行き詰まっている状態だ。このままでは同じことの繰り返しだ。そうならない為にも、助言は欲しいところだ。

〈あなたは、少し本物にこだわり過ぎているのではないでしょうか？〉

「そうでしょうか？」

〈そうです。あなたが創《つく》ろうとしているのは、あくまで美しいもののはずです。本物にこだわる理由はないのでは？〉

その言葉を聞き、自らの過ちに気付いたような気がする。

本物にこだわってきた。そうすることが、正しいと思っていたが、何も本物である必要はないのだ。

「そうですね。おっしゃる通りです」

力強く頷くのと同時に、考え方が一気に変わった。

髪については、ウィッグを使うことにしよう。妥協ではない。その方が、美しさを維持できるからだ。

〈ただ、目だけは代用品を使うわけにはいかないでしょうね――〉

その言葉に、気を引き締め直した。

まさにその通りだ。目だけは代用品であってはならない。美の要《かなめ》であるのは明らかだ。

「そうですね」

問題はどの目を使うかだ。

肌については、理想的なものが見つかったが、残念ながら目だけは自分の理想型に未だに出会えていない。

そのことを相談すると、思いがけず回答が返ってきた。

〈今から、ある人物の写真を送ります。その人に会ってみるといいでしょう。きっと、あなたの理想に添うはずです〉

電話を切ったあと、半信半疑で写真が届くのを待った。

ほんの数分だったはずだが、とてつもなく長い時間に感じられた。待ちわびたものに出会えるかもしれないという期待が、時の流れを極端にゆっくりに感じさせたのだ。

やがて一枚の画像が添付されたメールが送信されてきた。

震える手でそのファイルを開く。

モニターに表示された写真を見て、思わず息を呑んだ。

彼女のことは知っている。

初めて会った時、その目に惹き付けられた。強い意志を宿し、清廉で穢《けが》れのない真っ直ぐな目だった。

やはり、あの時の感覚に間違いはなかったようだ。

ようやく理想の作品を完成させることができる。そう思うと、歓喜に打ち震えると同時に、終わってしまうのだという一抹の寂しさも感じた。

2

面会室は静寂に包まれていた――。

その中心に阿久津誠がいた。背筋を伸ばし、ただ座っているだけなのに、そこだけ空間が歪んでいるように見えた。

天海の姿を認めると、阿久津は無駄のない動きで立ち上がった。一瞬、その視線が天海の背後に向けられる。

同席者を確認したのだろう。

「今日は一人で来ました」

天海が言うと、阿久津は「そうですか」とだけ答えた。

理由は特に問われなかったし、改めて説明するまでもないだろう。

「ご無事で何よりです」

阿久津が硬い表情で言う。

「お陰様で――」

「髪はどうしたのですか？」

阿久津が哀しげな顔で訊ねてくる。

「似合っていませんか？」

天海は、自分の髪を手で撫でながら言う。

これまでは、肩に掛かるほどの長さだったが、宮崎に中途半端に切られてしまい、どうにもバランスが悪かったので、思い切ってショートにしたのだ。

「いえ。とても似合っています」

「良かったです」

「ただ……」

阿久津が途中で言葉を呑み込みつつ、不安げに眉を下げる。

ここから先は、言葉で説明するより、記憶を見て貰った方が手っ取り早いだろう。

天海は黙って右手を差し出した。

大黒から聞いたところによると、阿久津は昨晩、看護師を使って連絡を取り、天海の危機を報せてきたらしい。

閉鎖された空間の中で、阿久津が奔走してくれていたのだと思うと、疲弊していた心と体が少しだけ救われた気がする。

逆に、阿久津の方は天海に何があったかを知る術はなく、悶々とした時間を過ごしていたに違いない。

こうやって顔を合わせることはできるが、別々の世界に存在していることを思い知らされた。

阿久津は少し躊躇いをみせつつも、天海と握手を交わした。

何度となく触れてきた阿久津の掌の感触。それは、天海に安堵をもたらした。彼の前では、自分を飾る必要がない。全てを知って貰えているという安堵感。

ただ、時々思う。

天海自身は、阿久津の多くを知らない。彼の痛みや苦しみを共有することはできない。一方通行の感情であることに対する負い目のようなものがある。

もっと深い部分で、彼を知ることができたら、少しは救いになるのに——。

「申し訳ありませんでした。私が、もっと早くに気付いていれば……」

阿久津の手に力が込められた。

「別に、阿久津さんを責めているわけではありません。私が先走ったのが一番の原因です」

「しかし……」

「それに、事件の情報を隠匿したことも、阿久津さんの推理の妨げになったのは間違いありません」

「いえ。今回の件は、仮に事前情報があったとしても、翻弄されていたと私は思います」

阿久津はそう答えた。

「どうしてですか？」

「まずは、座りませんか？　色々と確認したいこともあるので――」

天海は阿久津から手を離し、椅子に腰を下ろした。阿久津もそれに倣って席に着く。

「既にお気付きだと思いますが、宮崎はただ死体を目撃しただけに過ぎません」

阿久津がきっぱりと言う。天海も同意見だった。

あのピアスは宮崎のもので間違いなかった。

詳しい捜査はこれからだが、宮崎は亜里砂を殺した犯人ではないと考えている。

理由は幾つかある。

あのあと、宮崎の家の家宅捜索が行われたが、犯行に繋がる凶器は発見されなかった。

それに、被害者の頭部の皮膚も発見されていない。わざわざ手間暇かけて皮を剝いだのだから、保管していて然るべきなのに、それがないのは不自然だ。

もちろん、作業場として別の場所を使用していた可能性もあるが、それに繋がる証拠も見つかっていない。

何より、宮崎自身が、島崎亜里砂の死体発見現場に足を運んだことは認めたものの、殺害に関しては否認している。

ただ、そうなると一つ分からないことがある。

「どうして宮崎は、島崎亜里砂の死体発見現場に、自分の血が付着したピアスを置いたんでしょうか？」

「ピアスを置いたのは、彼の意思ですが、そう仕向けた第三者がいると私は考えています」

この事件を裏で操る何者かの存在を、薄々感じてはいたが、改めて阿久津から聞かされると心底ぞっとする。

「その目的は、何ですか？」

「警察の捜査を攪乱《かくらん》することが一番の目的でしょう。遅かれ早かれ、ピアスに付着した血痕から、宮崎の存在が浮上することになり、彼が容疑者として扱われることになったのは確かです」

事件とは関係のない宮崎を容疑者に仕立てることで、犯人は警察の捜査の目から逃れることができる。

「その人物が、島崎亜里砂と朝日七実を殺害した真犯人――というわけですね」

「いえ。おそらく違います」

「違うとは？」

「殺害を行った実行犯と、裏で事件を操っている人物は、まったく別の人間です」

「どういうことですか？」

天海は思わず身を乗り出す。

「事件が発生してから、私にコンタクトを取ってくる患者がいました」

「コンタクト──ですか？」

「ええ。ドア越しに声をかけてきたり、昨晩は私の部屋に入って来ました」

「どうやって……」

阿久津は保護室に入れられている。

施錠されているのだから、簡単に出入りすることなどできないはずだ。

「おそらく、鍵を盗んだのだと思います」

「何の目的で、そんなことをしたんですか？」

「その人物はゲームだと言っていました。退屈凌ぎのゲームだと」

「ゲーム？」

「ええ。それぞれの駒を使ったチェスのようなゲーム。私の駒はあなたです」

阿久津が目に力を込めた。

普段から感情を表に出すことのない阿久津だが、その目ははっきりと怒りを表現していた。

「駒……」

「はい。おそらく、宮崎も、二人の女性を殺害した真犯人も、その人物によって操られていた可能性が高い」

人間を駒として使うゲーム。

もし、本当にそんなことを企んだとしたなら、とても正気とは思えない。唾棄《だき》すべき存在ではあるが、とてつもなく狡猾で頭の切れる人物であることは間違いない。

「でも、そんなことが可能なのでしょうか？　もし、阿久津さんの言う通りなら、その人物は病院の中から、宮崎や実行犯に指示を与えたということになります」

阿久津のいる閉鎖病棟は外部との連絡が遮断されている。携帯電話などの通信機器の類いも保有していないはずだ。

「それでも、その人物は行動を起こした。おそらく、病院内に協力者がいるのではないかと考えています」

確かに協力者がいれば、病院の外にいる人間とコンタクトを取ることができるだろう。

「狡猾ですね」

「同感です。おそらく、その人物は詐病でしょうね」

「精神疾患を偽装して、ここに入院しているということですか？」

「ええ」

「いったい何の為に？」

「閉鎖病棟の中にいたというのは、完璧《かんぺき》なアリバイだと思いませんか？」

阿久津の言葉に、天海はぞっとした。

「アリバイとしては、完璧です。でも、阿久津さんの推理では、その人物は殺人教唆ということになります。それを立証できれば……」

「殺人教唆を立件することが、いかに困難であるかは、天海さんもご存じだと思います」

確かにその通りだ。

殺人教唆は、立証し難い犯罪だ。

お互いの認識の錯誤だと言われてしまえば、それまでだ。証言だけでどうにかなる問題ではない。物的証拠がない限りは、立件は困難だ。

そもそも、まだ実行犯を捕らえるどころか、その目星すらついていない状態なのだ。

「さらに厄介なことに、その人物は、まだゲームは継続中だと言っていました」

阿久津がそう言い添えた。

「継続中――ですか？」

「はい。三人目の犠牲者が出ることを示唆していると思います」

「では、早速、その人物を確保しましょう」

天海は早口に言った。

これ以上、犠牲者が出ることを黙って見過ごすことはできない。

多少、強引でも、阿久津にゲームを仕掛けた人物を尋問すれば、実行犯を確保することにも繋がる。

「おそらく、それは無理でしょうね」

「どうしてですか？」

「その人物を確保するとして、いったい何の容疑で捕らえるんですか？」

「それは……」

「証拠が何もないんです」

「でも、阿久津さんを挑発し、事件に関与していることを仄《ほの》めかしたのであれば、任意同行くらいは……」

「無理です」

阿久津がきっぱりと言った。

「どうしてですか？」

「私は、統合失調症という診断を受けています。いくら証言したところで、受け容れられません。それは、向こうも同じです」

天海は、愕然とするより他なかった。

残念だが阿久津の言う通りだ。統合失調症と診断された阿久津の証言など、誰も信用しない。

しかも、相手も閉鎖病棟に入院している患者なのだ。仮に真実を証言したとしても、妄想だと難癖を付けられたら、それで終わりだ。

悔しいが、逮捕状はおろか、任意同行で引っ張ることさえできない。

警察は法に縛られている。そこから逸脱する違法捜査は認められていないし、そうした捜査の中で得た証拠は採用されない。

事件が起きてからでなければ動けないのだ。

忸怩《じくじ》たる思いがこみ上げてきて、天海は奥歯を強く嚙み締めた。

きっと、阿久津はこれまで、こうした思いを何度も味わってきたのだろう。記憶を感知し、殺人犯が誰なのか分かっている。

次の犠牲者が出る前に、それを止めたい。だが、証拠がないから動けない。

だから、阿久津は法に背いても、自ら裁きを与えるという選択をした。

自分はどうだろう――自問自答する。

目の前に、失われると分かっている命があったとしたら、自らを闇に落としても、その命を救いたいと思うだろうか？　その覚悟があるのだろうか？

「今は、できることをやりましょう」

天海の思考を遮るように阿久津が言った。

「そうですね」

「まずは、私にゲームを仕掛けた人物について、調べて頂きたい」

「名前は分かっているんですか？」

「苗字《みようじ》だけですが。神部という名の三十代の男です」

天海は、その名を聞き驚愕した。

「まさか神部が……」

「ご存じですか？」

天海は「はい」と頷いてから、神部が起こした事件の概略を説明した。永瀬が、神部を逮捕したという事実も含めて。

「そうですか。ということは、永瀬さんも駒の一つということになりますね」

阿久津は、呟くように言った。

その通りなのかもしれない。だが、そうなると、永瀬はいったいどちらの駒なのだろう
──。

3

「それで、君の見解は？」

そう問われた永瀬は、すぐに返答をすることができなかった。

宮崎の逮捕に至るまでの経緯を小山田に報告した。もちろん、父が起こした自殺未遂の一件については、伏せた上での説明になった。

まあ、隠したところで小山田の耳には入っているだろう。

「現状では、まだ何とも言えません」

永瀬は曖昧に返す。

「しかし、彼は何の予備知識も無しで、宮崎の情報を正確に伝えてきた。これは、彼の能力の証明になるのではありませんか？」

小山田が僅かに目を細めた。

その視線は、まるで永瀬の心の底を見透かしているようで落ち着かない。

「しかし、宮崎は犯人ではない可能性が浮上しています」

永瀬は汗の滲む手で硬貨を握り締めながら答える。

「確かに、宮崎は一連の事件の犯人ではないかもしれません。しかし、現場に落ちていたピアスが宮崎のものであることは判明したんですよね？」

簡易鑑定ではあるが、あのピアスは間違いなく宮崎のものだ。

しかも、情報を伝える時、阿久津はピアスの持ち主が、死体を見ていることは間違いないと示唆したが、殺害したのが同一人物だとは特定していない。

今になってみれば、ピアスに残留した記憶を正確に感知したからこその結果だったと考える方が自然だ。

「しかし、個人名などを口にしたわけではなく、その身体的な特徴を告げたに過ぎません。現場の状況からプロファイリングをして導き出した情報を、我々に伝えた可能性もあります」

「君は、阿久津の能力が本物だとは認めたくないようですね」

小山田に芯の部分を抉られ、焦りを感じたが、何とかそれを抑えこんだ。

「そういうわけでは……」

「私にはそう見える。そもそも、阿久津には現場の状況を一切伝えていないのですよね？」

「はい」

返事をしながら、自分の論理が破綻《はたん》していることを思い知らされた。

「現場の状況を知らなかった彼が、どうやってプロファイリングをするのですか？」

「それは……」

「それに、事前情報が無いにもかかわらず、死体の状況を正確に理解していたことも、彼の能力の証明のはずです。それも、偶然だというのですか？」

ぐうの音も出なかった。

あの死体は、人間の頭部の皮膚が剝がされるという特殊な状況だった。偶然の一致で片付けられるようなものではない。

「私には、君が阿久津の能力を、否定しようとしているとしか思えません」

小山田がそう付け加えた。

「そんなつもりはありません」

否定してみたが、説得力は皆無だった。

小山田の指摘は的を射ている。永瀬の言動は、明らかに阿久津の能力を否定しようとしている。

「君は、お父さんのことと、職務を切り離すことができると思っていたが、私の見込み違いだったのかもしれませんね」

小山田が落胆しているのが伝わってきた。

父の失脚により、出世街道から外れてしまった永瀬を拾ってくれたのが小山田だった。ここで見限られたのでは、かけられた梯子《はしご》を外されたようなものだ。

「父親のことは関係ありません」

永瀬は絞り出すように言う。

「でしたら、私情に流されることなく職務に励んで下さい」

永瀬は「はい」と応じてソファーから立ち上がった。

言われたことはやる。だが、そもそも、今回の職務とはいったい何だ？　阿久津の能力の有効性など、どうでもいい話のはずだ。

警察の捜査に利用しようとでもいうのだろうか？　いや、そんなことはあり得ない。阿久津の能力で事件を解決したところで、裁判では証拠にならない。だとしたら、小山田の目的とはいったい何か？

「なぜ、それほどまでに阿久津の能力にこだわるのですか？」

部屋を出ようとした永瀬だったが、敢えてその質問をぶつけてみた。

「組織というのは巨大化するほどに歪みが生まれます。権力を笠《かさ》に、不正を働く者が必ず現れます」

それは分かる。だが、質問の答えになっていないような気がする。

「何がおっしゃりたいのですか？」

「警察は、大きくなり過ぎた、大きくならざるを得なかったのですが、そこに問題があると私は思っています」

「はあ……」

「巨大になり過ぎた組織に生まれた歪みは、そのまま放置すれば、必ず組織そのものを崩壊させます」

「そうならない為に、内部監査室があるのですよね？」

警察の警察と呼ばれる内部監査室が、不正を取り締まることで、浄化になっているはずだ。

「忘れていませんか？　内部監査室もまた警察組織の一部なのです」

「それはそうですが……それと、阿久津の件とどういう関係があるのですか？」

「特殊犯罪捜査室の創設は、私の意志でもあったんです。組織に呑み込まれず、独自に捜査をする、アンタッチャブルな存在が必要だと考えたのです」

また話が逸れた。

永瀬の質問の意味が通じていないのではなく、小山田は敢えて話を逸らしているように感じる。

「特殊犯罪捜査室は成果を上げています」

「ただ、やはり彼らも警察の組織にいる以上、それに縛られることになるのです。いや、単に組織というだけでなく、法律にも縛られる」

「どういうことです？」

「梶浦さんが、特殊犯罪捜査室の解体を決定しました。彼らは、近日中に再配属されることになります」

「解体……」

あれだけ成果を上げている部署を解体するというのは、どうにも腑《ふ》に落ちない。それこそ、さっき小山田が言った、組織の歪みという奴なのかもしれない。

「だとしたら、阿久津の件は、これ以上調べても意味がありませんよね？」

「いえ。継続して査定を続けて下さい」

小山田は、話は終わりだと言わんばかりに、手を払った。

これ以上質問を続けたところで、小山田は答える気はないだろう。永瀬は釈然としない思いを抱えながらも、「分かりました」と応じて部屋を出た。

昨晩、阿久津に言われたことが脳裏を過ぎる。

――いつの間にか志を忘れ、保身に走ってしまった。

あの言葉は、永瀬の過去を知っているが故に出たものではないのだろう。阿久津は、いったい何処まで知っているのか？　それを確かめなければならない。

――もし、全てを知っていたらどうするつもりだ？

誰かが囁く声がした。それは、おそらく自分自身の心の声だ。

「いつまでそこに立っているつもりだ？」

不意に声をかけられ、永瀬は飛び跳ねるようにして顔を上げる。

すぐ目の前に大黒が立っていた。蛇のように冷たい視線で永瀬を見ている。

「あ、いえ」

永瀬がその場から離れると、大黒がドアの前に移動してノックをする。

すぐに「どうぞ」と小山田の声が返ってきた。

大黒は、小山田と面会する予定になっていたようだ。いったい、何の話をするつもりなのか――気にはなったが、永瀬などが介在する余地はない。

「一つ訊いていいか？」

すぐに部屋に入ると思ったのだが、意外にも大黒の方から声をかけてきた。

「はい」

「君は、阿久津を見てどう思った？」

「どうとは？」

「彼が残忍な殺人者に見えたか？　それとも――悪魔に見えたか？」

「どちらも同じ意味ではないんですか？」

「欲望に任せて人を殺すことと、裁きを与えることとでは、まったく意味が違う」

「伴う結果が同じであれば、殺人者も悪魔も同義です」

「そうだな。君は、そうあるべきだ」

意味深な言葉を残して、大黒はドアを開けて中に入って行った。

大黒は、今の質問で何を問おうとしたのだろう。永瀬には、その意味を理解することができなかった。

きっと理解した時は手遅れなのだろう。

大黒の毒牙によって、取り返しのつかない状態に陥っている。そんな気がした。

永瀬は硬貨を強く握り締めてから歩き出した。

耳の奥では犬が吠えていた。この雑音を消すには、やはり阿久津に会うしかないのだろう。

4

京香は昼過ぎに目を覚ました――。

目頭がずんずんと痛む。身体が重だるく、立ち上がることもままならないほどだった。

昨晩の勤務の疲れが残っているというのもあるが、それだけではない。

また夢を見た。

京香が見る夢は、いつも決まっている。

兄の夢だ――。

仲のいい兄妹《きょうだい》だったと自分でも思う。中学生になるくらいまでは、京香は兄と結婚すると本気で思っていたほどだ。

兄はいつも優しかった。おやつを分け与えてくれたし、両親に怒られた時は、すぐに庇ってくれた。

勉強も教えてくれたし、たくさん笑わせてくれたりもした。

星が好きで、兄と近所の山に秘密基地を作り、望遠鏡を持っていって、天体観測をしたりもした。

「あの星は何？」

京香が訊ねると、兄はいつも丁寧に星の名前を教えてくれた。

だが、そうした楽しい思い出が夢に出てくることはない。夢に出てくる兄は、決まって首を吊っている。

恨めしそうに、京香を見下ろしながら――。

兄が自殺した理由は、ある事件がきっかけだった。若い女性が強姦《ごうかん》され、殺害されるという傷ましい事件。

その被害者の女性が、兄の恋人だったということもあり、兄は重要参考人として警察にマークされることになった。

決定的な証拠はなく、逮捕や任意同行に至らなかったが、マスコミはこぞって兄を犯人に仕立て上げるかのような報道を繰り返した。

そして、兄は住んでいたアパートから姿を消した。

逃亡したということで、警察は兄を容疑者と断定し、全国に指名手配することになった。

そこからが、本当の地獄だった。

京香は通っていた高校で、殺人者の妹だと後ろ指をさされるようになり、登校するのを止めて家に引きこもらざるを得なかった。

友だちも、みるみる離れていき、京香は追い詰められていった。

家にいたからといって、安心もできなかった。悪戯電話が頻繁にかかってくるようになった。

「人殺し！」

「強姦魔は死ね！」

敵意に満ちた暴力的な言葉を投げかけられた。

電話線を抜くと、今度はビラがばらまかれるようになった。

「人殺しの一家は出て行け」

「人を殺して平然としている悪魔の家族」

嫌がらせなど無視すればいいと簡単に言う人がいるが、それは自分に浴びせられたことがない人間の発言だ。

実際に直面すると、とても受け流すことはできない。

言葉の一つ一つが鋭利な刃物となって、心を少しずつ削り取っていく。

父や母も追い詰められ、家の中は鬱屈した空気に満たされ、息が詰まる思いだった。だが、逃げる場所は何処にもない。

嫌がらせを受けていると警察に通報しても、容疑者の家族だから仕方ないといった趣旨の対応をされる始末だった。

そもそも、警察は兄が実家に立ち寄る可能性を視野に入れ、家の周辺に張り込んでいた。つまり、嫌がらせをしている犯人を見ていながら、何も対策を取らなかったのだ。

加害者だから、どんな罰を受けても仕方ない。その家族も同罪だ。そうした歪んだ正義を得た人々は、容赦なく京香とその家族を蹂躙《じゅうりん》した。

それこそ、誰が悪魔なのか京香には理解できなくなっていった。

心身ともに限界に近付いた頃、唐突に京香の携帯電話に、兄から連絡が入った。

——お兄ちゃんが人を殺すはずがない。

分かっていたのに、信じてやることができなかった。いや、それどころか、京香はせっかく電話をかけてきてくれた兄に、酷い言葉を投げつけた。

「早く自首してよ。迷惑しているんだから——」

そんなことは言うつもりじゃなかった。だが、兄からの連絡の前日に、京香は交際していた相手から、別れを告げられた。

最大限に気を遣い、他に好きな人ができたと言ってはくれたが、それが嘘であることはすぐに分かった。

兄のせいで、失恋することになったという子どもじみた苛立ちが、京香に暴言を吐かせることになった。

兄は、ただ「おれのせいでごめん……」とか細い声で言い、静かに泣いた。

本当は慰めるべきだった。ちゃんと話を聞いてやるべきだった。それなのに、京香は兄の身体を気遣う言葉すらかけることはなかったのだ。

「ただ、謝りたかった。父さんと母さんにも、ごめんと伝えておいて欲しい」

兄はそう言うと電話を切った。

通話を終えてから、酷く嫌な予感がした。自分がとんでもないことをしたという罪悪感に苛まれた。

兄の携帯電話に折り返してみたが、電源が切れているらしく繋がらなかった。

京香はいても立ってもいられなくなり、家を飛び出して、兄と一緒に天体観測をした秘密基地に足を踏み入れた。

そこで――。

兄が首を吊っているのを発見した。

遺書が残されていた。そこには、京香と両親に対する謝罪の言葉が連なっていた。そして、自分は人を殺していない。潔白を証明する為に、命を絶つと――。

誰よりも苦しんでいたのは兄だった。それなのに、最後の最後で、京香は傷付けるような言葉を投げてしまった。

どうして信じてやれなかったのか――その後悔に押し潰されそうになった。

事件は結局、被疑者死亡のまま送検されて決着した。京香などが兄を信じたところで、現実は何も変わらなかったかもしれない。

だが、信じることができれば、兄は死なずに済んだかもしれない。少なくとも、家族にすら見放されたという絶望を味わうことはなかっただろう。

そう思うと自分が許せない。

京香は重い身体を引き摺るように起き出すと、出勤の為の準備を始めた。

京香の脳裏に、ふっと阿久津の顔が浮かんだ。

彼を見ていると、どうしても兄のことを思い出してしまう。顔立ちは似ていないのに、どうしてもあの時の感情が鮮明に蘇る。

もし、阿久津の他人の記憶を感知するという能力が本物だとしたら、彼は、京香が兄にした仕打ちを知っていることになる。

阿久津は、それを見て何を感じたのだろう?

いや、京香が阿久津に対して抱いているのは、そんな疑問ではない。もっと複雑な心情だ。

阿久津を担当することになったある日、偶々、和泉が持っていた資料に目を通してしまった。

それは、阿久津が警察で供述した内容を纏めたものだった。

なぜ、和泉がそんなものを持っていたのかは分からない。ただ、その資料の中に、興味深い内容を見つけた。

阿久津が殺した三人目の被害者、武井は、女性を強姦した上に殺害する非道な男だった。

そして、武井が殺したとされる女性の中に、兄の恋人の名前を見つけた。

兄が殺したとされる女性の名前――。

記憶を見ることができるという、阿久津の能力が真実なのだとしたら、兄は無罪だったことになる。

それは、京香にとって相反する感情を生み出す結果になった。

自殺してしまったが、兄の疑いが晴らされたという喜び。そして、信じてやることができなかったという自責の念――。

阿久津の能力が本物であって欲しいと思う反面、嘘であって欲しいと願う気持ちも燻《くすぶ》っている。

身勝手だとは思うが、それが京香の本心だ。

思考を遮るように、インターホンが鳴った。エントランスのものではない。玄関先のインターホンだ。

外部から誰か訪ねて来たのではなく、同じマンションの住人ということだろう。

これから、出勤するところだったので、京香は鞄を持ってからドアを開けた。

「え?」

京香は、思わず声を上げた。

そこには男が立っていた。石塚だった。自宅の住所など教えていないのに、どうして?

「そんなに、あの男がいいのか?」

石塚が言った。

いつもの軽い調子ではなかった。思い詰めて絞り出しているような声――。

「何の話ですか?」

「あいつは殺人者だぞ」

「だから、何の話です?」

「そんなに人殺しがいいなら、おれも人殺しになってやるよ」

石塚は持っていた鞄の中から包丁を取りだした。

――拙《まず》い。

京香は、咄嗟に石塚を突き飛ばして外廊下に飛び出した。

だが、すぐに間違いだと気付いた。石塚は、京香の髪を摑んで床に引き摺り倒す。ドアを閉めて部屋の中に籠城するべきだった。

石塚が、京香の上に馬乗りになり、包丁を振り上げた。

5

菊池は、屈み込むようにしてじっと現場を観察する。

刺されながらも必死に逃げようとしたのだろう。床に引き摺ったような血の痕が残っていた。

壁にも血痕が付着している。

被害者の女性は、救急車で運ばれて行ったが、十数ヵ所を刺されていた。心肺停止の状態だったし、出血の量からして、おそらく助からないだろう。

被害者の名前は、朝宮京香。二十六歳。病院に勤務する看護師だ。

近隣の住民から女性が襲われているという通報が入り、すぐに交番の警察官が駆けつけると、この場所で、男が馬乗りになり京香を滅多刺しにしているところだった。

男は警察官の姿を見ると、包丁を振り回して威嚇したあと、叫び声を上げて走り去り、現在も行方が分かっていない。

菊池は小さくため息を吐きながら立ち上がった。

「酷い有様ですね」

捜査員の一人がぼやくように言った。

「そうだな。加害者の行方は、未だに摑めていないのか？」

「はい。現在、捜索中ですが……」

凶器を所持した殺人犯が逃亡している。周囲は蜂《はち》の巣を突《つつ》いたような大騒ぎだ。

「加害者の身許は？」

「防犯カメラの映像などから、同じ病院に勤務する、警備員の石塚恭一である可能性が高いです」

「痴情のもつれか――」

「でしょうね。恋愛で我を失って人を殺すなんて、本当に理解できませんよ」

捜査員が嫌悪感に満ちた表情を浮かべる。

「そうだな」

菊池は同意の返事をしつつ、内心で苦笑いを浮かべた。

自分には、石塚を軽蔑する資格はない。嫌な記憶が脳の表層に浮かんできた。

血を流して、ぐったりとした女の顔が浮かぶ。

あの時、菊池は選択を誤ったのかもしれない。結果として、より多くの罪を重ねることになった。

今さら、良心の呵責などないが、滑稽だとは思う。

あの事件をきっかけに、菊池は操り人形に成り下がったのだ。自分の意思で動いているようで、実際はそうではない。

あの男は、言葉巧みに菊池に歩み寄り、その人生の全てを搦め捕ったのだ。

「酷い事件ですね」

背後から声をかけられる。

確認する前から、その相手が誰なのか分かっている。大黒だ。

「そうですね」

菊池は返事をしつつ振り返る。

大黒は、無表情にそこに立っていた。その姿が、やけに大きく見える。

梶浦の根回しにより、特殊犯罪捜査室は解体されることになった。そのことは、大黒にも伝えられているはずだ。

それでも、こうして現場に出て来るということは、何かしらの意図があるのだろう。

「犯人は逃亡中だとか――」

「ええ。ただ、逮捕されるのは時間の問題でしょう」

「そうだといいのですが、少し引っかかります」

「何がです？」

「菊池さんは、今回の事件を、痴情のもつれによる衝動的な犯行だと思いますか？」

大黒の目が怪しく光った気がした。

「目撃者もいますし、間違いないと思いますが……」

「被害者の看護師が勤務していた病院には、神部という男が入院しています」

「ああ。〝ゴッホ〟事件の」

「ええ」

「その神部がどうかしたのですか？」

訊ねながら、菊池は鼓動が速くなっていくのを自覚した。ただ、動揺を気取られないようにする術は心得ている。

大黒が、菊池の変化に気付くことはないだろう。

「神部という男は、病院の内部から、外にいる人間を操り、殺人を誘発していた可能性があります」

「この事件がそれだと？」

「あくまで、可能性に過ぎませんが」

曖昧な言い方はしているが、その目は自信に満ち溢れている。

「推理小説なら面白いと思いますが、他人を操って、人を殺させるなんて、バカげていますよ」

菊池は笑ってみせた。

それは、自嘲でもあった。何せ、菊池自身が操り人形なのだから。

「私は、そうは思いません。ただ、神部一人でこれができたとは思いません。おそらくは、協力者がいます」

「協力者――ですか」

「ええ。私の勘では、その協力者は警察内部に存在しています」

――やはり、この男は危険だ。

このまま放置しておいては、近いうちに真相に辿り着く。いや、既に到達しているのかもしれない。

だから、こうして菊池に接近してきている。

「非常に興味深いですね。何か分かったら、また教えて下さい」

菊池は、一礼してから大黒に背を向けた。

そのまま歩き去ろうとしたが、大黒が再び声をかけてきた。

「これ、落としましたよ」

大黒が差し出して来たのは、盗聴器に使用している小型集音マイクだった。

七実を小野と一緒にホテルに送り込んだ際、彼女の行動を監視する為に仕込んだものだ。事件のあと、回収してポケットの中に入れっぱなしになっていた。

現場検証で使った手袋をポケットにしまう際、誤って落としてしまったようだ。

「いえ。私のものではありません。何処にあったのですか？」

菊池は惚けて見せた。

その用途を追及されることを避ける為だ。下手なことを言って、ボロが出るのは拙い。レコーダーは菊池自身が持っている。集音マイクだけで何かを掴むことはできない。

「そうですか」

意外にも大黒はあっさり退き下がった。

「では、失礼します」

菊池は改めて告げると、その場を後にした。

やはり、大黒をそのまま放置するのは危険だ。特殊犯罪捜査室が解体されたくらいで、大人しくしているような男ではない。

菊池自身の意思で、大黒を葬らなければならない。

6

阿久津は、鍵の開く音に反応して顔を上げる。

ゆっくりとドアが開いた。

顔を出したのは、左耳が欠損したあの男——神部だった。長い髪を掻き上げ、ぎょろっとした目で阿久津を見据える。

距離を詰めて制圧することも考えたが、阿久津は動かないという選択をした。

この前は、ナイフを所持していた。今回もそうだろう。ナイフだけならいいが、他にも何か隠している可能性がある。下手に近付くのは得策ではない。

それに情報を引き出す必要がある。

この男には、おそらく協力者がいる。病院の内部はもちろん、外部にも存在しているに違いない。

それを見極めなければならない。

「そろそろ来ると思っていましたよ。神部さん」

阿久津は、敢えて挑発的な言い方をしたが、神部はさして動揺することもなく、にたっと不気味な笑みを浮かべた。

「名前を覚えてくれたのか。嬉しいね」

「他にも色々と知っています。何でも、著名な作曲家だったそうですね」

阿久津の言葉に、神部は嘲笑を返してきた。

「あんなものは、作曲とは言わない」

「どういうことです？」

「おれは、他人から聞こえる音を、ただ楽譜に落としただけだ。自分で曲を作ったわけじゃない」

「他人から聞こえる音？」

「別に不思議に思うことじゃないだろ。あんたは、他人の記憶を見る。おれは、他人の心の声を聞く。それだけのことだ」

「意味が分かりませんね」

「惚けるな。本当は分かってるんだろ。おれは、耳がいいんだ。良過ぎるんだ。だから、じっと息を殺すと、口に出さなくても聞こえてくるんだ。そいつの声がさ」

神部は欠損している左耳に手をあてがう。

この男は、共感覚の持ち主なのかもしれない。聴覚から音以上のものを感じ取ってしまう特異な才能の持ち主。

「だから、耳を切り落としたんですか？」

「正解だ。うるさくて、うるさくて、ろくに眠れない。だが、無駄だった。それでも、ずっと音が聞こえてくる」

神部が苛立たしげに髪を掻き毟る。

人の心の声を聞くことができるということか。ただ、それが真実なのか否か、阿久津には判断できない。

「そのまま、音楽をやっていれば良かったのではありませんか？」

阿久津が問うと、さっきまでにやついていた神部の顔が豹変した。目が吊り上がり、口許が歪む。

見開かれた目は凶暴な光を宿していた。

「お前のせいだよ」

「…………」

「お前さえいなければ、おれは呑気にピアノを奏でていたさ。他人の心の声を音に変換し、曲の体裁を整えれば、それで金が貰える。ようやく、自分の生き方を見つけたと思っていたのに、お前が現れたんだ」

「何の話です？　あなたと私の間には、何の接点もないはずです」

「自覚がないのか。まあ、そうだろうな。だが、お前のせいだ。お前が、おれの価値観を変えてしまったんだ」

どうして、自分の存在が神部の人生を変えることになったのか、その意味が理解できない。

「何が言いたいのですか？」

「お前は、自分で芸術を生み出した。言っている意味は分かるか？」

「いいえ。まったく分かりません」

「ネットに上がってる、お前の犯行現場の写真を見た。どれも、身震いするほど美しかった。あれこそ芸術だ。そう思ったら、自分のやっていることがバカバカしくなってきた」

「どうしてです？」

「分かるだろ。おれは、他人から聞こえてくる音を、楽譜に落としているだけだ。自分では、何も作り出していない。だから、創造してみたくなったんだ。自分だけの曲を」

神部は涎《よだれ》で汚れた自らの口許を腕で拭った。

「でしたら、ピアノに向かうべきでは？　つまらないゲームをしたところで、いい音楽は生まれませんよ」

「分かってないな。さっきも言っただろ。おれは、他人から音が聞こえる。それを楽譜に落とすんだ。おれは、お前で曲を創ると決めた。タイトルは悪魔だ」

「あまりセンスがいいとは言えませんね」

「今はな」

「そのうち、よくなると？」

「そうだ。お前から聞こえてくる音は、今のところ、全然、面白くない。だが、揺さぶりをかければ、いい音を奏でてくれる」

──なるほど。

ようやく神部の考えが見えてきた。

共感覚を持つ神部は、他人の心拍を敏感に感じ取り、それを楽譜に起こすことで曲を作ってきた。

ゲームを仕掛け、阿久津に揺さぶりをかけることで、新たな曲を作ろうとしているということのようだ。だが――。

「結局、それだとあなたが作ったのではなく、私が作った曲ということになりませんか？」

阿久津が言うと、神部は声を上げて笑った。

「違うね。おれが与えた状況によって、お前が奏でた音は、おれが創造した音なんだよ」

論理が破綻しているような気がするが、それはあくまで阿久津の価値観での話だ。神部の中で成立しているのなら、そうなのだろう。

「しかし、ゲームはもう終わりましたよ」

「終わってない。それは、お前も分かってるだろ。宮崎がただのスケープゴートだってことくらい」

「まだ、続けるつもりですか？」

「もちろんだ。今は、まだ満足のいく曲に仕上がっていない。何かが足りないんだよ」

「何が足りないのです？」

阿久津が問うと、神部は遠くを見るように目を細めた。

「そうだな。危機感だな」

「危機感――」

「そう。お前の音には、危機感がない。今のままだと、メロディーだけの薄っぺらい楽曲にしかならない。もっと激しく、もっと荒々しい音が必要だ」

「何を企んでいるんですか？」

「わざわざ説明しなくても分かるだろ。あんたに、焦燥感を与えるんだ。そうすれば、もっと曲は厚みを増す」

神部は興奮したように鼻息を荒くする。

まるで、飢えた犬のように激しく、そして耳障りな呼吸だった。

「まさか、あなたは……」

阿久津が口にすると、神部は凶悪な臭気を放った。

「あの女刑事が死んだ時、あんたは、どんな曲を奏でてくれるのかな？」

「彼女が死んだところで、私は何も変わりません」

阿久津は湧き上がってくる様々な感情を、全て押し殺して答えた。

「嘘を吐いても無駄だ。おれには聞こえるんだ。どんなに表情を誤魔化しても、あんたの心臓の音が聞こえる。とってもいい音色だ」

神部は飛び跳ねるようにして笑った。

歓喜に打ち震えているその様が、阿久津の心をざらつかせる。

「彼女は、既に真犯人に気付いている。あなたが、いくら策を弄したところで無意味です」

「まあ、そうだろうな。だからさ、キングが自ら出張ることにしたんだ」

「閉鎖病棟の中から、あなたにできることは何もない」

「それはどうかな。おれは、あんたとは違う」

「どう違うのです？」

「おれの治療は、もう終わったんだ。和泉のような真面目な精神科医を誤魔化すのは、本当に容易い。おれは、今日ここを出る」

神部が髪を掻き上げたあと、身体をぶるっと震わせた。

——何ということだ。

こんな危険な男を、病院から出すというのか。正気の沙汰《さた》とは思えないが、起こり得ることだ。

表面的に普通を装うことさえできれば、回復したと診断するのが医者だ。まして、神部は阿久津のように人を殺したわけではない。罪の重さが判断を左右している要因であることは間違いない。

「あなたは……」

「そうだ。言い忘れていた」

神部がずいっと顔を近付けて来る。

そのにやついた顔を見て、とてつもなく嫌な予感がした。

「前の時みたいに、あの看護師に助けを求めてどうにかしようなんて考えても無駄だぜ」

あの看護師とは、おそらく京香のことだろう。

この前は、京香を通じて大黒に連絡を取り、天海を保護するように依頼した。

「なぜ、無駄なんですか？」

「あの看護師、今日は休みらしい。それと、警備員の何て言ったかな――そうだ。石塚だ。あいつも一緒に休んでるんだ」

「………………」

「たぶん、二人とも二度と出勤しない。何でかって？　石塚が妄想の果てに、あの看護師を殺しちまったからだよ」

言い終わると同時に、神部は狂ったように笑い始めた。

冗談やフェイクではない。石塚は、ずっと京香に執着し、歪んだ欲望を抱き続けていた。

神部はそんな石塚を取り込み、けしかけたに違いない。

阿久津は、気付いていたのに何もしようとしなかった。その結果がこれだ。何もしないことで、一人の女性を死に追いやった。

いや、阿久津が殺したといっても過言ではない。

「これで、少しは危機感が湧いたか？　次は、誰が殺されることになるか、分かっているよな？」

「彼女に何かあったら、あなたを殺します」

阿久津が告げると、神部は耳の欠損した顔の左側を近付け、嬉しそうに笑った。

「籠《かご》の中から、どうやっておれを殺すんだ？」

神部の問いに、何も返せなかった。

閉鎖病棟の中にいては、神部を殺すことはできない。もちろん、天海を守ることも
――。

「いいね。いい音だ。だけどまだだ。最後は、悲劇的な幕切れである必要がある。そうでなければならない」

「…………」

「彼女が死なない唯一の方法を教えてやろうか？　お前が死ぬことだ。死んじまったら、おれは曲を作れなくなるからな」

「…………」

「もし、あんたが誰かの為に死ぬことができたら、殉教者なんだろうな。だが、あんたは死ねない。おれと同類。悪魔だからだ」

神部は、不愉快な笑い声を置き土産に、立ち去って行った。

床にこびりついた血痕が、現場の凄惨さを物語っている――。

7

大黒から朝宮京香が殺害されたという連絡を受け、永瀬は取り敢えず現場に駆けつけたものの、足を運んだところでどうなるものでもない。

京香と面識はあったが、親しい間柄でもない。それに、永瀬が捜査の担当をするわけでもない。

「来たか――」

大黒が声をかけてきた。

両手をポケットに突っ込み、ただじっとそこに立っている。まるで、興味が無さそうな佇まいだが、黒蛇と畏れられる程の人物が、ただ呆《ほう》けているというのはあり得ない。

「この事件も、特殊犯罪捜査室が担当するのですか？」

「そうなるだろう」

永瀬の問いに、大黒は少し考えるような間を開けてから答えた。

「しかし、被疑者も犯行動機も既に判明しているという話でしたが……」

さっき顔見知りの捜査員から聞かされた。

被疑者の名前は石塚恭一。京香と同じ病院に勤務する警備員だった。父が自殺未遂した時、病院の通用口で永瀬を締め出そうとしたあの男だった。

石塚は、兼ねて京香に想いを寄せていたようだが、彼女は一切取り合わなかったそうだ。

石塚の歪んだ欲望が、一気に爆発して殺害に至った。

犯人も動機も分かっているのだから、わざわざ特殊犯罪捜査室が出張ってくるような事件ではない気がする。

「あまりに都合がいいと思わないか？」

「何がです？」

「このタイミングで、阿久津を担当する看護師が死んだことだ」

言われてみれば、不自然な部分は確かにある。

京香は昨夜、阿久津の手助けをした。そして、その後、すぐに殺されたのだ。何かの意図を感じるのは事実だが、京香を殺したのは宮崎ではない。犯人も犯行動機も特定されている。

永瀬が、そのことを言い募ると、大黒は僅かに目を細めた。

「これは、あくまで私の仮説だ。信じたくないなら、聞き流してくれても構わない」

大黒はそう前置きをしてから語り出した。

「例の事件で殺害された島崎亜里砂と、朝日七実の二人は、一見すると接点がない。我々には理解できない動機をもった犯人による、猟奇的な犯行であることは間違いない。事実そうなのだろう」

「何がおっしゃりたいんです？」

永瀬は眉を顰《ひそ》めた。

大黒が何を言わんとしているのか、要点が掴めない。外気は冷たいはずなのに、じとっとした汗が背中に張り付く。

「接点がないからこそ、不自然だと言わざるを得ない」

「何が不自然なんですか？」

「犯人は、いったい何をもってこの二人をターゲットとして選んだんだ？」

「偶々、目に付いた二人だったのでは？」

「もし君が、本気でそれを言っているとしたら、警察官失格だと言わざるを得ない」

大黒の辛辣《しんらつ》な評価に、思わずぐっと息を詰まらせる。

確かに偶然というのは、あまりに短絡的だ。だが、今さら考えを変える気にはなれなかった。

「偶々という言い方は問題があったかもしれません。しかし、犯人は以前からターゲットを探していたと思われます。街で偶然見かけた二人に目を付けたのではないでしょうか？」

「二人の生活圏は離れている」

「複数の場所で、ターゲットを選別していたとは考えられませんか？」

「どうして、そんなことをする必要がある？」

「最初から複数の人間を殺すことが目的だったのでは？」

「君は、犯人がシリアルキラーだと思っているのか？」

永瀬の答え全てに疑問を呈する大黒のやり方に、苛立ちが募った。

まるで誘導されているような気になる。

「結局、何が言いたいんですか？」

遂に我慢できずに、荒い口調で言ってしまった。

大黒は気分を損ねるかと思ったが、それこそ我が意を得たりという風に、にやっと笑みを浮かべた。

「犯人は、別の誰かに誘導されて、二人を殺害した可能性があると考えている」

「誘導ですって？」

「そうだ。島崎亜里砂。朝日七実。それぞれに殺害されるべき理由があった。だが、そのまま殺害したのでは足が付くことになる。そこで、人間の頭部の皮膚を欲している人物にコンタクトを取り、その人物を誘導し、二人をターゲットにするように仕向けた――」

大黒の考えは、荒唐無稽としか言い様がなかった。

「つまり、人の皮を剝いでいる人物は、別の誰かに操られてターゲットを選別して、殺人を犯している——ということですか？」

「そうだ」

「そんなバカな……」

言うつもりはなかったが、思わず声が漏れてしまった。

「どうしてそう思う？」

「いや、そんなことあり得ないです……」

「あり得ないと考える根拠は？　不可能ではないはずだ」

「それはそうですが……」

事件をコントロールしている何者かがいるなんて、あまりに突飛過ぎる。頭では大黒の考えを否定しているのに、一方では心の何処かで受け容れてしまっている部分もある。

「朝宮京香の殺害も、同じ手法を使って行われた犯行だと私は考えている」

「石塚は、何者かに誘導されて殺害に及んだと？」

「そうだ」

大黒は自信たっぷりに言う。

「いったい誰がそんなことをするんです？」

「それが誰なのか、君にはもう分かっているはずだ」

「どういう意味です？」

そもそも、理性では大黒の考えを受け容れられていないのだ。その論拠に基づく犯人が誰かなど、見当もつかない。

「君もまた、犯人に誘導され、駒にされているのではないか？」

「何を……」

否定しようとしたが、途中で言葉を詰まらせた。

ぐわん、ぐわんと耳鳴りがする。耳の奥で犬が吠えた。何度も、何度も吠えた。

手の中の硬貨をぎゅっと握り締める。

唐突に分かってしまった。誰が事件を操っていたのか――。

「ところで、天海とは一緒ではないのか？」

大黒が急にこれまでとは異なる質問を投げかけてきた。

「いいえ」

永瀬は首を左右に振った。

天海とは顔を合わせていない。何となく顔を合わせ難い雰囲気になっている。朝日七実の死体発見現場で口論になったこともそうだが、昨晩、阿久津の言葉を聞かなかったことに対する後ろめたさもある。

あの時の判断は、警察官として決して間違いではなかった。閉鎖病棟に閉じ込められている殺人犯の指示に従うなど、あってはならない。

だが、それは結果として、天海を切り捨てる行為でもあった。

永瀬は、警察官として正しい判断をした――と自分に言い聞かせているが、もやもやとした感覚を拭うことはできなかった。

法や規則に縛られることで、救うことができない命があるというのは釈然としない。

「一つ、君に頼みたいことがある」

大黒の声で思考を遮られる。

「頼み――ですか？」

まさか、大黒の方から何かを頼んでくるとは思わなかった。

「そうだ。君を信頼しているからこそ、頼みたいことだ」

大黒は、何をもって永瀬を信頼できると判断したのだろう。いや、大黒の言葉を額面通りに受け取ってはいけない。

必ず裏があるはずだ。

「私にできることであれば――」

永瀬は、疑念を胸の内に押し込めながらそう言った。

8

天海は、ひとまず監察医である佐野の元を訪れることにした。捜査の糸口を摑む為にも、二人目の被害者である七実の解剖所見を聞いておきたいところだ。

それともう一つ。七実の所持品を借りることを考えていた。

犯人は宮崎ではない。だとしたら、いったい誰なのか？　残念ながら、今のところ、これといった手掛かりはない。

分かっていることは、犯人が人間の頭部の皮膚に異常なまでに執着していること。そして、頭部の皮膚を剝ぐ特殊な技術を持っているということだけだ。

自分一人で解決の糸口を見出すことができればいいのだが、今のところ阿久津に頼るしかないのが現状だ。

七実の所持品を阿久津に触れて貰い、彼が感知した記憶を手掛かりに捜査を進める。

何せ、既に二人の人間が殺害されている。いつ三人目の被害者が出てもおかしくない状態なのだ。

「失礼します」

ドアを開けたが、反応が無かった。

部屋の中にはピアノの曲が流れている。何処かで聞いたことのある曲だ。

誰もいないのかと思ったが、部屋の奥で人影が動いた。佐野の助手の美怜だった。作業に没頭しているようで、天海に気付いていない。

天海がドアをノックすると、美怜はようやく手を止めてこちらに顔を向けた。

「天海さん。気付かずに失礼しました」

「いいえ。佐野さんは、いらっしゃいますか？」

「すみません。今、少し出ています」

「分かりました。また改めます」

「いいえ。大丈夫です。二件目の事件の検死報告の件ですよね。資料を預かっていますから。どうぞ、お掛けになって下さい」

美怜に促され、天海は椅子に腰を下ろす。

「今日は、もう一人の刑事さんは一緒じゃないんですか？」

「ええ」

「そうですか……」

美怜が僅かに顔を伏せた。僅かだが、口調に落胆したような響きがある。

もしかしたら美怜は、永瀬に好意を抱いているのかもしれない。ただ、天海には関係のないことだ。

美怜は話をしながらもてきぱきと動き、天海に珈琲《コーヒー》を用意してくれた。

「インスタントですけど」

「ありがとう」

天海は、紙コップに入った珈琲を受け取り、一口飲んだ。

熱い珈琲を飲んだことで、思いのほか、身体が冷えていたことを実感する。

「二人目の被害者ですが、失血性のショック死だと思われます」

向かいの席に座った美怜が、そう切り出す。

「失血性――前回は、絞殺だったわよね？　殺害方法が変わったということ？」

「そのようです」

――なぜ、殺害方法を変えたのか？

疑問が浮かぶ。だが、問題はそこではないような気がした。

「頭部の皮膚が剝がされていた他に、外傷はあったの？」

「はい。手首と足首に擦過傷が確認できます。おそらく、ロープのようなもので、手足を拘束されていたと思われます。かなり暴れたらしく、肉が裂けるほどでした」

美怜の説明を聞き、天海の背筋が、ぞわぞわっと音を立てて震えた。

「犯人は、生きたまま被害者の皮を剝いだってこと？」

「その可能性が高いと思います」

美怜が苦しそうに答える。

生きたまま皮を剝がれるなど、どれほどの苦痛だったか、想像しただけでぞっとする。

「何てこと……」

「それから、これも預かっています」

美怜が証拠品袋に入ったネックレスを差し出して来た。

細い鎖の隙間に、赤黒い血痕が染み込んでいるのが分かる。おそらく、七実が身に付けていたものだろう。

「ありがとう」

受け取ったものの、天海はこれを阿久津に触れさせていいものか、迷いが生まれた。

彼が——阿久津が感知するのは視覚としての映像だけではない。その時被害者が味わった痛みも共有することになる。

苦しみ続ける彼の姿を、これ以上見ていることなどできない。

何だか目眩がしてきた。

「どうかしましたか？」

美怜が声をかけてくる。

「いえ。何でもないわ。それより、どうして犯人は二人目の時は、事前に殺害しておかなかったのだと思う？」

　天海が訊ねると、美怜は少し考えるような素振りをみせる。

「これは、あくまで私の個人的な意見ですけど……」

「何？」

「生きたまま皮を剝いだ方が、美しい状態を保てると思ったんじゃないでしょうか？」

「美しい状態……」

「はい。鯛《たい》の活《い》き作りってあるじゃないですか。あれって、〆る前と後で鮮度が変わってしまうんですよね。それと一緒です」

　言わんとしていることは分かる。だが、例えがあまりに無邪気で残酷だ。

「どうして、そんな酷いことを……」

　天海が口にすると、美怜は「そうですね」と同意の返事をした。

　僅かに俯いた彼女の表情が、なぜか少しだけ笑っているように見えた。

　動悸が激しくなり、さっきより目眩が激しくなる。

「でも、仕方なかったんだと思いますよ」

　美怜が静かに言う。

「仕方ない？」

「だって、皮を剝ぐ為には必要じゃないですか」

「何を言っているの？」

「大丈夫ですか？　天海さん、凄く顔色が悪いですよ」

美怜が天海の肩に手を置いた。

華奢《きやしや》でしなやかな手だが、同時に、酷く冷たかった。胃がむかむかする。地面が揺れている。

天海は、体勢を崩して椅子から滑り落ちた。

その拍子に、紙コップの珈琲が床に落下して、黒い染みを作る。さっきまで聞こえていたピアノの調べが、どんどん遠ざかっていくような気がした。

この曲――何処かで聴いたことがあると思っていたが、今になってようやく思い出した。神部が作曲したものだ。

「効いてきましたね。良かった」

美怜が安堵した声を上げる。

どうして、この状況で安堵しているのだ。なぜ、彼女は……そうか。珈琲。この中に、睡眠薬の類いを入れられたのだろう。

――誰が？

考えられるのは美怜しかいない。彼女が出した珈琲なのだから。

――でも、なぜ？

そもそも、美怜が単独でこんなことを考えたの？　佐野は、何かを知っていたのかもしれない。

だけど……ダメだ……思考が……。

9

阿久津は、椅子に座りじっと天井を見つめていた――。

面会を告げられた時、阿久津は歓喜した。このタイミングで面会を希望する人物は一人しかいない。

天海だ――。

彼女に直接警告を与えることができれば、状況は一気に改善する。

神部の企みを未然に防ぐことが可能だ。

期待して待っていたのだが、ドアを開けて入って来たのは、天海ではなかった。

「大黒さん――」

阿久津は、思わず立ち上がった。

大黒と顔を合わせるのは、阿久津が逮捕されて以来、初めてのことだった。

「久しぶりだな。元気そうで何よりだ」

大黒の言葉が本心なのか否か、阿久津には判断できなかった。

阿久津を特殊犯罪捜査室に引き抜いたのは大黒だった。だが、その結果が今の状態だ。彼の期待を裏切ったのかと思うと心苦しい部分がある。

「大黒さんもお元気そうで」

社交辞令的な挨拶《あいさつ》をすると、大黒が「座れ」という風に目で促した。

阿久津は頷いてそれに応じる。

「この病院の看護師が殺害されたことは、もう知っているな」

大黒が、開口一番そう切り出した。

やはり、神部の言葉はハッタリではなく真実だったようだ。彼女が死んだのは、阿久津の責任だ。

阿久津が、京香に仲介役を頼んだことで、彼女は命を奪われることになった。

いや。阿久津のせいで死んだのは、京香だけではない。彼女の兄もまた、阿久津のせいで命を落とした。

京香に触れた時に見えた記憶の断片。そこで首を吊っていた男。何処かで見たことがある気がしたが、判然としなかった。だが、京香が死んだという話を聞いたあと、唐突に思い出した。

彼女の兄は、ある事件の被疑者として警察に追われ、最終的に自ら命を絶った。だが、それは冤罪《えんざい》だった。

阿久津は、真犯人である武井を殺害したが、もっと早く気付いていれば、京香の兄が自殺するようなことはなかっただろう。

「それから、天海と連絡が取れなくなっている」

大黒の言葉は、死刑宣告に等しかった。

現在の状況下において、単に連絡を怠っているということはあり得ない。おそらく、天海に何かが起きていて、連絡が取れない状態になっているのだろう。

またしても、自分のせいで誰かが死ぬ。しかも、それが天海であるなど、到底許容できるものではなかった。

だが、いくら足掻いたところで、今の阿久津には何もできない。

これまで、閉じ込められていることに対して、さして不便だとは思っていなかった。自分のような人間は、外部と関わるべきではない。このまま、誰にも触れることなく、限られた空間の中で、朽ち果てていけばいいとすら思っていた。

だが――。

今は、この空間から抜け出すことを心の底から渇望している。

――本当に、それで解決するのか？

脳の奥から誰かが語りかけてくる。それは、おそらく、内なる自分自身の声だ。

神部が言っていた。止める手立てが一つだけある。それは、阿久津が死ぬことだ——と。

もし、神部が言ったように、阿久津が過去に行った殺人が、彼の内なる欲望を引き出したのだとしたら——それを止める手立ては、自分が死ぬことなのかもしれない。

「余計なことは考えるな」

大黒がぽつりと言った。

「余計なこととは、何ですか？」

「記憶を感知することができなくても、お前が今考えていることくらい分かる」

当てずっぽうに言ったのではなく、本当に大黒には阿久津の心の底が分かっているようだった。

少なくとも、そう思わせる眼力がある。

「お前は、多くの人間の命を奪ってきた。お前なりの正義があったのだろうが、どんな理由があろうと、人の命を奪うことなどあってはならない」

大黒が強い口調で言う。

「そうですね」

「お前は、その業を自ら背負った。野放しにすることで、新しい犠牲者が生まれることは、自分が殺したも同義だと思ったのではないのか？」

「はい」

「ならば、報いを受ける覚悟もあったというわけだ」

「もちろんです」

いつか、阿久津は裁きを受けることになるだろう。どんな理由であれ、人の命を奪ったのだから必ず罰を受ける。

「ならば、どうして逃げた？」

「逃げる？」

意味が分からない。阿久津は逃げたわけではない。自らの罪を受け容れる為に、天海に撃たれ、そして真実を語ったのだ。

その結果として、閉鎖病棟の保護室に閉じ込められることになった。

「今も尚、法の目を逃れ、のさばっている連中がいる。お前は、それを承知で、自らの苦痛から逃れる為に、全てを放棄して逃げたのだ」

「何がおっしゃりたいのです？」

「お前が受けるべき裁きは、こんなところに閉じ込められることではない。まして、裁判で死刑判決を受けるのとも違う」

「では、どんな裁きを受けるべきだと？」

「悪魔であり続けることだ。批難され、糾弾され、それでも尚、悪魔であり続けることこそが、お前に与えられた罰だと私は考える」

大黒が、そう言うとゆっくりと立ち上がった。

「私も、お前と同様、異様な存在感を放ちながら迫ってくるようだった。

大黒の声が狭い空間に反響したような気がした。

「言っている意味が分かりません」

「言葉にする必要はない。お前自身が感じればいい」

大黒は、そう言って手を差し出して来た。握手を求めているようだ。

手を伸ばしかけた阿久津だったが、躊躇いが生まれた。

黒蛇と畏れられ、常に二手三手先を読み、行動してきた大黒が何を考えているのか興味はあった。

だが、同時に、それを知ることが恐ろしいとも感じていた。この手を握った瞬間、阿久津はもう元には戻れない。そんな漠然とした不安に支配された。

それでも──。

阿久津は、ゆっくりと立ち上がると、大黒と握手を交わした。

肌とは異なる感触があった。

そうか──と大黒の意図を理解する。彼が、本当に見せたかったのは、自分の記憶ではない。

その掌に握るようにして隠した物体なのだろう。それが何かまでは分からない。だが、記憶が残留していた。

そこに残る記憶を感知しろということのようだ。

阿久津は、自らの中に流れ込んでくる禍々《まがまが》しい記憶に恐怖と戦慄を覚えた――。

10

美怜は白い箱形の建物の脇にある駐車場に入ったところで、車を停めた――。

この建物は、かつて内科の診療所だった。美怜の父親が経営していた、小さな診療所だ。三年前に亡くなってから、そのまま放置されている。

ここが、美怜の作業場となっていた。

亜里砂と七実の頭部の皮膚を剥ぐ作業を行ったのもこの場所だ。

美怜は、玄関に回り鍵を開け、観音開きの扉を開放したままの状態にしてから車に戻った。

セダンタイプの車のトランクを開けると、中には大型のキャリーバッグが収まっている。

天海が昏倒《こんとう》したあと、美怜は両手首を拘束具で固定し、キャリーバッグの中に押し込めた。

そのまま、キャリーバッグを引いて車のトランクに入れ、ここまで運んで来た。

トランクに入れる時が、かなり大変だったが、出す時の方が骨が折れる。美怜は、四苦八苦しながらキャリーバッグをトランクから引き摺り出す。

持つことができず、トランクからキャリーバッグが落下して、どんっともの凄い音を立てた。

別に割れ物ではないのだから、さほど気にすることはない。

もしかしたら、今の衝撃で目を覚ましたのでは――と思ったが、中から音は聞こえてこない。まだ眠っているようだ。

美怜は、キャリーバッグを両手で引き摺り建物の中に入った。

受付があった場所を通り過ぎ、その先にある診察室まで運ぶ。

何とかキャリーバッグを診察室の中に運び入れたところで、ふうっと一息吐く。

さすがに汗だくになっていた。

苦労はしたが、これで眼球というもっとも重要なパーツが手に入る。

視線を向けると、部屋の隅に置かれた椅子の上に、ちょこんと人が座っていた。身体はラバー製のものを使用しているが、顔は違う。

プラスチック製の骨格に、基本は七実の頭部の皮膚を被せてある。足りない部分は、亜里砂のもので補った。

色々と試したが、髪だけはどうしても上手くいかず、ウィッグを使用してある。

あとは、眼球を入れれば、完璧な顔が完成する。

人はグロテスクと言うかもしれないが、美怜はそうは思わない。これほどまでに、完璧な美は存在しない。

「そうでしょ。加恋《かれん》」

美怜は人形に向かって呼びかけた。

加恋と出会ったのは、高校の入学式のときだった。

美怜は、中学校を卒業するまで、友だちを作らず、自分の殻に閉じ籠もって過ごしていた。

元々、社交的ではなかったというのもあるが、小学校の頃、友だちだと思っていた子たちに、外見のことで悪口を言われるようになった。

以来、自分の顔に強いコンプレックスを抱き、他人の視線が怖くなってしまったのだ。

その日も、俯いたまま入学式に出席し、教室に入ってからも、何も喋らず、ただ黙っていた。

ちらっと隣を見ると、そこに座っていたのが加恋だった。

その横顔は、目を瞠《みは》るほどに美しかった。まるで、彼女自体が光を放っているように感じられた。

切れ長の目は、冷たさを宿しつつも、知的で品位があり、そして魅惑的だった。

美怜の視線に気付いたのか、加恋と目が合った。

慌てて、その視線から逃れようとしたが、どこまでも澄んだ瞳に吸い寄せられて、動くことができなかった。

これまでみたいに、「こっち見るなよ」とか、罵りの言葉を投げかけられるかと思ったが、加恋の反応は全然違った。

「綺麗——」

彼女は、そう言ったのだ。

「え？」

「美怜ちゃんでしょ。凄い綺麗な目をしてる。羨《うらや》ましいな」

加恋は、そう言って笑った。

最初、その言葉が信じられなかった。からかっているのかとも思った。だけど、加恋の目は真剣そのものだった。

困惑している美怜に、加恋は、「こういうときは、嬉しいとか、ありがとうって言えばいいんだよ」と教えてくれた。

それから、急速に仲良くなった。

美怜にとって、加恋は特別だった。自分の容姿を褒めてくれた美しい少女は、まさに女神だった。

加恋は、美怜に化粧の仕方を教えてくれた。髪のセットの仕方も、洋服の選び方も、全部加恋から教わった。

美怜は、加恋のなすがままだった。それは、さながら着せ替え人形のようだったが、美怜にとって何よりの喜びだった。

加恋好みの容姿になることこそが、美怜の生き甲斐《いがい》でもあった。彼女に、「綺麗」と言われる度に、天にも昇る思いだった。

二人の関係が、友人から親友に、そして恋人へと変化していくのは必然だったように思う。

美怜は加恋を愛し、加恋もまた美怜を愛してくれた。

本当に幸せだった──。

中には、美怜と彼女の関係を差別する連中もいたが、そんなものは気にならなかった。

いつまでも、二人で一緒にいられると思っていた。

だが──。

それは、唐突に終わりを迎えた。

加恋がウェルナー症候群を患っていることが発覚したのだ。

思春期の頃を境に、身体が老化していくという難病だ。皮膚や筋肉が老化し、やがては心筋梗塞などで死に至る。

加恋は、死に至るという現実よりも、自らの容姿が急速に老化していくことを悲観した。

美怜は、必死に慰めたが、彼女の心の傷を癒《い》やすことはできなかった。

二十代になる頃には、加恋の髪は全て白髪になり、皮膚は水分を失い、硬化してガサガサになっていた。

彼女は自分の顔を見られることを嫌い、塞ぎ込むようになっていった。

美怜は、何とか加恋を救う手立てを探そうと勉学に励み、医学部に進学した。医者になって加恋の病気の治療法を見つけようとしたのだ。

でも——間に合わなかった。

病気のせいではない。加恋が自ら命を絶ってしまったのだ。

あれほど美しかった加恋にとって、容姿が崩れていくのは、地獄の苦しみだったに違いない。

加恋を失ったことで、美怜は再び塞ぎ込むようになった。加恋と同じところに行きたいと考え、何度も自殺未遂を繰り返し、精神科に入院することになった。

そこで、先生と出会うことになった。

――先生は私に教えてくれた。

愛する人を失ってしまったのであれば、自らの手で生み出せばいいと。

生きる気力を失っていた美怜だったが、その言葉で自分のやるべきことを見つけた気がした。

美怜は、早速、加恋を作り始めることにした。

最初は等身大の人形を製作している業者に、加恋の写真を渡し、精巧な人形を作ってもらった。

しかし――。

外見は酷似していても、そこに生気はなかった。作り物であることが、誰の目にも明らかだ。

失意に暮れる美怜に、先生は新たなアドバイスをくれた。

顔だけでも、本物の人間の皮膚を使ってみてはどうか――と。

天啓を受けた気がした。

外見は同じなのに、人形に見えてしまうのは、その素材のせいだったのだろう。

さらに先生は、加恋を再現するのに適した人材を探し出し、教えてくれた。

そうして選び出したのが島崎亜里砂だった。

だが、彼女では失敗してしまった。上手く皮を剝がすことができず、ぼろぼろになってしまった。

先生は、そんな美怜を優しく慰め、新たに朝日七実を紹介してくれた。

そうして出来上がったのが、今、目の前にいる加恋だ。人間の皮膚を被ったことで、彼女の顔は、まるで生きているようだった。

完成は目前に控えている。あとは、眼球さえ手に入ればいい。

彼女の——天海の目は、加恋の目によく似ている。きっと、ぴったり嵌まるはずだ。

美怜は、改めてキャリーバッグに目を向ける。

ダイヤル式のロックを解除して、ゆっくり留め金を外すと、ごろんっと天海の身体がキャリーバッグから転がり出た。

今は瞼を閉じているが、その向こうには美しい眼球がある。

美怜は天海の瞼に手を触れようと、そっと手を伸ばす。が、次の瞬間、かっと天海の目が開いた。

間を置かず、天海は立ち上がり美怜に突進して来た。

美怜は、そのままもんどりうって倒れてしまう。その拍子に、作業台の上に置いてあったトレイが落下し、様々な器具がけたたましい音とともに散乱する。

気付くと、天海は美怜の上に馬乗りになっていた。そして、肘を美怜の喉の上に押しつける。

両手首は拘束具で固定してあるが、天海をキャリーバッグに入れるのに手こずり、足の拘束具を外してしまっていた。

──しまった。

この体勢は、圧倒的に美怜にとって不利だ。

もし、下手に抵抗すれば、天海は喉の上に置いた肘に、体重をかけてくるだろう。そうなれば、美怜は窒息することになる。最悪、首の骨が折れるかもしれない。

「まさか、あなただったなんて……」

天海は部屋の隅に置いてある、皮を被った人形を一瞥した。

聡明《そうめい》な彼女のことだ。きっとそれだけで、美怜の犯行動機を含めて、全てを悟ったのだろう。

──本当に忌々《いまいま》しい。

生まれながらに整った容姿を与えられただけでなく、頭脳も優れている。その上、この状況下において、眠ったふりを続けて美怜を油断させる冷静さも持ち合わせている。

こんなものを見せつけられたら、憎しみを抱かずにはいられない。

「ごめんなさい……。ごめんなさい……。私、こんなつもりじゃなかったの……」

美怜は、声を上げて泣いた。

天海は、複雑な顔で美怜を見下ろしたあと、喉の上に置いた肘を外した。

「本当に優しい女性――」

美怜は、床に落ちていたメスを手に取り、天海の太腿《ふともも》に突き刺した。

天海が悲鳴を上げて体勢を崩す。

美怜は、その隙に天海を押し飛ばして脱出に成功した。

天海もまた立ち上がろうとしたが、足の痛みからか片膝を突いた。だが、油断すればさっきの二の舞になる。

美怜は慎重に、だが確実に天海を殺すことにした――。

11

「ずいぶんと疲れているようですね――」

和泉がそう声をかけてきた。

一日一回の問診は、通常通りに行われることになった。正直、そんな気分ではないが、阿久津に拒否権はない。

「そうですね。ただ、それは先生も同じでは？」

阿久津が問うと、和泉は複雑な表情を浮かべながら、ふっと天井を仰いだ。

「朝宮さんのことは、もう聞き及んでいるのですね」

「はい」

阿久津は、そう応じつつ和泉の隣に目を向けた。

そこに京香の姿はない。代理の人間も用意できなかったのか、和泉一人だった。

「傷ましい事件です。石塚君が、朝宮さんに好意を抱いていることは気付いていましたが、職員の恋愛にまで口出しすべきではないと思っていました。それが、こんなことになるなんて……」

和泉は、ため息を吐いて自らの顔を両手で覆った。

「先生の責任ではありません」

阿久津は首を左右に振る。

「いえ。私の責任です。精神科医でありながら、石塚君の歪んだ欲望に気付きさえしなかったのですから」

「やはり、先生の責任ではありません」

慰めではなく、それが阿久津の本心だった。

和泉は気付いていなかったかもしれないが、阿久津は石塚がどういう類いの人間かを知っていた。

更衣室を盗撮して性欲を満たし、患者に日常的に暴力を振るうことでストレス解消をする。

自己中心的で、犯罪を犯す可能性を多分に秘めていることを知っていながら、それを放置していたのだ。

その結果として、京香が犠牲になった。

一年半前に逮捕されてから、自分の行いを悔やむばかりの日々だった。どんな理由があろうと、人の命を奪うべきではなかった——と。

自らの心の内には、殺人願望があったのではないかとすら思い始めていた。

だが——。

本当にそうだったのか？　知っていながら、何もしないという選択をした結果、人の命が失われることになった。

もし、阿久津が行動を起こしていれば、京香は死なずに済んだかもしれない。

無関心という凶器で、京香を殺したも同然だ。

「いえ。私は精神科医として失格です」

和泉はそう言ってから、改めて阿久津に目を向けた。

表面上は平静を装っているが、おそらく心の底は激しく動揺しているに違いない。和泉は、患者に寄り添う優しさをもった精神科医だ。

「阿久津さん。一つだけ聞かせて貰ってもいいですか？」

和泉が訊ねてきた。

「はい」

「前にも似たような質問をしたと思うのですが、阿久津さんは、人を殺した時、何を感じましたか？」

「え？」

「あまり適した質問でないことは分かっています。しかし、朝宮さんの事件があって、どうしても気になったんです。彼は――石塚君は、今、どんな気持ちでいるのか？」

和泉は、訊ねながら指先でくるくると万年筆を回す。

単なる好奇心で訊ねているのではないのだろう。おそらく、和泉は石塚を救おうとしているに違いない。

逃亡を手助けするとか、そういうことではなく、石塚の心を救ってやる方法を考えているのだ。

和泉のような男が、自分と同じ能力を持ったら、正しい使い方をしたのかもしれない。

「先生もお分かりだと思いますが、それは人それぞれです」

「まあ、そうですね」

人を殺す時に、全員が同じ感覚を味わうということはあり得ない。

「ただ、私の場合ということでお話しします」

「ええ」

「私は、人を殺す度に、自分も死んでいました」

「自分も死ぬ?」

「ええ。私は他人の記憶を感知することができます。もちろん、殺す時も、その相手の記憶を感知しています。だから、殺しながら自分を殺しているんです」

痛み、苦しみ、恨み、憎しみ、後悔、悲しみ——人を殺す時、あらゆるものが阿久津の中に流れ込んでくる。

それらを感じながら、阿久津は人を殺している。

切腹しているようなものだ。

「あなたは、そんな思いをしてまで、正義を成そうとした——」

和泉が唖然とした顔で言う。

「いえ。違います。私が成そうとしたのは、断じて正義ではありません」

「では、何です?」

「たぶん、復讐《ふくしゅう》だと思います」

阿久津を突き動かしているのは、常に怒りからくる復讐心だったように思う。理不尽に命を奪われた者たちの記憶に触れることでも、阿久津は記憶の中で死んでいる。

そのことに対する強い怒り——。

阿久津は記憶を感知することで、殺された者たちの亡霊になっていた。

そして殺された者たちの分身として犯人を追い続けてきたのだ。

「そうですか。復讐心ですか――なるほど。あなたを突き動かしているのは、正義感ではなかったのですね」

「がっかりされましたか？」

「いえ。そんなことはありません」

和泉は笑顔で手を払うようにして否定した。

その拍子に、彼の持っていた万年筆が床に落ちてしまった。普段なら、京香が拾うのだろうが、この場には他に誰もいない。

阿久津は立ち上がり、万年筆を拾うと和泉に手渡した。

12

――しまった。

天海が自分の過ちに気付いた時には、もう手遅れだった。

足をメスで刺され、立ち上がれない状態に陥っているのに対して、美怜はメスを手に、跪いている天海を見下ろしている。

しかも、美怜は距離を取っているので、さっきみたいな奇襲は難しいだろう。

拘束された両手首を何とか解きたいところだが、結束バンドなので、ロープやテープのように、強引に外すことは不可能だ。

部屋のドアまで走り、そのまま外に逃げることも考えたが、両手首を拘束されている上に、足に怪我を負った状態では、すぐに捕まるのがオチだ。

つまらない泣き落としに、まんまと引っかかってしまった自分の愚かさが情けない。

美怜の涙はとっくに乾いている。

「本当は、眼球だけ貰って、殺さないでおいてあげようと思っていたの。あなたは、とてもいい人だから」

美怜は呟くように言いながら、作業台の上に置いてある医療用のハンマーを手に取り、ヘッドの部分の感触を手で確かめる。

あんなもので殴打されたら、ひとたまりもない。

「ねぇ。私のことを、絶対に誰にも言わないって約束してよ。そうしたら、眼球を取るだけにしておいてあげるわ」

美怜が提案してきた。

そんな提案呑めるはずがない。警察官として、美怜の行動を黙認することなどできない。彼女は、これからも多くの女性の命を奪うかもしれないのだ。

それに、はいそうですか——と眼球を差し出すのもご免だ。

「わ、分かったわ。あなたのことは、誰にも言わない。眼球もあなたにあげるわ。だから、殺さないで……」

天海は、意思に反して懇願してみせた。

涙は出なかったが、それでも迫真の演技だったはずだ。

「あー。もう。本当にがっかり」

「え？」

「嘘吐いちゃったわね」

「嘘じゃないわ。私は……」

「だから、それが嘘だって言ってんの！」

美怜が叫んだ。

そこに真面目で、大人しかった女性の面影はない。仮面を捨て去り、剝き出しの感情を晒した顔だった。

「嘘なんて……」

「あなた、自分のこと全然分かってない。あなたみたいな人が、そんなに簡単に犯人の言いなりになるわけないじゃない。いくら上手に演技したって、これまでの言動と辻褄が合ってなきゃ意味がないのよ」

美怜の言う通りだ。屈するにしても、それ相応の段階がある。いきなり懇願したのでは嘘臭くなるのは当然だ。

——迂闊《うかつ》だった。

「こっちを油断させて、逃げる隙を窺うって魂胆だったんでしょ。言っておくけど、私は同じ過ちは繰り返さないから」

「どうするつもり？」

「あなたのことは、あんまり殺したくなかった。それは本当。でも、もうダメね。生かしておいたら、絶対にあなたは私を裏切るから——」

美怜は、がりがりと激しく髪を掻き毟る。

苛立ちが増幅して、自分でも抑えられなくなっているようだ。

「でも、眼球を取り出すのは、生きたままやりたいから、絶対に逃げ出せないように、手足の骨を砕いておくことにするわ」

美怜は、医療用ハンマーを素振りする。

風を切る音を聞いて、美怜は嬉しそうに唇を歪めて笑った。

単に目的の為に殺害をするという人間の目ではなかった。おそらく、美怜の中には、嗜《し》虐性《ぎやく》が潜んでいたのだろう。他人を痛めつけることで、喜び興奮する歪んだ欲望が——。

——どうして気付かなかった？

これほど歪んでいるのに、そのことにまったく気付かなかった。自分は、人の表面しか見ていなかったのかもしれない。

いや、それは天海に限ったことではない。

ほとんどの人が、他人の表面しか見ていない。表面さえ取り繕ってしまえば、裏の顔までは分からない。

誰もが、阿久津のように記憶を感知することはできないのだ。

「でも、困ったわね……手足を砕くのに近付いたら、いきなり反撃とかされそう。一回、頭を殴って気絶して貰った方がいいかしら？　でも、それだと大切な眼球が傷付いちゃうし……」

美怜はぶつぶつと言いながら、改めて作業台に目を向けると、大型の鉈《なた》のようなものを手に取った。

「これでいいか」

「何をする気？」

「本当は、生きたまま眼球を取り出したかったんだけど、無理そうだから、先に死んで貰うことにするわ」

美怜は鉈の刃をすっと指で撫でる。

指先がぱっくり割れて、そこから血が滴り落ちていく。

「じゃあね」

美怜が、大きく鉈を振り上げた。

こうなったら、足に痛みはあるが、一か八かで突進するしかない。鉈が当たる前に押し倒して制圧する。

覚悟を決めて立ち上がろうとしたが、やはり思うように足が動かなかった。

鉈が振り下ろされる。

もうダメだ——天海は思わず目を閉じた。だが、痛みはなかった。

「放せ！　放せ！」

美怜の叫ぶ声が聞こえた。

いったい何があったの？　目を開けると、美怜と男が揉み合いになっていた。状況は上手く摑めなかったが、これは好機だ。

天海は、動く方の足で美怜の膝を蹴った。

美怜がバランスを崩して倒れ込む。その隙に男が美怜から鉈を奪い、うつ伏せに押さえこんだ。

頭を打ったらしく、美怜はぐったりして動かなくなった。

「無事だったか？」

男が天海に声をかけてきた。天海が想像だにしていなかった人物だった。

「さ、佐野さん……」

「慣れないことをするもんじゃないな。あんたが助太刀してくれなかったら、こっちがやられてた」

佐野は苦笑いとともに口にする。

いや、助けられたのは間違いなく天海だ。佐野がいなければ、今頃、あの鉈で切り刻まれていただろう。

安堵するのと同時に、最大の疑問が浮かんだ。

「どうして佐野さんがここに？」

美怜の話では、佐野は外出しているということだった。それなのにどうして――。

「大黒さんに言われたんだ」

「大黒さんに？」

「ああ。あの人は、事件の状況から、犯人が医療関係者であること、そして、美に対して執着を持っていることに気付いていた。そこから、こいつを犯人だと絞り込んでいたらしい」

驚きはあったが、こうして説明されると納得できる点が多々ある。

冷静に犯人像を絞り込んでいけば、美怜に疑いを持ったはずだ。だが、兼ねて知っている人物だということで、無意識のうちに容疑者から除外してしまっていた。

相手が誰であれ、公平に疑いを持って行動する大黒だからこそ、いち早く美怜に行き着いていたのだろう。

「それで、どうして佐野さんを寄越したんですか？」

美怜に疑いを持っていたなら、警察官に対応させるべきだ。監察医である佐野を引っ張り出すべきではない。

「確証が無かったからだろ。だから、上司であるおれに監視させた。あとは、責任を取れって意味もあったんだろうな」

佐野が力なく首を左右に振る。

流石に、大黒もそんな風には考えないだろう。仕事上での不祥事ならまだしも、上司だからといって私生活での犯罪まで管理できない。そもそも、佐野は警察官ではないのだ。

それに、天海も美怜を見抜けなかった。

いずれにせよ、大黒が黒蛇と畏れられる所以《ゆえん》を、改めて痛感したような気がする。

13

精神医療研究センターの駐車場に車を停めた菊池は、運転席から建物のエントランスを監視していた。

大黒が病院に入るところは確認している。おそらく、阿久津と面会しているのだろう。いよいよ、待った無しの状況だ。

京香の殺害現場で、大黒は菊池が落とした集音マイクを手にした。

あの時、菊池は自分のものではないとシラを切ったが、その選択は間違いだったようだ。

大黒が、あれを阿久津の許に持ち込んだのだとすると、菊池のやったことが露見する。どうあっても、大黒の口を塞がなければならない。

しばらくして、大黒が病院のエントランスから出て来た――。

車で移動する可能性も考慮していたが、幸いにも大黒は徒歩で移動を始めた。菊池は、車を降りると、一定の距離を保ちながら大黒の背中を追いかける。

向こうは気付く素振りすら見せない。尾行が上手くいっているのだろう。いや、本当にそうだろうか？

もしかしたら大黒は、菊池に尾行されていることに、気付いているのかもしれない。

その上で、敢えてこちらの行動をコントロールしている。それくらいのことは、大黒ならやってのけそうだ。

だからといって尾行を止めるという選択肢はなかった。

大黒の背中を追いかけながら、菊池は気分が高揚しているのを感じた。

不思議だった。亜里砂の時も、七実の時も、心は死んだままだった。その命に無頓着《むとんちゃく》で、ただ作業をするように彼女たちを死に追いやった。

それは、菊池自身が手を下していないから——というのもあるが、それだけではない気がする。

これまで菊池は、自らの意思で誰かを殺したいと願ったことはない。

ただ、操り人形として指示されるままに動いてきた。心など、とっくに死んでいると思っていた。

ところが、大黒と接触したことで、そうした心境に変化が生まれた。

これから菊池がやろうとしていることは、誰かに指示されたものではなく、自らの意思で行うことだ。

大黒は、大通りを外れて路地を入って行く。

初めて来る場所なので土地勘はないが、大黒は明らかに選んで人気《ひとけ》のないところを進んでいるように見える。

まるで菊池を誘い出すかのように——。

仮にそうだとしても構わない。むしろ好都合だといえる。今さら、菊池に守るものなど一つもない。

ただ、大黒だけは自分の手で殺したい。

さっきまでゆっくりと歩いていた大黒だったが、急に歩調を速めて角を曲がった。

――気付かれたか。

いや、大黒はとっくに気付いていたはずだ。だとすれば、大黒が曲がった角の先が目的地なのだろう。

菊池は、逸る気持ちを鎮めながら、大黒の後を追って角を曲がった。

そこは廃墟となった工場の跡地だった。

鉄骨をトタン板で囲っただけの、直方体の簡素な建物があった。入り口のシャッターが開いていて、その向こうに大黒が立っていた。

こちらに顔を向けて。

まるで、菊池を待ち構えるように――。

「ここなら、誰にも聞かれることなく、話をすることができます」

建物の中にいる大黒の声が、あちこちに反響した。

やはり、大黒は菊池が尾行していることを承知していたようだ。

「私を待っていたと?」

菊池は敢えて、分かりきったことを訊ねてみた。

「ええ。その通りです」

「どうしてですか?」

「私は、あなたに訊きたいことがあった。あなたも、私に訊きたいことがあったのではありませんか？」

予想した通りだった。

黒蛇と畏れられるだけのことはある。実に狡猾な立ち振る舞いだ。

「私は、あなたに訊きたいことなどありませんよ」

大黒の手の内を探る為に惚けてみせた。

彼は、そんな菊池を見て、ふっと息を漏らすようにして笑った。見抜かれているというわけだ。

「まあいいでしょう。では、私の方からお話を伺っても？」

大黒が言う。

「もちろん。何なりとどうぞ」

菊池は答えながら歩みを進めて建物の中に入る。

周囲を観察してみたが、人の気配はない。だが、それは珍しいことではない。大黒は、常に一人で行動していた。

それは、内部監査室の時代から変わっていない。

大黒は誰も信じない。関わる人間の全てを疑い、決して心を開かない。同僚だろうが、部下だろうが、絶対に心の内を明かさない。

菊池と同類だ――。

だからこそ、菊池は大黒に執着したのかもしれない。

「私は、今回の一連の事件は、単純な無差別殺人事件だとは思っていません」

大黒が、淡々とした調子で口を開いた。

「前も同じようなことを言っていましたね」

「はい。二人の女性を殺害した実行犯は、間違いなく人間の皮膚に執着した人物です。しかし、その人物を操り、ターゲットへ意図的に誘導していた人物がいると私は考えています」

「何の為に？」

内心では、単独でそこまで推理を組み立てた大黒を讃《たた》えつつ、あくまで素知らぬ態度を取った。

「おそらく、島崎亜里砂と朝日七実は、知ってはならない秘密を知ってしまい、口封じの為に殺害されてしまったのだと思います」

「その根拠は何です？」

「まず、島崎亜里砂は、殺害された浅川由梨の友人でした」

「それは偶然でしょ」

「私は、そうは思いません。逮捕された浅川は、娘にＳＤカードの返却を迫っていました。それが殺害の原因になっています」

――なぜ、そのことを。

驚きで思わず口に出しそうになったが、慌てて飲み込んだ。

大黒がそのことを知っている理由は、単純明快だ。阿久津だ。他人の記憶を感知するという特異な能力を持つ男。

「そのSDカードには、何が入っていたんでしょうか?」

「それは、私にも分かりません。ただ、その中身を、知られては拙いと思った者たちがいるのでしょう」

「誰です?」

「おそらくは、警察の上層部ではないか――と」

大黒は、想像していた以上に深いところまで、事件を理解している。

「でも、それで島崎亜里砂が殺される理由にはなりませんよね?」

「それがなるんです」

「どうしてですか?」

「もし、由梨が死ぬ前に、そのSDカードを島崎亜里砂に預けていたとしたら?」

「なるほど。面白い推理ですが、何か証拠はあるんですか?」

「ありません」

大黒がきっぱりと言う。

「だったら……」

「それと、二人目の被害者である朝日七実――」

大黒は菊池の反論を遮るように、別の話を始めた。大黒は、訊きたいことがあると言っていたが、実際はただ自分の考えを菊池にぶつけるつもりのようだ。

「彼女は浅川の事件とは関係ありませんよね？」

「もちろん。彼女が殺害されたのは、浅川由梨とは別の理由です」

「どんな理由です？」

訊ねながらも、きっと大黒は、その真相を見抜いているのだろうという予感がした。

大黒は、わざわざ人のいない場所を選んで、菊池に自分の推理をぶつけているのだから、全てを看破しているに違いない。

「ホテルで不審死した小野。彼女が小野と一緒にホテルにいたことは、ほぼ間違いのない事実です」

大黒が語っていた名刺の一件が思い起こされる。

彼は、小野と七実の繋がりに気付いているし、物的証拠も保持している。

「それで」

「私は、彼女が小野を殺害したと思っています。検死の結果、小野の体内からは、違法薬物の成分が検出されています。それにより、心臓発作を起こしたと思われます」

「小野は殺されたと？」

「そうです」

「動機は何です？」

「小野は死ぬ前、警察上層部と、中国系マフィアの癒着を追っていました。かなり確度の高い情報を入手しただけではなく、証拠の写真も手に入れていたようです」

「その証拠が出てきたんですか？」

菊池が問うと、大黒は「いいえ」と首を左右に振った。

当然だ。証拠など出てくるはずがない。小野のスマートフォンもノートパソコンも菊池が回収しているのだ。

「証拠が出ていないなら、それが本当かどうか分かりませんよね」

「何も無いからおかしいんですよ」

「どういうことです？」

「小野のスマートフォンもパソコンも、全てが消えてしまった。これは、あまりに不自然なんですよ」

「不自然かもしれませんが、それと警察上層部の癒着とは関係ありませんよね」

菊池は戯《おど》けるようにして言った。

なぜか指先が震え、額にじっとりと汗が滲んだ。

「ただ、一つだけ面白いものが見つかりました」

「何です？」

「クラウドサーバーですよ。私や菊池さんのような年代からすると、あまり馴染《なじ》みがないかもしれませんが、最近はスマートフォンの画像データなどを、クラウド上に自動的にアップロードする機能があるんです」

「その写真を見たんですか？」

「いいえ。裁判所の書類待ちですが、小野のクラウドデータを確認したら、面白いものが見られるかもしれませんね」

「面白いもの？」

「ええ。梶浦警視総監と、中国系マフィアの癒着の証拠写真とか――」

大黒が僅かに目を細める。

どうやら、大黒は、既にこちらが逃げることができないところまで、手を回してしまっているようだ。

もっと早く、大黒の動きを封じておくべきだった。

特殊犯罪捜査室を解体した程度で、大黒の動きを封じられると考えた、梶浦の愚かさを呪うばかりだ。

「大黒さんの考えでは、朝日七実は、小野からそのデータを盗む為に、彼を殺害したということですか？」

「正確には、彼女は頼まれただけです。あなたに――」

大黒が、はっきりとそう言った。

そこまで見抜いているというのか。これは、本格的に逃げられない。諦めの気持ちが広がると同時に覚悟が決まった。

「証拠はあるんですか？」

菊池は、大黒に見えないように拳銃に手をかけながら訊ねる。

「今のところ、物証と呼べるものはほとんどありません。ただ、菊池さん。私の推理は当たっていますよね？」

「ええ。ほとんど正解です」

菊池は答えながら拳銃を抜き、その銃口を大黒に向けた。

少しは動揺するかと思っていたが、大黒は眉一つ動かさなかった。まるで、菊池の行動が予め分かっていたかのように――。

「もう出て来ていいぞ」

大黒が工場の奥に向かって声をかける。

錆《さ》び付《つ》いた大型の機械の陰から、一人の男が歩み出て来た。小山田の犬。内部監査室の永瀬だった。

彼は、手にスマートフォンを持ち、それを菊池に向けている。

今の会話を撮影していたということか。誰かの目に触れれば、かなり拙いことになる。

さっきの会話は、菊池の自供と同じだ。

「余計なことは考えない方がいいです。永瀬の持っているスマートフォンは、録画ではなくライブ配信です。本庁にいる小山田さんがリアルタイムで見ています」

大黒の言葉で、菊池の中にある何かが切れた——。

これで全て終わりだ。

高校生のあの日から、自らの生活を守る為に、あいつの言いなりになり、心を殺して操り人形として生きてきた。

自分は、いったい何を守ろうとしたのか、自分でもよく分からなくなった。

「菊池さん。拳銃を下ろして下さい」

大黒が拳銃を抜き、その銃口を真っ直ぐ菊池に向けた。

冷たく、蛇のような目に見据えられ、菊池は一瞬たじろいだ。しかし、ここまできて、簡単に捕まるわけにはいかない。

大黒は、冷静で頭の切れる男だが冷徹さはない。他人の命を奪うということに躊躇いがある。

いくら菊池に拳銃を向けたところで、決してトリガーを引くことはできない。

「いいえ。下ろしません」

菊池は、断言すると同時に拳銃のトリガーを引いた。

乾いた音とともに放たれた弾丸は、大黒の胸に命中した。

大黒は、拳銃を取り落とし、ゆっくりその場に倒れ込む。だが、それは演技かもしれない。

菊池は、大黒の許に歩み寄ると、落ちている拳銃を拾い上げた。

大黒の胸が僅かに上下している。まだ呼吸があるようだ。止めを刺しておいた方がいいだろう。

菊池は、奪った拳銃をポケットにしまいつつ、大黒の頭に銃口を向けた。

「大黒さん！」

永瀬が叫び声を上げながら突進して来る。

菊池は、舌打ちをしつつ、永瀬に向かって二発発砲する。

弾は当たらなかった。永瀬は走るのを止め、近くの物陰に隠れた。さらに、撃とうしたが、パトカーのサイレンの音がした。

——応援を呼んでいたか。

菊池は、踵《きびす》を返して走り出した。

何処に向かっているのか、自分でも分からなかったが、初めて自由を味わっているような気がした。

14

大黒が撃たれた――。

天海が、永瀬からその連絡を受けたのは、緊急逮捕した美怜を留置場に入れる手続きと怪我の治療を済ませ、特殊犯罪捜査室の部屋に戻った直後だった。

途中、大黒に何度も連絡を入れ、応答が無かったことを不審に思っていたが、まさかそんな大変な事態になっているとは夢にも思わなかった。

運び込まれたのは佐野のいる病院だという。

天海が駆けつけると、病院のエントランスのベンチに、項垂れるように座っている永瀬の姿があった。

白いシャツに血痕が付着している。

「大黒さんの容態は？」

天海が問うと、永瀬がゆっくりと顔を上げた。

蒼白《そうはく》とは、まさにこのことだった。

「病院に運び込まれた時には、既に心肺停止状態だったとか……」

「嘘でしょ」

「残念ながら、本当です。弾が心臓に命中したらしくて、手の施しようがなかったと、さっき佐野さんから……」

天海は、訳が分からずそこに立ち尽くした。

大黒には得体の知れないところがあった。部下として一緒に仕事をしていても、彼の考えはおろか、感情を読み取ることすらできなかった。

だが、だからこそ、死んだと聞かされても現実味が湧かなかった。

「いったい、どうしてこんなことに？」

疑問を口にすると、永瀬がスマートフォンを差し出して来た。

モニターには動画が表示されていた。まだ再生はされておらず、静止画で大黒と菊池の二人が映っている。

「大黒さんが撃たれる寸前まで撮影されています」

永瀬が説明を加える。

「どうして永瀬さんがこれを？」

「大黒さんに頼まれて、隠れて撮影していたんです。天海さんが捕まらなかったから、駆り出されたんでしょうね」

永瀬は喋りながら、指の上で硬貨を転がす。今は、その仕草を指摘する気にはなれなかった。

もし、自分が現場にいたら、大黒を死なせずに済んだのだろうか？　いや、そんなことを考えたところで意味はない。

もう起こってしまったことなのだ。

天海は、気持ちを切り替えて動画を再生する。

大黒と菊池が会話を始めた。その内容は、あまりに衝撃的なもので、最初は受け容れられなかった。

だが、動画の中の大黒の論調は、理路整然としていて筋の通るものだった。こうやって改めて聞くことで、天海自身納得する部分が多々あった。

同時に、自分はいかに一つの事件に振り回されていたのかを思い知らされた。

大黒は無関係と思われる事件を繋げ、事件の概要を浮き彫りにし、警察内にはびこる闇を暴いてみせたのだ。

ただ、皮肉なことに、それは阿久津の事件の再来でもあった。

かつて阿久津が逮捕された事件の時、警察の歪んだ権力構造が明らかになり、上層部は軒並み辞任に追い込まれた。

永瀬の父親も、その一人だった。

そうして、首をすげ替えた警察だったが、結局は、同じことが繰り返されたということなのだろう。

そして、その中心にいたのは警視総監の梶浦と、捜査一課の班長の菊池だったというわけだ。

大黒の死を悼む気持ちはある。本当であれば、悲しみに暮れたいところだが、今は悠長に感傷に浸っている場合ではない。

残された者として、大黒の遺志を継がなければならない。

「梶浦と菊池は、今どうなっているんですか？」

「梶浦さんは、既に身柄を確保されています。しかし、菊池は現在に至るも逃亡中です」

「分かりました」

天海は、スマートフォンを永瀬に返却した。

それを受け取りながら、永瀬は複雑な表情を浮かべた。

「一つ訊いていいですか？」

「何です？」

「天海さんは、大黒さんが、阿久津の事件の関係者の一人だったということを、知っていましたか？」

「関係者とは、どういうことですか？」

天海は首を傾げる。

「そうですか。知らなかったんですね」

「何の話ですか？」

「たぶん、天海さんは、阿久津の事件の資料を見返してはいませんよね」

「ええ」

永瀬の指摘した通り、天海は事件以降、阿久津の事件資料を見返すようなことはしていない。

振り返る勇気がなかったからだ。

資料を見返したりすれば、どうしても嫌なことを思い出す。阿久津に会いに行けば、結局思い出すのだが、それでも、意図的に避けていたのは事実だ。

「正直、警察内部でも気付いている人は、いないと思います。阿久津も分かっていなかった可能性が高いです」

永瀬の指の上で硬貨が転がる。

勿体《もったい》を付けた言い方だ。苛立ちが募るが、我慢強く次の永瀬の言葉を待った。

「阿久津が最初に殺したのは、刑事だった長谷部です。その理由は、自分で殺人を犯していながら、刑事という立場を利用して、無関係の笹川に罪を被せていた。それを知り、許せなかった――というものでしたね」

永瀬の指摘通りだ。

「その事件が、どうしたんですか？」

「大黒さんは笹川が殺したとされる、被害者女性の兄だったんです」

「え？　でも……」

「両親が離婚して、大黒さんは父方、妹さんは母方に付いたんです。ぼくの調べたところによると、大黒さんは独自に笹川の事件を調べていたそうです」

「そんな……」

「これは、ぼくの勘ですけど、たぶん大黒さんは、特殊犯罪捜査室を立ち上げる前から、阿久津が殺人を犯していることを、知っていたんじゃないんですかね？」

そうかもしれない。それは、充分にあり得る。

大黒の阿久津に対する評価は、最初から高かったし、事件後も色々と奔走したようだった。

「どうして、そんな話を今？」

「何ででしょう。自分でもよく分かりません。ただ、大黒さんは、阿久津の能力を有効活用する方法を、探っていたんじゃないかと思ったんです」

「今、それを考えても仕方ありません」

天海は毅然と言った。

永瀬の言う通りかもしれないし、そうでないかもしれない。いずれにせよ、今考えることではない。

自分にはやらなければならないことがある。

踵を返して歩き去ろうとしたところで、永瀬に呼び止められた。

「どちらに？」

「少し休みます。色々あったので……」

「そうですか」

何か追及されるかと思ったが、永瀬はそれ以上、何も言わなかった。

おそらく、永瀬もまた疲弊しているのだろう。ここ数日で、あまりに多くのことが起こり過ぎた。

だが、天海は本当に休むつもりなどなかった。

このまま黙って見ていることはできない。自分には、まだやらなければならないことがある。

「おい」

天海が病院を出たところで、声をかけられた。

佐野だった。

「佐野さん。どうしたんですか？」

天海が問うと、佐野は複雑な表情を浮かべながら俯いた。らしくない態度だ。何かあったのだろうか？

「あんたに、伝言がある」

佐野が呟くように言った。

「伝言？」

「そうだ。黒蛇からの最後の伝言だ。読んだら捨ててくれ」

そう言って、佐野はメモ用紙を渡して来た。天海がそれを受け取ると、佐野は足早に立ち去って行った。

――大黒の最後の伝言とは、いったいいかなるものなのか？

メモを開き、その内容に目を通した天海は、あまりの衝撃に声を上げそうになる。

そして、大黒の言葉の真意を悟る。

かつて大黒は、「天海には、自分の意思で選択して欲しいからだ」と言っていた。おそらく、今がそのときなのだろう。

天海は、自分の意思で選択しなければならない。

だが――迷いはない。自分がやるべきことは、もうとっくに定まっている。それは、予め決められていたことなのかもしれない。

メモをポケットに仕舞い、歩き出そうとしたところで、携帯電話にメッセージが入った。

差出人は不明だが、天海はその内容に戦慄した。

15

指先から血が滴り落ちていた――。

自分の血ではない。目の前にうつ伏せに倒れている女の血だ。

彼女の左の首筋が大きく裂けていた。皮膚と肉が捲れ上がり、そこから夥《おびただ》しい量の血が流れ出ていた。

べっとり血液が付着したままの両手で顔を覆った。血の臭いが鼻を刺激し、胃を収縮させる。そのまま、嘔吐しそうになる。

どうして、こんなことになったのか――いくら考えても分からなかった。

彼女が「子どもが出来た」と嬉しそうに語ってきたことは覚えている。それを聞いても、少しも嬉しくなかった。

それなのに、彼女は尚も語り続けた。

子どもを産みたい。二人の子どもだから、きっとかわいいに違いない。あなたも子どもは好きでしょ――。

それはきっと、彼女がおれの心情を悟ったが故の言葉だったのだろう。

いつまでも、何も語らないおれに彼女が言った。

「私産みたい。だからお願い」

懇願する彼女の顔を見て、嫌悪感が湧き上がった。

別に、好きでこの女と付き合っていたわけではない。ただ、自分を好きらしいことは分かっていた。性欲の捌け口としてちょうどいいと思っただけのことだ。

そんな相手と、未来の家庭など想像できるはずがない。

「おれは知らない。それは、おれの子じゃない」

そう言った途端、彼女の顔が豹変した。まるで、獣のように攻撃的な本能を剝き出しにして、何かを喚き散らした。

何と言ったのかは、よく覚えていない。

まるで、犬が吠えるように、きんきんと不快に耳に響いた。或いは、本当に近くにいた野良犬か何かが吠えたのかもしれない。

「うるさい！　吠えるな！　クソ女が！」

そう叫んだところまでは覚えているが、その先のことは、断片的な記憶しか残っていない。

気付いたら、彼女は首から血を流して、うつ伏せに倒れていた。

おれの手には血に塗れたナイフが握られていた。だが、自分の物ではない。おそらく、彼女のものだ。ナイフで襲われたから、やむなくやり返したのだ。そう自分に言い聞かせてみたが、心は少しも晴れなかった。

——もう終わりだ。

自分の人生は、予想だにしないかたちで終焉《しゅうえん》を迎えることになった。

耳の奥で犬の吠える声がした。いや、そうではない。これは、彼女の喚く声だ。死んで尚、おれを責め立てる。

「最悪の結末を迎えてしまいましたね」

背中から聞こえてきた声に、おれは思わず振り返った。

そこには、クラスメイトの姿があった。血に塗れた惨状を目の当たりにしながら、彼は花でも眺めるような穏やかな表情を浮かべていた。

「お前は……」

「非常に残念ですね。くれぐれも、冷静に話をするように忠告したのですが、逆上してしまったようですね」

彼は、彼女の骸を見下ろしながら言う。

「何の話だ？」

おれが問うと、彼は小さく笑みを浮かべた。口許は笑っているのに、その奥にある目は、酷く淀《よど》んでいた。

「彼女は、あなたの気持ちが離れていってしまうのではないか、と怯《おび》えていました。本心が知りたいとぼくに相談していたのです」

「何だって……」

「だから、ぼくは彼女に助言しました。妊娠をしたと彼に告げてみてはどうですか――と。そうすれば、本心を聞き出すことができるはずだと」

「お前！」

おれは、彼の胸倉を摑み上げた。

今の話が本当だとすると、彼女が妊娠したという話は嘘だったということになる。

こいつの入れ知恵のせいで、人生がめちゃくちゃになった。そう思うと、怒りが抑えられなくなった。

「どうしますか？　ぼくを殺しますか？」

「ああ。殺してやるよ。一人殺すも、二人殺すも同じだ」

「全然違いますよ。感情的に人を刺してしまったことと、それを目撃した人物をも殺害することとでは、罪の重さには雲泥の差があります」

「…………」

「ぼくは、あなたを助ける方法を知っています」

彼はおれの耳許でそう囁いた。

それは──悪魔の囁きだった。

菊池は暗がりの中で目を覚ました。

嫌な夢を見た。いや、違う。あれは夢ではない。菊池の高校時代の記憶の再現だ。思い出したくもない記憶──。

菊池が今いるのは、島崎亜里砂の死体が発見された公園の、管理事務所の中だった。

大黒を撃ち、逃亡した菊池の元に、あいつから連絡が入り、この公園に足を運ぶよう指示されたのだ。

指名手配されているだろうから、公共の交通機関を使うのは論外だ。

やむなく徒歩での移動になった。二時間ほどかけてようやく辿り着いたものの、あまりの疲労に耐えきれず、公園の管理事務所の鍵をこじ開け、中で休憩を取っているうちに眠りに落ちてしまったのだ。

菊池は身体を起こし、管理事務所の外に出た。

外は闇に包まれていた。

自分は、いったい何をやっているのだろう。いくら逃げようと、もう全てが手遅れだ。

あの会話を聞かれてしまった以上、どう足掻いたところで言い逃れできない。

そもそも、現職の警察官である永瀬の前で、大黒を撃っているのだ。犯罪者として逮捕されることは明白だ。

菊池は、好き好んで犯罪を犯したわけではない。

高校時代のあの日、クラスメイトの男は、菊池に罪を逃れる方法を耳打ちした。

それは、至極単純な方法だった。女の死体を山林まで運び、地中深くに埋めたのだ。

女が消えたことはすぐに騒ぎになった。

失踪《しっそう》事件として、菊池も警察官から事情を聞かれることになったが、待ち合わせをしていたのに、その場所に来なかったと説明した。

そして、彼が菊池の証言を補完し、アリバイも証明してくれた。

女は行方不明のまま捜索は打ち切りになった。悩みを抱える年頃の少女が失踪するというのはよくあることだ。

結局、事件はそのまま風化したが、菊池は彼に返せない恩を受けることになった。

発端は、彼だったのに、絶対服従の上下関係が生まれ、彼は菊池の主として君臨することになった。

警察官になったあと、菊池は主に指示されたことを忠実にこなした。

その内容は非合法なものばかりだった。主に従い、新たな罪を重ねることになった。最初は良心の呵責に苛まれた。だが、次第に感じなくなった。心を閉ざし、人形のように従い続けた。

その結果が、どういうことになるのか、痛いほど分かっていたのに、見えないふりをしてきた。

人間とはそういうものだ。

今、この瞬間の苦しみから逃れることができれば、何だってする。先のことまで考えない。

別に菊池に限ったことではない。

梶浦にしても同じだ。だから、安い脅迫に屈して、中国系マフィアなどと手を組むことになったのだ。

だが、その果てには必ず地獄が待っている。それが今だ――。

菊池は、死体発見現場である噴水の前に歩みを進める。あんな事件のあったあとだ。周囲に人の姿はない。

「来て下さいましたね――」

聞き慣れた声がした。

菊池が顔を上げると、そこには主がいた。

「呼び出したのはお前だろ」

菊池は吐き捨てるように言った。

威圧したつもりだったが、主は平然とそれを受け流した。

「そうでしたね。あなたには、失望しました」

主は静かに言う。

その言葉が、菊池の中で長年蓄積されてきた怒りを爆発させた。

「失望？　失望だと？　誰のせいで、こんなことになったと思っている！　お前のせいでおれは、全てを失った！」

「元々、何もなかったでしょ。あなたには——」

冷たい視線が身体に突き刺さる。

いや、これは視線ではない。雨だ。雨が降ってきたのだ。

みるみる勢いを増した冷たい雨は、菊池の服を濡らし、身体から体温を奪っていく。心が凍える。

「おれは、お前を許さない」

菊池は拳銃を取り出し、その銃口を主に向けた。

雨のせいで視界が悪いが、主との距離は五メートルと離れていない。トリガーを引けば、身体の何処かに当たるはずだ。

「そうですか。奇遇ですね。私もあなたと同感です」

「何？」

「操り人形なら、操り人形らしく、大人しく指示に従っていればいいのに、大黒とかいう刑事に固執したりするから、こういうことになるんです」

主の言う通りだとは思う。

菊池が、大黒と対峙しなければ、逃げおおせたかもしれない。いや、本当にそうか？違う。おそらく、その前から大黒は真相に辿り着いていた。

そうなった場合、主は菊池を切り捨てたはずだ。自分の存在が表面化しないように、口封じをしたはずだ。

そんなことはさせない。

菊池は、自分一人で罰を受けるつもりはない。主も道連れにしなければ気が収まらない。

「もういい。終わりにしよう」

菊池が告げると、主は何がおかしいのか声を上げて笑った。

「私を殺すつもりですか？」

「そうだ」

「残念。あなたは、一人で死ぬんです」

どんな時も、主は高圧的だったが、拳銃の銃口を向けられて尚、優位に立とうとしてい

ると は、愚かだとしか言い様がない。

「死ぬのはお前だ」

「いいえ。あなた一人です」

主に気を取られていて、菊池は背後に人が立ったことに気付かなかった。それが致命的だった。

気付いた時には、後ろから首にロープが巻き付けられる。

ロープで作られた輪が、ぎゅっと菊池の首を絞め上げる。ぎりぎりと音を立てて、首にロープが食い込んでいく。

外そうと抗ったがダメだった。

――クソ。誰が？

後方に視線を向けると、そこには見覚えのある顔があった。

京香を殺害した男――石塚だった。

おそらく、石塚は菊池と同じように、主に何か吹き込まれたのだろう。京香の殺害を無かったことにできるとでも言われたのかもしれない。

そうやって駒に仕立て上げた。

いや、そもそも石塚は、最初から主の駒だった。だから、京香を殺したのだ。

視界がぼやける。

それが雨のせいなのか、首を絞め上げられているせいなのか、分からなかった。

ただ、向かいにいる主が、微かに笑っていた――。

16

永瀬がその部屋に入ると、椅子に座っていた阿久津が顔を上げた――。

色々とあったので、もっと憔悴しているかとも思ったが、その表情は、穏やかだと感じるほどだった。

「来ると思っていました」

阿久津は、小さく笑みを浮かべながら言う。

「どうしてそう思ったんですか？」

「雨が――降ってきましたから」

阿久津は、そう言って窓の方に目を向けた。

暗くて外の様子は見えないが、窓ガラスに付着した雨粒ははっきりと見える。

「答えになっていません」

「そんなことより、座ったらどうですか？」

阿久津がそう促した。

何を考えているのか分からず、近寄り難い男。その印象は、警察学校の頃から何も変わっていない。

いや、違う。本当は、永瀬はずっと阿久津を畏れていたのだ。

「大黒さんが射殺されました――」

永瀬は、椅子に腰掛けたところでそう告げた。

少しは驚くかと思っていたが、阿久津は「そうですか――」と小さく呟いただけだった。

「大黒さんに情報を渡したのはあなたですね？」

永瀬が問うと、阿久津が眉を顰めた。

「何の話です？」

「大黒さんは、今回の事件の概要を看破していました。独自の捜査と推理によるものですが、それだけでは説明のつかない部分が多々あります。おそらく、大黒さんは、菊池の所持品をあなたに触れさせたはずだ。その記憶を感知して、大黒さんに伝えた」

「その通りです。私は、感知できる範囲のことを大黒さんに話しました」

「だとしたら、大黒さんが死んだのは、あなたの責任でもある」

「妙なことを言いますね。私は、ただ物から感知した記憶を伝えただけで、彼を殺したわけではない」

「それでも、こうなることは予測できたはずだ」

永瀬は、何をそんなに突っかかっているのか、自分でもよく分からなかった。

あまりに反応の薄い阿久津に苛立っているのか？　違う。きっと、何もできなかった自分に苛立っているのだ。

それどころか、今回の事件で、永瀬は足を引っ張った。

近くにいながら大黒を助けられなかったこともそうだが、最初から阿久津の能力を疑ってかかり、敢えて事件の情報を彼に隠匿もした。

そうしたことが巡り巡って、大黒の死を招いたといっても過言ではない。

「未来なんて、誰にも予測できません。それに、あなたは、私の能力を疑っているはずでしょ」

「何を今さら。本当は分かってたんだろ。ぼくは、ただ認めたくなかっただけだ。もし、あなたが記憶を感知できるなら、ぼくの秘密を知っていることになるから……」

喋りながら声が震えた。

警察学校時代、剣道の試合後に握手を交わしたとき、阿久津は言った――。

「あなたは見殺しにしたんですか？」

周囲の人間は、その問いの意味が分からなかっただろうが、永瀬だけは何のことだか理解した。

警察官僚だった永瀬の父は、仕事での横暴さを、そのまま家庭の中に持ち込む最低の男だった。

永瀬は、そんな父親が心の底から嫌いだった。警察官という職業も疎んでいた。

母は外見上、知的で凛とした印象のある女性だった。包容力もあり、常に永瀬のことを気遣ってくれていた。

そんな母が好きだった。

母は結婚前は音大に通い、プロのピアニストを目指していた。その影響もあり、永瀬は母からピアノを教わるようになった。

ピアノに没頭している時が、唯一嫌なことを忘れられる瞬間でもあった。

だが、永瀬が中学に入学したくらいから、母の様子がおかしくなり始めた。そこに存在しないはずの人と話し続けたり、急にヒステリックに暴れたりと、奇妙な言動が目立つようになった。

かと思えば、何時間も放心状態で、声をかけても返事をしないということもあった。

嫌がる母親を病院に連れて行くと、過度のストレスによるパニック障害だという診断が下された。

母親は寛容な人なのではなく、ただ耐えていただけなのだと、その時初めて知った。

通院するようになったが、母の症状は回復するどころか、悪化の一途を辿り、ヒステリックに騒ぎ立てる頻度が日増しに上がっていった。

仕事から帰宅した父と、ヒステリックになった母が口論を繰り返すようになった。それに呼応するように、飼っている犬が庭で激しく吠える。

騒音ともいえるその音は、永瀬の神経を逆撫でした。

何より、それが日常になりつつあるのが耐え難かった。二人の諍《いさか》いが始まると、永瀬は、母の部屋に入ってピアノに没頭するようにした。

ピアノの音を聞いていれば、そうした騒音もいくらか紛れるような気がした。

そんなある日、事件が起きた。

いつものように階下で口論していた父と母の声が、急にぴたっと止まったのだ。それから、何の物音もしない。

あまりに静かになったので、逆に奇妙だと思い、永瀬は部屋を出て階下に降りようとした。

だが、階段の下に父が立ち塞がった。

「何かあった?」

永瀬が訊ねると、父は少し考えるような素振りを見せたあと、「母さんが出て行った」と告げた。

それがすぐに嘘だと分かった。

なぜなら、父は永瀬の視界を隠すように立っていたが、それでも見えてしまったのだ。廊下に倒れている母の顔が——。

血に塗れてぐったりとしていた。

何があったのか、瞬時に悟った。言い争いを続けるうちに、父は母を、突き飛ばすか何かしたのだろう。

頭を何処かに強打し、動かなくなった。

「今から捜しに行くから、部屋に戻っていなさい」

父が強い口調で言った。

その目に宿る冷たい光に押され、永瀬は口を閉ざして部屋に戻った。しばらくして、父親は車で出かけた。階下に降りると、永瀬が見たはずの母の姿は、きれいさっぱり消えていた。

父が運び去ったのだろう。

本当は警察に通報するべきだったのに、できなかった。

単純に恐ろしかったからだ。あの時、階段で見た父の目は、殺意を孕んでいた。もし、余計なことを喋るなら、息子であっても保身の為に命を奪う——そんな目をしていた。

仮に、警察に通報したとしても、揉み消されていたに違いない。現に、母は数日後に死体となって発見された。

近くの山で足を滑らせ、滑落死したという扱いになった。

父が、その権力を用いて、捜査を誘導したのは明らかだった。そうなると、永瀬は余計に口を閉ざすしかなかった。

父の所業を封印したことで、永瀬は激しい罪の意識に苛まれた。だが、どうすることもできなかった。

そんな永瀬を責め立てるように、飼い犬が庭で更に激しく吠えるようになった。

それを聞く度に、永瀬は心を削られていくようだった。そして、ある日、遂に耐えられなくなり、自らの手で犬を撲殺して庭に埋めた。

父には逃げ出したと嘘を吐いた。

それが、永瀬に刻み込まれている記憶だ。決して、知られたくない記憶。もし、阿久津が触れることで記憶を感知できるのであれば、その事実を知っていることになる。

そんなことは受け容れられなかった。だから、永瀬は頑なに阿久津を否定した。

だが、それも限界だ。もう分かってしまった。阿久津は、永瀬の記憶を知っているのだ。警察学校のあの時から――。

「どうして、ぼくのやったことを知っていて、黙っていたんだ？」

ようやくそのことを問うことができた。

「卒業前に言ったことを覚えていますか？」

逆に阿久津の方が訊ねてきた。

忘れるはずがない。卒業の日、阿久津は永瀬の元にわざわざ足を運んで言ったのだ。

——大丈夫です。誰にも言いません。それは、あなたの記憶ですから。

あの言葉は、永瀬の中にずっと引っかかっていた。

「どうして、あんなことを言った？」

「あなたは、お母さんの事件の決着をつける為に、警察に入ったのですよね。それが分かったからです」

阿久津の真摯な視線が、永瀬に突き刺さる。

淀みのない真っ直ぐな意志。

おそらく、阿久津の信念は、あの頃から何も変わっていない。

だが、永瀬は違った。

阿久津が言うように、永瀬が警察に入ったのは、腐敗した組織を浄化させようと考えたからだった。

それが見捨てた母に対する、唯一の償いだと感じた。だが、いつの間にか組織に呑み込まれ、父の立場を利用するようにさえなっていた。

警察組織を変える為には、自分自身が上層部に食い込まなければならない。その考えは保身へと変わり、気付けば自分自身が忌むべき存在になっていた。

永瀬のやったことは、菊池と何ら変わらない。

そうか。だから、阿久津は先日、そのことを示唆するような発言をしたのだろう。

逃げてばかりだ。自分の弱さが、本当に嫌になる。

今になって思えば、永瀬は阿久津のそうした清廉さが許せなかったのだろう。それを認めてしまうということは、自らの弱さを認めるのと同じだったからだ。

だが、もっと早くに己の弱さを認めるべきだった。つまらないプライドがそれを拒んだ。

「これが、今のぼくの気持ちです」

永瀬は持っていた硬貨を阿久津に投げ渡した。

それを受け取った阿久津は、瞼を閉じてしばらくじっとしていたが、やがてふっと口許を緩めて笑った。

阿久津相手に、言葉はいらない。わざわざ苦痛を感じながら喋る必要もなく、自分の気持ちが伝わる。

これまでは、それを恐ろしいと思っていたが、今は煩わしさがない分、楽だとすら思った。

「私からも、一つ訊いていいですか？」

今度は、阿久津の方から訊ねてきた。

「どうぞ」

「どうして、このタイミングで、あなたは私のところに来たんです？」

「大黒さんに言われた」

「大黒さんに？」

「撃たれたあと、虫の息になりながら、大黒さんが言ったんだ。阿久津に会え——と」

永瀬が告げると、阿久津は得心したように大きく頷いた。

「そういうことだったのですね。あの人は、最後の最後まで策士ですね」

「策士？」

「ええ。おそらく、あなたに託したんです。ならば、私もあなたに託すことにします」

そう言った瞬間の阿久津の顔は、悪魔と呼ぶに相応しかった。

17

あの時と同じように、強い雨が降っていた——。

ただ、じっとりとした感覚はない。肌に突き刺さり、身体の芯から熱を奪うような冷たい雨だ。

その古びた教会は、闇の中に静かに佇んでいた。

一年半前——天海が阿久津を撃った場所であり、天海の運命を変えた場所だ。

扉の前に立ち、耳をそばだててみる。

音は聞こえなかった。だが、確実に誰かがそこにいる気配がある。

天海のスマートフォンにメッセージが入ったのは、三十分ほど前のことだった。その内容を確認した天海は、ただ戦慄した。


〈阿久津を助けたければ、一人で教会まで来て下さい〉


悪戯の類いではない。メッセージを送ってきたのは神部だろう。阿久津にゲームを持ちかけ、揺さぶりをかけ続けた男。

黙殺することもできたし、応援を呼んで教会を包囲することもできた。だが、天海は指示に従い、単身教会に足を運ぶという選択をした。

危険であることは承知しているが、神部が実際に阿久津の命を掌握しているとしたら——そう思うと、一人で足を運ばざるを得なかった。

天海はホルスターから拳銃を抜き、弾倉の弾を確認すると強くグリップを握った。

おそらく天海にトリガーを引くことはできない。阿久津を撃った時の記憶がフラッシュバックする。

あのとき、天海は結果として阿久津を撃ったが、それは彼の発した声に反応して、反射的にトリガーを引いてしまっただけだ。

相手が誰であれ、天海は他人の命を奪うことができない。それでも、拳銃を持っていれば、牽制くらいにはなる。

天海は、教会の重い扉を開けて中に入った。

冷たく重い空気で満たされていて、別世界に紛れ込んだような錯覚を覚える。

長い板張りの通路の先に祭壇があった。

そこに、人が立っているのが見えた。暗くて顔ははっきり見えない。それでも、左耳の欠損したその人相は、神部に間違いなかった。

「約束通り、一人で来たんだね。偉い、偉い」

神部は、そう言いながらぱちぱちと手を叩いた。

乾いた音が反響し、天海の鼓膜にざらついた感触を残した。

「神部さんですね」

天海は通路を歩き、距離を詰めながら問う。

「そうだよ。こうやって二人で会うのは初めてだね。天海志津香さん。でも、初対面ではない気がするよ。阿久津や永瀬が、あなたのことを話してくれたからね」

神部が薄気味の悪い笑い声を上げた。

惑わされてはいけない。永瀬はどうか分からないが、阿久津が神部のような男に、天海のことをペラペラと喋るとは思えない。

「あなたは、入院していたはずですよね？」

「退院したんだよ。先生が、もういいってさ。簡単に騙されてくれたよ」

資料によれば、神部は入退院を繰り返していた。その中で、医師を欺く術を身につけていったのかもしれない。

「阿久津さんに、何をしたんですか？」

天海が問いかけると、神部は何とも苦い顔をした。

「そんなに焦るな。あんたが、あいつのことを、好きで、好きで堪らないってのは分かったからさ」

「何を……」

「隠したって無駄だ。あんたの心臓が教えてくれる。ほら。また心臓が跳ねた。そんなにあいつに抱かれたいのか？」

神部は、欠損した左耳を天海の方に向ける。

天海と神部との距離は、五メートルほど離れている。鼓動の音が届く距離ではない。この男は、幻聴の症状があるのかもしれない。

「言っておくが、幻聴じゃない。おれは、たくさん聞こえちまうんだ」

神部が、天海の考えを見透かしたように言った。

「あり得ません」

「あれ? おかしいじゃないか。阿久津のように、他人の記憶を感知できる男がいるんだ。おれのような男がいても、不思議じゃないだろ」

それは、そうなのかもしれない。

阿久津を認めるのであれば、神部のことをあり得ないと否定することはできない。

「さて。何にしても、お楽しみはこれからだ」

神部はそう告げると、タブレット端末を取り出し、モニターを天海の方に向けて祭壇の上に置いた。

モニターには、暗い廊下の映像が映し出されていた。

静止しているのではなく、誰かがカメラを持って歩いているらしく、揺れながら前に進んでいる。

「これは何です?」

天海は、拳銃を持ったまますいっと神部に歩み寄る。

「リアルタイムのライブ映像だよ」

「ライブ映像?」

「そう。阿久津をどうしても殺したいって奴がいる。だから、そいつにカメラを付けたんだよ。ここは、閉鎖病棟の保護室が並んでいる廊下だ」

「なっ！」

「もちろん、素手で阿久津を殺そうとしたら、返り討ちにあっちまうかもしれない。だから、圧倒的に優位になるようにしてやったんだ。——持ってるものを見せてやれよ」

神部がモニターに向かって呼びかける。

すると、モニターに拳銃を持った男の手が映り込んだ。

「どうして拳銃なんか……」

「貰ったんだよ。菊池からさ。あっ、正確には違うな。菊池は死んだから、引き継いだってところだ」

菊池は、大黒を射殺して逃亡中だ。神部は、その菊池を殺害して、拳銃を奪ったということか？

「どうして、そんな……」

「だからさ。阿久津を殺す為だよ」

「そんなことはさせません。今すぐ止めさせなさい！」

天海は拳銃の銃口を神部に向けた。

だが、神部は動じることなく、ヘラヘラと笑っている。それだけでなく、両手を広げて天海に向かって歩み寄って来た。

「いいよ。撃ちたければ撃てよ」

神部が挑発する。

拳銃のグリップを握る手に力が籠もる。だが、トリガーにかけた指は、まるで石にでもなったように動かなかった。

「どうした？　撃たないのか？」

神部はさらに天海との距離を詰める。神部の左胸に銃口が当たった。それでも、やはり天海はトリガーを引くことができなかった。

この至近距離であったことが、天海を余計に躊躇わせた。

撃てば間違いなく、弾丸が神部の左胸を貫通する。即死は免れない。たとえ、危機的な状況であったとしても、他人の命を奪うということは天海にはできない。

その一線を越えられない。

拳銃を持つ手から、自然と力が抜けていく。

「やっぱり撃てない。残念。今撃ってれば、状況が変わったかもしれないのにな」

神部は、そう言うと天海から拳銃を奪い取ってしまった。

18

窓に雨が当たる――。

きっとあの雨粒は、たくさんの記憶を内包している。だが、それを誰にも伝えることなく消えていく。

ベッドに座った阿久津は、小さくため息を吐き、指で硬貨を弾いた。

くるくると回転した硬貨は、再び阿久津の手に戻ってくる。この硬貨には、永瀬の記憶が宿っていた。

彼がずっと持ち続けていた硬貨だ。長きに亘《わた》って、彼が抱えてきた苦悩と葛藤。それらが掌を通して阿久津の中に流れ込んでくる。

これまで、不確定要素であったが、永瀬なら役割を果たしてくれるに違いない。

再び硬貨を指で弾こうとしたところで、ドアの前に誰かが立つ気配がした。

――来たか。

阿久津は、覚悟を決めて硬貨を握り込んだ。

鍵の外れる音がして、ドアがゆっくりと開く。そこに立っていたのは石塚だった。

京香を殺害して、逃亡中の男――。

警備員の制服を着ていて、右手には拳銃を持っていた。警察官に支給される拳銃だ。誰かから奪い取ったのだろう。

胸のところには、小型のカメラが装着されている。

最近、アメリカの警察などで導入されているボディーカメラと同種のものだ。阿久津を殺す瞬間を、映像に収めるつもりなのだろう。

「ずいぶんとやつれましたね」

阿久津は、石塚に声をかけた。

頬はげっそりとこけ、顔色も悪い。髪は脂ぎってぼさぼさで、かつての過剰な威圧感はまったくない。

石塚は、不思議そうに阿久津を見ているだけで、何も答えなかった。目が虚ろで顔の筋肉も弛緩している。

――なるほど。

どうやら、石塚は完全に自我を失ってしまっているようだ。京香を殺害したことで、彼の中で何かが切れてしまったのかもしれない。

今は、ただ言われるままに動くだけの人形のような存在だ。

石塚は、しばらく突っ立ったまま呆然としていたが、やがてタブレット端末を取り出し、それを阿久津に投げて寄越した。

モニターに映っていたのは、神部の顔だった。

〈さあ。ゲームの続きをやろう〉

神部は、阿久津に向かって嬉しそうに声をかけてくる。録画されたものではなく、ネットで中継するライブ映像のようだ。

ちらりと石塚に目を向けると、彼の耳にはワイヤレスのイヤホンが挿してある。あのイヤホンで、神部が石塚に指示をしているのだろう。

「どんなゲームをやるつもりですか？」

〈まずは、これを見てくれ〉

鼻が付くほどにカメラに顔を近付けていた神部が、すっと身体を離した。

阿久津の目に飛び込んできたのは、教会の椅子に座らされている天海と、彼女に拳銃の銃口を向けている神部の姿だった。

身体が怒りで震えた。

〈うん。いい音だ。怒りの音色だ。強くて激しい怒りの音が伝わってくる〉

神部がざらついた声で笑う。

歓喜に震えているその様は、醜いとしか言い様がなかった。

〈ルールは簡単だ。今から、あんたに拳銃を渡す。それで、自殺してくれ。制限時間は十分といったところだな〉

「もし、制限時間内に自殺できなければ、どうなる？」

返答は分かっていたが、一応訊ねてみた。

〈この女の頭に風穴が開く。それだけだ〉

「…………」

〈正直、おれはどっちでもいいんだ。あんたが自殺するなら、その瞬間の絶望を曲にする。この女を見捨てるなら、あんたの強欲さを曲にするだけだ〉

このゲームを考えた人間は、何処までも精神が歪んでいる。どちらの選択をしたところで、必ず人が死ぬのだ。

〈あんたは、人の業を背負い闇に墜ちた悪魔だったのか、それとも欲望に駆られた殺人鬼だったのか――おれに教えてくれよ。そいつに、拳銃を渡してやれ〉

神部が告げると、石塚が持っていた拳銃を阿久津の方に投げて寄越した。

拳銃で石塚を撃って、閉鎖病棟から逃亡し、天海を救出するという方法も考えてみたが、すぐに断念した。

石塚が装着したカメラで、ライブ配信されているのだ。そんなことをすれば、天海は即座に殺される。

仮にカメラを誤魔化したとしても、神部は、制限時間になった瞬間に、天海を容赦なく殺害する。救出が間に合わない。

神部は、説得にも交渉にも応じる気はないだろう。

だとすれば、やることは一つだ。今さら、死ぬことを怖いとは想わない。阿久津は、本当は一年半前のあの日、天海に殺されるはずだった。

だが、生き延びてしまった。

惰性のように生き長らえただけに過ぎない。

自分の存在が、今の状況を生み出してしまった部分はある。ならば、自らの手で終わらせるべきなのだろう。

大丈夫。後は、彼が上手くやってくれる――。

19

「阿久津さん！　ダメです！」

天海は、モニターに映る阿久津に向かって叫んだ。

わざわざ言葉にしなくても、触れることがなくても、今、阿久津が何を考えているのか天海には分かった。

阿久津は死ぬつもりだ――。

それは、この瞬間だからこそ、急に思いついたことではないだろう。阿久津は、ずっと罰を受けたがっていた。死を望んでいたのだ。

だから、一年半前のあの日も、天海に自分を撃たせた。

彼は、最初から気付いていたのだ。相手が殺人犯だからといって、それを個人の判断で裁くことが、いかに愚かなことか。そして、自らの行いを悔いていた。

十字架を背負い続けながら、阿久津はこれまで生きてきたのだ。

だが、その考え方は間違えている。阿久津が罪を償うとしたら、それは死というかたちではない。

自分の能力を活かし、より多くの犯罪者を捕らえてこそ、その罪が赦《ゆる》される——。

少なくとも天海はそう考えている。

「バカなことは考えないで下さい。ここで、阿久津さんが死んで何になるんですか？」

天海が問いかけると、拳銃を持った阿久津が僅かに顔を上げた。

〈あなたを救う為です〉

「それこそ、意味がありません。この男が、神部があなたが死んだあと、私を生かしておくと思いますか？」

それくらいのことは、阿久津にも分かるはずだ。

神部のような男が約束を守るはずがない。阿久津が死んだのを見届けたあと、容赦なく天海を殺害するに違いない。

〈それでも、あなたを見殺しにすることなどできません〉

阿久津が静かに言った。

「いいねぇ。いい音だ。あんたらが奏でるのは、愛の曲だ。心に響く」

神部が鼻息を荒くしながら、天海に顔を近付けた。

阿久津は、絶対に死ぬ気だ。だとしたら、この状況を打破する方法は一つしかない。

天海が神部に突進して制圧する。

神部は拳銃を所持している。正直、勝ち目はない。それでも、可能性はゼロではない。

玉砕覚悟で突っ込めば、何とかなるはずだ。

「どうした。死ぬんだろ。早くやってみせろよ」

神部は、モニターに映る阿久津を挑発したかと思うと、いきなり天海に向けて拳銃を発砲した。

破裂音とともに放たれた弾丸は、天海の左の太腿に命中した。

美怜に刺された箇所だ。

強烈な痛みに、思わず椅子から滑り落ちてしまった。

どくどくと脈打つ度に血が溢れ、熱を持った痛みが天海を襲った。

この出血の仕方は、弾丸で動脈が傷付いたのかもしれない。早く止血をしなければ、失血死ということもあり得る。

〈止せ！　それ以上、彼女を傷付けるな！〉

モニターの向こうで阿久津が叫んだ。目が据わっている。もう覚悟ができているようだった。

――ダメだ。

やはり阿久津は死ぬつもりだ。そんなことはさせない。

足を撃たれたことで、状況は悪化しているが、それでも止める方法はある。右足一本だけだが、神部に飛びつくことはできる。そのまま、彼を引き摺り倒して制圧すれば勝機はある。

天海が射殺されることになるかもしれないが、そうなれば、阿久津は自殺を止めるだろう。少なくとも阿久津を救うことができる。

天海は痛がっているふりをしながら、体勢を変えて反撃の機会を窺う。

〈天海さん。バカなことを考えるのは止めて下さい〉

モニターの向こうから、阿久津の声が聞こえてくる。

きっと、天海が何をしようとしているのか悟ったのだろう。しかし、行動を止める気はなかった。

〈志津香――止めるんだ〉

今まさに神部に摑みかかろうとしたところで、阿久津が言った。

これまでとは違って、慈しむような優しい声だった。何より、初めて彼に名前を呼ばれた。

「阿久津さん……」

〈いいんだ。どのみち、私は裁きを受ける。それが、今だったというだけのことだ〉

「違う。阿久津さんは……」

〈聞いてくれ。きっと、大黒さんは、こうなることを予測していた〉

「え？」

〈大丈夫。あなたは生き残ることができる。安心して下さい。私は死ぬことになりますが、それは意味のあることだ。私の行いは残ります〉

――そういうことか。

天海は、ようやく阿久津の言わんとしていることを理解した。

「阿久津さん……」

天海が呟くのと同時に、阿久津は拳銃を持って立ち上がり、カメラに近付いた。彼の首から上がフレームアウトする。

〈グロテスクなものをお見せするのは、忍びないですから〉

言い終わるなり、モニターを通して銃声が轟《とどろ》いた。

バタッと音がして、阿久津が倒れる。

「本当に死んだか？」

神部が口にすると、カメラが倒れている阿久津に近付いて行く。

脳漿《のうしょう》が飛び散り、頭から血を流している阿久津の姿が映し出された。その凄惨な光景に、天海は思わず目を背けた。

「呆気《あっけ》ないな」

神部が呟くように言った。まさにその通りだ。阿久津は、葛藤し、苦悩することなく、まるで作業のように拳銃のトリガーを引いた。

最初から、そうすると決めていたのだろう。

彼は、やがて報いを受けることを承知で、犯罪者たちの命を奪ってきたのだ。その覚悟こそが、彼が悪魔たる所以だったのだろう。

「もっと愉しませてくれると思っていたのに、残念だよ。こんなにあっさり死なれたら、曲が完成しないじゃないか」

神部は、怒りをぶちまけながら、タブレット端末を投げ捨てた。

そのままの勢いで、天海に蹴りを入れる。何度も、何度も、「うるさい！」と叫びながら。

やがて、疲れ果てたのか、息を切らしながら改めて天海に拳銃の銃口を向ける。

「もういいや。最後に、美しい悲鳴を聞かせてくれよ」

神部の銃口は、天海の足ではなく、心臓に向けられていた。頭を狙わないのは、さっきの阿久津を見ているからだろう。

即死したのでは、愉しむことができないと思ったに違いない。

神部の指がトリガーにかかる。

天海は、真っ直ぐ神部を睨み付けた。

阿久津を信じる。彼の言葉が本当なのだとしたら、まだ生き残る可能性がある――。

そう思った刹那《せつな》、銃声が響いた。

神部が、驚いた表情を浮かべたまま、ゆっくりとその場に崩れ落ちる。

天海は彼が取り落とした拳銃を、すぐに奪い返した。

「天海さん！」

駆け寄って来たのは永瀬だった。

「どうしてあなたが……」

「阿久津から頼まれたんです。あなたを助けて欲しいと」

そうか。阿久津は、神部が、天海と阿久津にとって因縁の場所であるこの教会を使うことを読んでいたに違いない。

その上で、永瀬をこの場所に導いた。だから、天海が死なないと確信を持っていたのだろう。

でも、だとしたら、わざわざ死ぬ必要はなかった。永瀬の到着を待っていれば、それで良かったのに、どうして自らトリガーを引いたのか？

やはり、阿久津は死にたがっていた。

それこそが、阿久津の目的だったような気さえする。違う。阿久津の真意はもっと別のところにあった。

それに気付くと同時に、天海の目から止めどなく涙が溢れてきた――。

20

「そうですか――」

永瀬が事件の報告を終えると、小山田は極めて事務的な口調で答えた。

一連の事件で、多くの人が死んだ。被害者たちはもちろん、警察官でありながら、神部と共謀していた菊池も、大黒を射殺した後、島崎亜里砂の死体が放置されていた公園で、首を吊って死んでいるのが発見された。

そして、阿久津もまた、神部が仕掛けたゲームにより、自ら拳銃のトリガーを引くこととなった。

主犯格である神部は、永瀬の銃撃により倒れたが、その後、病院に運ばれ一命を取り留めた。

真相究明の為に、取り調べや現場検証が行われているが、神部の供述は支離滅裂で要領を得ない状態らしい。

それが詐病なのか、或いは事件をきっかけに精神を病んだのかは不明だが、再び精神鑑定にかけられる可能性が高いということだった。

そして、神部の指示により、阿久津の保護室に拳銃を持ち込んだ石塚もまた、自らの頭を拳銃で撃って倒れているのを、同僚の警備員の竹本が発見した。

阿久津と石塚は、すぐに救急車で搬送されたものの、佐野によって死亡が確認されることになった。

あれ以来、顔を合わせていないが、大黒と阿久津──二人の死亡報告書を立て続けに書くことになった佐野の気持ちを考えると心が痛い。

いや、何より気がかりなのは天海のことだ。

彼女が阿久津に想いを寄せていたのは間違いない。そして、阿久津は天海の為に自ら命を絶った。

この先、彼女はそれを引き摺りながら生きていくことになる。

永瀬などがそれを心配しても、どうにもならないことは分かっているが、それでも考えてしまう。

「大変な事件になりましたね。しかし、これで、警察も少しは風通しがよくなります」

小山田が呟くように言った。

梶浦のことを言っているのだろう。警視総監が、中国系マフィアと癒着していたばかりか、その証拠隠滅を菊池に依頼していたことが明らかになったのだ。

彼のそうした行動は、保身の為だけではない。浅川の事件に関しては、彼の会社を使って、マネーロンダリングをしていた事実が判明した。

権力者たちとつるみ、私腹を肥やしていたのだから救いようがない。

前に小山田が言っていた、巨大な組織には、必ず歪みが生まれるという言葉が、実感となって永瀬にのし掛かる。

「小山田さんは、梶浦さんの件を知っていたのですか？」

永瀬は、不意にそのことが気になり訊ねてみた。

「いいえ。梶浦さんの悪い噂は聞いていましたが、それはあくまで噂に過ぎませんでしたから」

「そうですか。次の人事は、どうなるのでしょうか？」

訊ねながら、永瀬は何となく察しをつけていた。

おそらく、梶浦の後任には小山田が就くことになるだろう。地の底まで失墜した警察の信頼を回復するのは難儀だろうが、小山田なら上手くやりそうな気がする。

「私には分かりません」

「小山田さんに回ってくるのではないのですか？」

「話は来ましたが、断りました」

「どうしてですか？」

「健康上の理由です。悪性の腫瘍《しゆよう》が見つかりましてね。かなり状態が悪い。私は、そう長くはないのですよ」

「そんな……」

小山田は、そんな素振りはおくびにも出さなかった。

「私のことはいいです。それより、君の感想をお聞かせ下さい」

自らの余命が短いことを語ったあととは思えないほど、穏やかな口調で小山田が言った。

阿久津が死んだ今、それは重要なことではない気がするが、答えないわけにはいかない。永瀬は、ふうっと息を吐いてから率直な感想を口にした。

「客観的に判断した結果、彼の能力は本物であったと思います」

「その根拠は？」

「先ほども報告した通り、記憶を感知していなければ、知り得なかった事実を、阿久津は証言しています。それに……」

「何です？」

「私個人の秘密も、阿久津は知っていました」

「そうですか。では、彼の能力は、真実だったのですね。大黒君は正しかった」

小山田が遠くを見るように目を細める。

かつての部下だった大黒に対して、心の内で何かを問いかけているかのようだった。

「ところで永瀬君。君にもう一つ頼みたいことがある」

小山田が改まった口調で言う。

「何でしょう？」

「君には、大黒君のあとを引き継いで欲しい」

「え？」

あまりに想定外の申し出に、永瀬は困惑せざるを得なかった。

「梶浦さんが、ああいうことになったことで、特殊犯罪捜査室の解体の話はなくなった。だが、大黒君が亡くなったことで、責任者不在という状況だ」

「し、しかし、私などには荷が重いです。役職も充分ではありません」

「安心したまえ。君は、今日付で警視に昇任する。それに部署を引き継ぐだけで、他のメンバーは全員異動になる。実質、君一人ということになるが、これから自分にとって、都合のいいメンバーを揃えればいい」

「現場の経験がありません」

「これから積めばいい」

小山田は有無を言わさぬ口調だった。

「どうして、特殊犯罪捜査室にこだわるのですか？」

「今回の事件を見ても明らかだろう。権力や組織に縛られない捜査機関が必要なんだよ。先の短い私の最後の頼みを聞いてくれるか？」

そういう言われ方をすると、永瀬に断る術はなかった。

――あなたに託したんです。

阿久津が言っていた言葉が不意に脳裏を過ぎる。もし、これが大黒から託されたことなのだとしたら、それはあまりに重い。

自分などに務まるだろうか？　不安しか浮かばなかったが、母に対する贖罪《しょくざい》の為にも、やらなければならない気がした。

「分かりました。謹んでお受け致します」

永瀬がそう言って立ち上がると、小山田に呼び止められた。

「お父上は、ご健在かな？」

不意打ちのような質問だった。

「いえ。亡くなりました」

父が死んだのは、あの夜の翌日だった。心臓発作で帰らぬ人となった。罪を償うことなく、一人で逝ってしまった。

「そうか。それは残念だ」

小山田のひと言には、様々な感情が込められているような気がした。まるで、全てを知っているかのようだった――。

永瀬は一礼してから部屋を出た。

ちょうど、タイミングよくスマートフォンに天海から電話が入った。永瀬は、電話に出ることをしばし躊躇った。

阿久津を失い、深く傷ついた天海にどんな声をかけていいのか分からなかったからだ。

「はい。永瀬です」

〈天海です〉

天海の声を聞くのは、あの夜以来だったが、想像していたより、ずっとはっきりとしたものだった。

何かを吹っ切ったようにさえ感じる。いつまでも、うじうじとしていた永瀬とは違う。

やはり、強い女性だ。

「怪我は大丈夫ですか？」

〈ええ。お陰さまで回復しました〉

「そうですか。それは良かった」

〈実は……永瀬さんには、お伝えしておこうと思って〉

「何をです？」

〈警察を辞めることにしました〉

「どうしてそんな……」

特殊犯罪捜査室のメンバーを自分で選任していいのなら、ダメ元で天海には声をかけようとさえ考えていた。

彼女が優秀な刑事であることはもちろんだが、違ったかたちで、彼女と一緒にいたいという不純な動機もあった。

〈既に手続きは済んでいます〉

天海を引き留めようかとも思ったが、止めておいた。

彼女の声には、強い覚悟が窺えた。散々、悩んだ結果として導き出した結論なのだろう。今さら、永瀬が何かを言ったところで、彼女の考えが変わるとは思えない。

「これから、どうされるんですか？」

〈決めていません。ただ、少し日本を離れようと思っています〉

日本にいれば、嫌でも阿久津のことを思い出す。気持ちの整理をつける為に、国外に行くのはいい選択かもしれない。

「そうですか。いつか戻って来るんですよね？」

〈まだ、そこまでは考えていません〉

「戻って来て下さい。あなたは、ここで終わる人じゃありません」

永瀬が言うと天海が小さく笑った。

彼女の笑った声を聞くのは、初めてだったかもしれない。電話の向こうで、猫の鳴く声がした。

〈ありがとうございます。またいつか――〉

そこで電話は切れてしまった。

永瀬は、しばらくスマートフォンを見つめていたが、やがて苦笑いとともにポケットにしまった。

天海は〈またいつか――〉と言っていたが、あれは社交辞令に過ぎない。おそらく、天海に会うことは二度とない。そんな気がしていた。

いくら永瀬が足掻こうと、意味はない。この先も、彼女の心の中には、阿久津が生き続けて行くだろうから――。

ポケットから硬貨を取り出そうとしたが、中には何も入っていなかった。

あの時、阿久津に渡したままになっていた。

永瀬は苦笑いを浮かべると、空想の中で鍵盤を叩き、曲を奏でながら歩き出した。

犬の鳴き声は聞こえなかった。

エピローグ

1

和泉は、車椅子に腰掛けたままワインを口に含んだ――。

膝の上に乗ってきた雌猫の頭をそっと撫でる。

オーディオから流れてくる、ピアノの調べが、和泉の気分をより一層昂揚《こうよう》させる。

神部は音で他人の心の声が聞こえるという妄想に取り憑かれた、空っぽの男だったが、彼の創造した曲だけは実に美しい。

警察は、神部に対して取り調べをしているようだが、彼からは何も得ることはできないだろう。

もうとっくに、彼の自我は崩壊してしまっている。

そう仕向けたのは、誰あろう和泉自身だ。その上で、彼を洗脳し、駒として利用した。

美怜や宮崎を操り誘導したのも、和泉だった。患者として、和泉の元を訪れた彼らの欲望を満たし、心の底にある衝動を刺激してやったのだ。

だが、美怜と宮崎の認識の中では、それをしたのは神部ということになっている。

だから、美怜と宮崎は、神部にそそのかされたと語るだろうし、神部もまた、自分がやったことだと供述するはずだ。

仮に、彼らが真実を語ることになったとしても、和泉に繋がる証拠は何一つない。

電話やメッセージの履歴も、全て神部名義のものを使用しているので、警察は神部主犯説に傾くはずだ。

和泉が、他人の心を操るということに興味を持ち始めたのは、高校生の時だった。

それまで退屈だったが、平穏で順調な人生が、突如として崩壊した。

高校に入学してすぐ、母に認知が低下するという症状が出るようになった。最初は、物忘れ程度だったが、次第に悪化し、病院で受診することになった。

若年性アルツハイマー型の認知症の可能性が高いという診断を下された。

全てを忘れ、自分が自分でなくなるかもしれない。その恐怖に耐えきれず、母は早々に首を吊って自らの命を絶った。

和泉にとって、母は凜としていて、どんなときも動じず、真っ直ぐに生きている人というイメージを持っていたのに、まさか自殺するとは、思ってもみなかった。

人の心の弱さを、まざまざと見せつけられたような気がした。同時に、自分が見ていた母の姿は、ただの虚像に過ぎなかったのだと知った。

母の死のすぐ後に、今度は和泉自身を不幸が襲った。

下校途中に、信号無視をした車に撥《は》ねられたのだ。一命は取り留めたが、脊椎《せきつい》を損傷して下半身不随の身体になった。

二度と自分の足で立つことができない。その先の人生を想像すると、否が応でも悲観的になり、正直、死ぬことを考えた。

母が陥ったのは、この心理なのかと妙に納得したりもした。

人は思い通りの未来が見えなくなると、絶望し、死を望むのかもしれない。

退院後、高校に戻ったが、明らかにこれまでとは景色が違っていた。

何の希望もなく、世界は灰色に見えた。全ての音がざらついていて、ただ存在しているだけで苦痛だった。

過剰に気を遣う、教師や友人たちの視線が煩わしかった。自分が、これまでと違うという現実を突きつけられたような気がして、日々苛立ちが募った。

楽しみなど何もなく、無気力に日々を過ごす中、思い通りに動かない自らの足を見つめ、改めて、母と同じように、自ら命を絶つことも考えるようになっていた。

そんな時、同級生の女子生徒から相談を受けた。

菊池と交際していた彼女は、彼の気持ちが分からないと思い悩んでいた。だから、妊娠したと嘘を吐くようにと言ってみた。

すると、彼女は忠実にもそれをそのまま口にしたのだ。

結果として、菊池と言い争いになった。そして、菊池は勢い余って、その彼女を殺害してしまった。

——面白い。

その一部始終を見ていた和泉は、真っ先にそう思った。

人を殺すのに道具や腕力は必要ない。言葉一つで、人は道を踏み外し、思いもよらない行動を取るのだと知った。

それは、和泉にとって何よりの娯楽となった。

あの事件の後、菊池を取り込み、彼に彼女の死体を埋めさせた。事件は発覚することなく、失踪ということでカタが付いた。

その少女が、思い悩んでいたことを多くの人が証言したことで、警察は家出したと都合よく解釈をして、早々に結論を下したのだ。

それから、菊池との共生関係が生まれた。いや、あれは共生ではない。菊池は、絶対服従をしていた。

和泉は、人間の心に興味を持つようになり、精神医学を学び始めた。

そこで得た様々な知識を駆使して、言葉だけを使って、他人の行動を操る実験を繰り返してきた。

ターゲットになる人間は、菊池が選んできた。

警察に入ったあと、彼は上層部に取り入り、証拠隠滅や火消しのような仕事を請け負うようになった。

菊池から、この世から消し去りたい人間の名前を報される。

和泉は、自分が操っている駒の中から、適任と思われる人物をピックアップして、ターゲットを抹消するように仕向ける。

美怜の事件などは、まさに和泉の典型的な手法だった。

だが、正直、それも飽きてきた。

そんな時に、彼の存在を知った。阿久津誠――。

他人の記憶を感知するという能力を主張し、犯罪者たちを殺害してきた男。これまでに、和泉が見たことのないタイプの人間だった。

人は誰しも自らの保身の為に生きている。それなのに、青臭い正義の為に、自らの身を犠牲にして殺人に手を染める。

是非とも、この男を研究したいと思った。

自分の手許に置き、その様子を観察することで、彼が本当に記憶を感知しているらしいことは分かった。

その特異な能力が、彼を悪魔たらしめたのか？　それとも、彼の元々の気質なのか。気になって仕方なかった。

だから、神部のような男をけしかけて、揺さぶりをかけてみた。

本当はもっと阿久津を観察したかったし、ゲームを愉しみたかった。だが、予期せぬ事態が発生してしまった。

阿久津が、和泉の万年筆に触れたのだ。

他の人間なら、別に気にするようなことでもないが、相手は触れることで他人の記憶を感知する阿久津だ。

和泉にとって、それは脅威に他ならなかった。

だから、阿久津には消えて貰うことにした。急ごしらえの策ではあったが、上手く機能したと思う。

何より、最後の瞬間に、阿久津という男が、どういう人物なのかを知ることができた。

彼は、おそらく英雄症候群だったのだろう。英雄的な願望や自己顕示欲が強く、誰かの犠牲になる選択を敢えてすることで、自己を満足させている。

だからこそ、天海の為に自らの命を絶ちさえしたのだ。

蓋を開けてみれば、つまらない男だったと思う。彼の中に、殺人欲求が眠っていた方が、よほど面白かったし、今後の使い道もあった。

ただ、愉しむことができたのは確かだ。

もう一口ワインを飲もうとしたところで、ふっと電気が消えた。

――何だ？

ブレーカーが落ちたのだろうか？　いや、そんなはずはない。ブレーカーに負荷をかけるほどの電力は使っていない。

にゃーっと鳴きながら、猫が膝の上から飛び降りた。

仕方ない。配電ボックスまで移動しよう――そう思ったところで、電気が再び点いた。

ほっとした和泉だったが、すぐに異変に気付いた。

すぐ目の前に男が立っていた。

「そ、そんなはずは……」

和泉は、呟くと同時に、己の愚かさを悟った。

自分は全てを掌握し、操っているつもりだった。だが、それは、所詮は人間の浅知恵に過ぎなかった。

目の前の男は微笑《ほほえ》みを浮かべた。

それは、まさに悪魔の微笑みだった――。

2

その部屋に足を踏み入れた瞬間、永瀬は充満する血の臭いに噎《む》せ返《かえ》った。

酷いのは臭いだけではない。

それは、これまでに見たことのない凄惨な現場だった。

天井から細いワイヤーが何本も垂れている。そして、そのワイヤーには、切断された人間の手足が結びつけられていた。

部屋の中央に置かれた車椅子には、胴体と頭だけになった男が座っていた。

その顔に見覚えがある。

精神科医の和泉だ。

「永瀬さん。首の裏を見て下さい」

部下である女性刑事が、ハンカチで口を押さえながら報告してきた。

永瀬は死体の背後に回り、首の裏を確認してみた。そこには、逆さ五芒星を象った傷が刻まれていた。

「そんなバカな……」

永瀬は、吐き気を覚えつつ死体から後退った。

が、何かが背中に当たり、進路を阻まれる。グランドピアノだった。その上に、猫が座っている。

この猫は、主人の惨状を理解しているのだろうか？

ふうっと息を吐いた永瀬の視界に、思わぬものが飛び込んできた。ピアノの上に五百円硬貨が置かれていたのだ。

「これは？」

「たぶん、被害者が置いたんじゃないでしょうか」

永瀬が問うと、さっきの女性刑事が答えた。

手袋を嵌めた手で、その硬貨を摘まんでみる。刻印されている製造年は、永瀬が以前に持ち歩いていた硬貨と一致していた。

——これは、阿久津に渡した硬貨。

「いや、そんなはずはない」

永瀬は即座に否定した。

同じ年号に製造された硬貨など、それこそ何十万枚とある。偶然の一致に過ぎない。そもそも、阿久津はもう死んでいるのだ。

——本当にそうか？

耳の奥で声がした。逆さ五芒星。永瀬が渡した硬貨。これらは、阿久津を指し示しているのではないか？

だが、佐野によってちゃんと死亡報告書が出されている。

――それは、正しいものなのか？

ここで、永瀬の中に、とんでもない推論が生まれた。佐野は、阿久津を崇拝していた。

彼なら、いくらでも書類を誤魔化すことができた。

阿久津を死んだことにすることも、可能だったはずだ。

――違う。

阿久津は、拳銃で頭を撃って死んだのだ。

それで生きているはずがない。だが、神部が使用していたタブレット端末を分析してみたが、彼が頭部を撃っている瞬間は映っていなかった。

阿久津が、頭を撃ったことを偽装したとしたら？

無理だ。彼は保護室に入っていたのだ。そんなことは、絶対にできないはずだ。

協力者でもいれば別だが――。

「竹本……」

永瀬は、その名を呟いた。

阿久津が倒れている現場に駆けつけ、救急車の手配をし、同乗したのが竹本だった。そして、後の捜査で分かったことだが、竹本は、石塚に殺害された京香の恋人だった。

恋人の敵を討つ為に、竹本が阿久津に協力したという可能性は？

竹本と阿久津は共謀していた。そして、竹本はその対価として、恋人の敵である石塚を射殺した。

筋が通る気がする。いや、違う。

「無理だ」

倒れたあとの阿久津は映像に残っている。

脳漿と血が飛び散ったあの惨状が、仮に特殊メイクのようなものだとしても、竹本一人でどうにかなる問題ではない。

他にも、協力者がいれば別だが、そんな人物はいるはずがない。

「いや。もう一人協力者がいる」

永瀬は思わず口にする。

大黒だ。彼の検死報告を書いたのも佐野だ。阿久津と同様に、書類上、死んだことにすることができた。

待て。大黒は永瀬の前で撃たれたではないか。

だが――。

菊池が使用した拳銃は、警察が標準装備している口径の小さいものだ。防弾ベストを身に付けていれば、死ぬことはない。

いくら何でも考え過ぎだ。あの時、大黒は胸から大量の血を流して……。

あの血が、血糊のようなものだったとしたら？

冷静になれ。確証がない。そもそも、天海はどうなんだ。もし、阿久津や大黒が生きているとして、天海を放置するはずがない。

――天海が知っていたとしたら？

それはあり得ない。彼女は阿久津の事件で傷付いたからこそ、日本を離れるという選択をしたのだ。

にゃー。

ピアノの上の猫が鳴いた。

そうだ。猫――。

天海と電話で話した時、背後で猫の鳴き声がした。彼女は猫を飼っていた。日本を離れるなら、猫をどうしたんだ？

「大丈夫ですか？」

女性刑事に声をかけられ、永瀬ははっと我に返る。

あまりに荒唐無稽過ぎる。そんなことはあり得ない。「ちょっと外に出る」気持ちを切り替える為に、永瀬は外に足を運んだ。

嫌な雨が降っている。

それでも、外の空気を吸うことで、幾分気分が紛れた気がする。

——警察は、大きくなり過ぎた、大きくならざるを得なかったのですが、そこに問題がある。

ふと、小山田の言葉が耳を過ぎる。

彼は権力にも組織にも縛られない、独自の捜査機関が必要だと口にしていた。それが、今永瀬が任されている特殊犯罪捜査室だと思っていた。

しかし、そうでなかったとしたら？

小山田が死ぬ前に創設しようとしていたのは、本当の意味で法の外にいる法の番人だとしたら？

その為に、永瀬を使って阿久津の能力の有効性を確かめさせたのだとしたら？

あり得ない考えが、次々と脳裏に浮かぶ。

——クソっ。

内心で毒づいたところで、ふと誰かの視線を感じた。

目を向けると、ヤジ馬に交じってこちらを見ている一人の男と目が合った。その男は、小さく笑みを浮かべたあと、永瀬に背中を向けると、そのまま雨の中を歩き去って行く。

ほんの一瞬だった。それに、距離も離れていたので確証が持てない。

だが、永瀬には、それが阿久津に見えた。

「そんなはずはない――」

口に出して否定しつつ、改めて目を向けると、男に寄り添うようにして歩く女の後ろ姿があった。

――あれは、天海ではないのか？

追いかけようとしたが、足を踏み出すことはできなかった。

ただ、降り続く雨を見つめるだけだった――。

【特別短編】

悪魔の予言者

1

苦しい――。

首に食い込んだロープが、ぎりぎりと気道を絞め上げていく。

何とかロープを外そうと爪を立てたが、付け爪が剝《は》がれただけで、ロープを外すことはできなかった。

意識が遠のいていく。

早く、何とかしなければ――。

そう思った矢先、どんっと背中を何かに押された。

一瞬の浮遊感のあと、衝撃音と共に意識が真っ暗な闇に吞み込まれた。


私が感知できた彼女の記憶は、そこまでだった。

目の前に横たわっている女性の死体から手を離し、私はゆっくりと立ち上がる。呼吸が乱れ、目眩《めまい》がした。

ふらふらとした足取りで死体から離れつつ、深呼吸を繰り返す。幾分《いくぶん》、気持ちが鎮まったが、それでも背中に痛みが残っている気がした。

「こりゃ自殺ですね」

刑事の一人が呟くように言った。

――違う。

私は心の内で否定する。

女性の死体は、自宅の吹き抜けになっている二階の柵に括《くく》り付けられたロープから、ぶら下がっていた。

一見すると、首吊り自殺のようだが、そうでないことを私は知っている。

私には、特異な能力がある。

触れることで、他人の記憶が見えてしまう。

いや、見えてしまうという言い方には語弊がある。映像として記憶を視認していることは間違いないが、それだけではない。

聴覚、嗅覚、味覚など――五感の全てでその記憶を感じ取る。それは、追体験ともいうべきものだ。

私が、さっき体感したものは、首を吊っている女性の死の間際の記憶――。

女性は、自らの意思で首を吊ったわけではない。

誰かに首にロープを巻き付けられ、絞め上げられた後に二階から突き落とされたのだ。

これは、自殺に見せかけた殺人だ。

だが、ここでそれを主張したところで、受け容れられない。誰も、他人の記憶を感知できるなどという話を信じないからだ。

だから、これが殺人であると証明する為に、客観的な証拠を見つけなければならない。

気持ちを落ち着けたところで、私は改めて現場を観察する。

現場となったのは、世田谷《せたがや》の閑静な住宅街の一角にある一軒家だ。

広い庭が設けられていて、陸屋根《りくやね》式の二階建ての瀟洒《しようしや》な邸宅で、普通の家なら三軒は入ってしまいそうだ。

被害者の女性は、真壁啓子《まかべけいこ》。三十六歳。

大手物流会社の社長令嬢で、会社の取締役に名を連ねている。

この家には、夫と二人で暮らしていた。夫は、事件当日出張で家を空けており、出勤してきた家政婦が死体を発見した。

家の鍵は全て施錠され、セキュリティー設備も正常に機能していた。つまり、第三者が侵入した痕跡がなく、密室だったということになる。

しかし、現場に啓子以外の人間がいたことは間違いない。それは、彼女の記憶が証明している。

彼女が犯人を見ていれば良かったのだが、背後から襲われているので、その相手が誰なのかは不明だ。

思考を巡らせていると、ふと突き刺さるような視線を感じた。

振り返ると、エントランスの隅にじっと立っている男と目が合った。痩せ形だが、異様な存在感のある男だった。

警察関係者で雑然とした空間の中、その男だけ浮き立っているように見える。

年齢は五十手前くらいだろうか。身なりや佇まいからして、警察官僚のようだが、見覚えがない。

もしかしたら、被害者遺族なのかもしれない。

阿久津《あくつ》の方から声をかけようとしたが、それを遮るように同僚の水野《みずの》が目の前に立った。

「予言者のお出ましか――」

水野は、冷やかすような笑みを浮かべている。

「その呼び方。止めて欲しいものですね」

「そう言うな。みな、阿久津に憧れているんだ。名誉な渾名《あだな》じゃないか」

水野が目を細める。

本心でないことは、明らかだ。私が〈予言者〉と呼ばれるようになったのは、事件の検挙率が高いからだ。

しかし、誰もそれを賞賛していないし、まして憧れを抱いてもいない。

本来警察は、市民の安全を守るのが仕事だ。誰が検挙しようが、その目的が果たされればそれでいいはずだ。

だから、私は警察官という職業を選んだ。

自分の能力を、もっとも有効活用できるのが事件捜査だと感じたからだ。

ところが、素直にそう考える者は少ない。犯人を逮捕することだけでなく、手柄を欲し、出世を望むのが組織で働く人間の性《さが》というものだ。

つまり、私に向けられた〈予言者〉という渾名は、蔑み、妬《ねた》み、嫉《そね》みといった感情の集合体に過ぎない。

特に、水野のようにプライドが高く、出世欲の強い男からしてみれば、私の存在は煩《わずら》わしいものなのだろう。

「本心じゃないでしょう」

「まあ、そうだな。とにかく、早々に引き揚げようぜ」

水野は軽い調子で言いながら、その場を離れて行こうとする。

「待って下さい」

「何だ？」

「あの人は、関係者ですか？」

私は、エントランスの隅に立つ小柄な男に目を向けた。

その途端、水野が苦い顔をした。

「ありゃ黒蛇だ」

「黒蛇？」

「ああ。内部監査室の大黒《おおぐろ》って警視正だ。しつこくて、ずる賢くて、陰湿だから黒蛇って呼ばれてるんだよ」

「どうして、内部監査室の人間が？」

「さあな。お前、何か目を付けられるようなことをしたんじゃないのか？」

水野は、そう言い残すと歩き去って行った。

正直、内部監査に目を付けられるようなことは、何一つしていない。むしろ、目を付けられるなら水野の方だろうが、口に出すことはなかった。

あの男の素性が分かればそれでいい。

私がやることは一つ。これは自殺ではなく、殺人であり、その犯人が誰かを突き止めることだ。

2

家から外に出ると、雨が降っていた——。

霧のような雨が舞っている。

軒下には、制服警官と話をしている男女の姿があった。男の方は、啓子の夫である武昭《たけあき》だ。そして、女の方は秘書の真美《まみ》だったはずだ。

私は、二人の許《もと》に歩み寄って行く。

「捜査一課の阿久津です。一つだけ確認させて頂いてよろしいでしょうか？」

「何でしょう？」

武昭は、神妙な顔で答える。

目が充血している。泣き腫らしたように見えるが、悲しくなくても涙を流す方法は、幾らでもある。

「出張に向かわれる前、奥様にふだんと変わった様子はありませんでしたか？」

「いつもと、変わらないように感じました。まさか、こんなことになるとは……」

武昭が無造作にジャケットの袖で目を拭《ぬぐ》った。

おそらくは演技だろう。この手の男は、言葉で幾ら追及しても、決して尻尾を出すことはない。

「ありがとうございました。ご協力感謝します」

私は、会話を早々に切り上げて、武昭と握手をした。肌が触れると同時に、彼の記憶が流れ込んできた。

断片的なものではあったが、それでも、今の接触で多くのことが分かった。

武昭が出張に行っていたというのは、嘘《うそ》ではない。だが、知っていた。妻が自殺に見せかけて殺害されることを。

むしろ、それをけしかけたのは武昭自身だ。

ただ、それを問い詰めたところでシラを切るだけだ。まず、落とすべきは、今回の事件の実行犯だ。

「すみません。もう一つだけよろしいですか？」

「何でしょう？」

「この家は、シリンダーキーの他に、セキュリティーを解除する為のカードキーを使用していますよね」

「はい」

「外部からの侵入は、不可能という訳ですね」

「そうです」

「その鍵を見せて頂いてよろしいですか？」

有無を言わさぬ調子で言うと、武昭は戸惑いつつもシリンダーキーとカードキーを差し出してきた。

私は、白い手袋を嵌《は》めてそれを受け取ると、すぐに近くにいる鑑識を呼び寄せ、指紋を採取するように指示をした。

武昭は、ようやく私の意図を察したらしく、驚きの表情を浮かべたが、もう手遅れだ。

ただ、これだけでは証拠が弱い。

私は再び家の中に戻ると、啓子の死体の許に足を運んだ。

今、まさに運び出されようとしているところだったので、慌ててそれを制止した。

「少し、確認したいことがあります」

私は改めて死体の手を摑み、その指先を丹念に観察する。

小指の付け爪が剝がれていた。ロープを外そうと抗ったときに、外れてしまったのだろう。

私は、密かにある作業を済ませると、待ってくれたことへの礼を言ってから、その場を離れた。

これから、私がやろうとしていることは、明らかな違法行為だ。だが、正常な捜査では、真相を暴くことはできず、啓子の死は自殺として処理されるだろう。

それはあってはならないことだ。罪を犯した者は、裁きを受けなければならない。

再び家を出ようとしたところで、大黒と目が合った。

内部監査室に籍を置き、黒蛇と畏《おそ》れられる男は、まるで私の全てを見透かしているようだった。

大黒の視線を振り切るように外に出ると、すぐに水野に声をかけられた。引き揚げたとばかり思っていたが、まだ残っていたようだ。いや、呼び戻されたのかもしれない。何れにせよ好都合だ。

「ちょっといいか？」

水野が、ついて来いという風に目配せする。私は、それに素直に従って歩き始めた。

3

水野に連れられて来たのは、エントランスの脇にあるリビングルームだった。

床はエントランスと同じ大理石で、十人は座れそうな大きなテーブルが置かれていて、その奥にはアイランドキッチンがあった。

外に面した壁一面がガラスになっていて、雨によって水玉模様が作られている。

「自殺でカタが付いてるんだ。あまり引っ掻き回すなよ」

水野は、ガラスに付着した水滴を見つめている。

「別に引っ掻き回しているつもりはありませんよ」

私の答えに納得していないらしく、水野は露骨に表情を歪《ゆが》める。

「鍵やセキュリティーカードの指紋を採取するように、鑑識に指示しただろ」

それを知っているということは、やはり水野は武昭と繋がっているということだろう。

「一応、確認の為です」

「その必要はない。これは自殺で、武昭にはアリバイがあるんだ。鑑識にも、必要ないと伝えておいた。とにかく、これ以上、掻き回すのは止めろ」

水野は、それだけ言うとリビングから出て行こうとしたが、私はその進路を塞ぐように立った。

水野が睨《にら》み付けてくるが、その奥には怯《おび》えが見え隠れしている。

「指紋採取は、もう終わっています」

私は、ポケットの中から簡易式の指紋採取キットを取り出した。セロファンを使って、指紋を写し取るだけなので、手間はかからない。

「お前……それを寄越せ」

「それはできません。私の推測が正しければ、セキュリティーカードには、あなたの指紋が残っているはずですから」

それが、どういう意味なのか、水野にも分かるはずだ。

武昭と水野は、共謀して啓子を殺害した。

とても単純な事件だ。武昭は出張に出る前、水野に会い、鍵とセキュリティーカードを渡した。

それを受け取った水野は、堂々と正面玄関から家に侵入し、啓子の背後から近付き、首にロープを巻き、絞め上げた。

ただ、そこで殺害はしなかった。

意識が朦朧《もうろう》としたところで、ロープの端を二階の廊下の柵に括り付け、彼女をそこから落としたのだ。

そうすることで、自殺を偽装できる。

犯行後は、何処かで待ち合わせをして、武昭に鍵とセキュリティーカードを返せばそれで終わりだ。

水野は、内部から自殺説を強く主張し、警察の捜査を誘導した。

仮にバレそうになっても、それを揉み消すつもりでいたのだろう。だから、私をここに呼び出した。

おそらく、水野は私が真相に辿り着いているとまでは思っていなかったのだろう。

ただ、圧力をかけて、揉み消しを図ろうとしていただけだ。

「どうして、隠していたんですか？」

呆然としたまま何も答えない水野に、そう問い掛けた。

「隠す？」

「あなたと武昭さんは、古くからの友人だった。それだけではありません。あなたは、武昭さんから金を借りていますよね」

それこそが、水野の犯行動機だろう。

水野は、内部監査から目を付けられるほど、金にルーズな部分があった。そうして重ねた借金の返済を、昔からの友人である武昭に肩代わりしてもらっていた。

一方の武昭は、妻である啓子の存在が邪魔だった。

婿養子《むこようし》に入ることで、大企業の専務取締役の座に就いた武昭からしてみれば、結婚は出世の手段であり、そこに愛情はなかった。

外に愛人を作り、自由に振る舞っていたが、やがて啓子にそのことを知られ、離婚を切り出されることになった。

そうなれば、武昭は全てを失う。水野からしても、それは望ましいことではない。金づるを失うことになるのだから——。

お互いの利害関係が一致したことで、今回の犯行が生まれたというわけだ。

「いつ、そんなことを調べたんだ？」

水野が驚愕の表情を浮かべたまま訊ねてくる。

「私は、他人の記憶を感知することができるんです——と言ったら、信じますか？」

そう告げると、水野は声を上げて笑った。

「バカバカしい。そんなことあるわけないだろ。だいたい、おれと武昭が、友人だったら何だっていうんだ？　隠していたわけじゃない。私情を挟むべきではないと考えて、口に出さなかっただけだ」

「見苦しい言い訳ですよ」

「何とでも言え。だいたい、鍵やセキュリティーカードから、おれの指紋が出たからといって、何の証拠にもならない。おれと奴は友人だ。鍵やカードに触ったことくらいあるさ。お前が何と言おうと、これは自殺なんだよ」

あくまでシラを切り、事件を揉み消すつもりのようだ。

落胆はなかった。水野の性格から考えれば、こういう反応になるのは想像がつく。だからこそ、私も奥の手を用意している。

「証拠は指紋だけではありません」

私は、ポケットから証拠品袋を取り出した。

その中には、被害者の付け爪と髪の毛が一本入っている。

「何だそれは？」

訊ねてきたが、わざわざ説明するまでもなく、水野にも分かっているはずだ。

「これは、被害者の付け爪と、そこに絡みついていた髪の毛です。おそらく、犯人と揉み合っているときに、付け爪に髪の毛が引っかかったのでしょう。この毛髪をＤＮＡ鑑定すれば、現場に第三者がいたことが証明されます」

今言ったことは――全て嘘だ。

付け爪に毛髪は絡まっていなかった。さっき、改めて啓子の死体を確認したときに剝がし、私自身の髪を抜いて証拠品袋に入れただけのものだ。

だが、水野は私の言葉を信じたらしかった。

顔色がみるみる青ざめていく。

「まったく。予言者とはよく言ったものだ。お前は、本当に厄介な男だよ」

水野は、小さく首を振りながら言うと、ホルスターから拳銃を取り出し、その銃口を私の額に向けた。

目が血走っている。

きっと、水野はトリガーを引くことを躊躇《ためら》わない。この期《ご》に及んで、私を葬ることで、事件をうやむやにしようとしている。

揺さぶりをかけるにしては、あまりに不用意だったかもしれない。

「そこまでだ。水野」

唐突に声がした。

目を向けると、いつの間にかリビングルームに大黒の姿があった。

「話は、私も聞いていた」

大黒が静かに告げる。

私一人だけなら殺して口封じもできるだろうが、証人が二人もいるとなると、もはや逃げ道はない。

水野は、全てを諦めたのか、拳銃を持った手をだらりと垂らし、長い溜め息を吐いて天井を見上げた。

私は、水野から拳銃を取り上げようとした。

しかし――。

水野は飛び退くようにして私から離れると、拳銃の銃口を自らの口の中に突っ込み、トリガーを引いた。

乾いた破裂音とともに、水野の後頭部に穴が空き、ガラスを血が真っ赤に染めた――。

4

相変わらず、嫌な雨が降っていた――。

私は、濁った空を見上げる。

自殺と思われた女性は、実は計画殺人によって殺害された。そして、その実行犯は現職の警察官で、同じ家の中で自ら命を絶った。

他の結末は無かったのかと思いを巡らせてみたが、起きてしまったことを変えることはできない。

「ここにいたのか」

声をかけられ、目を向けると大黒が黒い蝙蝠傘《こうもりがさ》を差して、そこに立っていた。

「先ほどはありがとうございます。お陰で命拾いしました」

腰を折って頭を下げる。

大黒がいなければ、間違いなく私は水野に撃ち殺されていた。

「君のことを見ていた」

「え？」

「君は、いち早く事件の真相に気付き、証拠を偽造し、真犯人から自供を引き出した。その特別な能力を、私の許で発揮して欲しい」

「どういうことですか？」

「追って辞令を出す。話は以上だ――」

大黒は踵《きびす》を返すと、そのまま歩き去って行った。

人は彼のことを黒蛇と称している。だが、阿久津には、まったく別のものに見えた。

その背中は、禍々《まがまが》しい瘴気《しょうき》を纏《まと》う、悪魔のようだった――。

※本作品は、2020年11月29日『STORY LIVE Special』（三省堂書店池袋本店開店5周年記画）にて朗読、一部書店にて配付されたものを加筆・修正したものです。

本書は二〇二〇年十一月に小社より刊行された
『悪魔を殺した男』を加筆・修正したものです。

|著者| 神永 学　1974年山梨県生まれ。日本映画学校卒業。2003年『赤い隻眼』を自費出版する。同作を大幅改稿した『心霊探偵八雲 赤い瞳は知っている』で'04年にプロ作家デビュー。代表作「心霊探偵八雲」をはじめ、「天命探偵」「怪盗探偵山猫」「確率捜査官 御子柴岳人」「浮雲心霊奇譚」「殺生伝」「革命のリベリオン」などシリーズ作品を多数展開。著書には他に『コンダクター』『イノセントブルー 記憶の旅人』『ガラスの城壁』などがある。

悪魔《あくま》を殺《ころ》した男《おとこ》

神永《かみなが》 学《まなぶ》

講談社文庫
定価はカバーに
表示してあります

2022年９月15日第１刷発行

発行者――鈴木章一
発行所――株式会社　講談社
東京都文京区音羽2-12-21　〒112-8001
電話　出版（03）5395-3510
　　　販売（03）5395-5817
　　　業務（03）5395-3615

KODANSHA

デザイン―菊地信義
本文データ制作―講談社デジタル製作
印刷――――凸版印刷株式会社
製本――――加藤製本株式会社

Printed in Japan

ISBN978-4-06-529323-2

講談社文庫刊行の辞

二十一世紀の到来を目睫に望みながら、われわれはいま、人類史上かつて例を見ない巨大な転換期をむかえようとしている。

世界も、日本も、激動の予兆に対する期待とおののきを内に蔵して、未知の時代に歩み入ろうとしている。このときにあたり、創業の人野間清治の「ナショナル・エデュケイター」への志を現代に甦らせようと意図して、われわれはここに古今の文芸作品はいうまでもなく、ひろく人文・社会・自然の諸科学から東西の名著を網羅する、新しい綜合文庫の発刊を決意した。

激動の転換期はまた断絶の時代である。われわれは戦後二十五年間の出版文化のありかたへの深い反省をこめて、この断絶の時代にあえて人間的な持続を求めようとする。いたずらに浮薄な商業主義のあだ花を追い求めることなく、長期にわたって良書に生命をあたえようとつとめるところにしか、今後の出版文化の真の繁栄はあり得ないと信じるからである。

同時にわれわれはこの綜合文庫の刊行を通じて、人文・社会・自然の諸科学が、結局人間の学にほかならないことを立証しようと願っている。かつて知識とは、「汝自身を知る」ことにつきていた。現代社会の瑣末な情報の氾濫のなかから、力強い知識の源泉を掘り起し、技術文明のただなかに、生きた人間の姿を復活させること。それこそわれわれの切なる希求である。

われわれは権威に盲従せず、俗流に媚びることなく、渾然一体となって日本の「草の根」をかたちづくる若く新しい世代の人々に、心をこめてこの新しい綜合文庫をおくり届けたい。それは知識の泉であるとともに感受性のふるさとであり、もっとも有機的に組織され、社会に開かれた万人のための大学をめざしている。大方の支援と協力を衷心より切望してやまない。

一九七一年七月

野間省一